그림자 춤

윤중리
연작소설

도서출판
청어

그림자 춤

윤중리 연작소설

/

슬픔과 아픔, 그리고 몸부림

눈앞의 매화 가지를 걷어내어야 멀리 노을 진 서녘 하늘이 보인다는 말이 있다. 내 나이 이미 넬모레가 산수. 이 나이에 조용히, 평화롭게 살다 가고 싶은 마음은 나 혼자만의 것은 아닐 것이다. 그런데, 아직 내 눈앞에 어른거리는 화려한 꽃들의 빛깔과 향기에 취해있는 탓인지, 노을 진 서녘 하늘은 보이지를 않는다.

텔레비전, 신문, SNS 등 갖가지 매체를 통해서 밀려오는 소식들은 이 시골 늙은이의 마음을 평화롭게 놓아두지를 않는다. 정치와 경제, 사회와 문화, 어느 구석 시끄럽지 않은 곳이 없으니 어지러워 자세를 가다듬을 수가 없고, 그 어지러움은 슬픔이 되고, 그 슬픔은 다시 아픔으로 변해간다. 진실의 빛을 막아서는 거짓의 장막, 민의를 왜곡하는 요설의 난무. 진실이 신발 끈을 채 매기도 전에 거짓은 벌써 천 리를 달려간다는 이날 이 땅에서 어지럽고, 슬프고, 아픈 세월을 살아가자면 누구나 자기 나름대로 몸부림을 치게 될 것이다.

'연작소설'이란 이름으로 이 책에 실린 열두 편의 짧은 이야기는 벌써 여러 해 전부터 시작된 나의 몸부림이다. 세상의 움직임을 바라보는 시선은 일정한 원칙을 지키지는 못해서 때로는 이렇게, 또 어느 때는 저렇게 변하기도 한다. 그런데 정치 얘기가 좀 많아서 국리민복, 국태민안을 위해 애쓰는 분들에게는 조금 미안하다. 특정한 사람들을 폄훼할 뜻은 없었다는 점도 미리 얘기해 두고 싶다. 그리고 이 이야기들은 조금 다른 각도에서 바라보면 진실하고 정의로운 세상에서 평화롭게 살고 싶다는 민초들의 소박한 소망이라고 할 수 있을 것이다.

긴 세월, 부족함이 많은 나에게 관심과 사랑을 부어주신 고마운 분들께 이 작은 한 권의 책을 바친다. 그리고 힘든 일 많은 상황 속에서 귀한 작품 평을 써주신 문학평론가 윤정헌 교수님께 감사한다. 내 거친 작품에 윤기를 더해 줄 뿐 아니라 읽는 이들에게는 이해의 지남이 될 것이다.

지난번에 내 장편소설 『바람의 둥지』를 펴내시느라고 수고가 많으셨는데, 이번에 다시 어려운 일을 흔쾌히 맡아 주신 청어출판사 이영철 대표님과 일하시는 모든 분께 감사의 인사를 드린다.

2024년 1월,
언 땅 속에서 풀꽃들이 새 꽃맹아리를 준비하는 밤에
남천강변 골방에서 윤중리 씀

목차

/

그림자 춤

가뭄이 심상치 않다. 텔레비전에서는 연일 갈라진 논바닥, 바닥을 드러낸 저수지, 발갛게 타 죽은 농작물을 보여주고 있다. 아직 수돗물은 정상적으로 나오고 있으니 다행이지만 불안감을 씻을 수 없다. 벌써 오래전의 얘기이긴 하지만 물이 없어서 수세식 화장실이 기능을 잃었고, 저녁을 먹고 나면 가족들이 승용차를 타고 산으로 대변을 보러 갔던 때가 있었지.

아침 신문에는 첫 페이지에 두 장의 사진이 실려 있었다. 한 장은 두 주일 전에 찍은 낙동강 사진, 다른 한 장은 어제의 같은 곳 사진이다. 이 사진은 또 한 번 나를 놀라게 했다. 수질 개선을 위해서 가뭄 속에서 수문 개방을 강행했는데, 그사이에 녹조가 더 심해졌다는 것이 아닌가? 갑자기 4대강 보의 수문을 열라는 지시가 있었다는 보도를 보고 모내기 철인데도 날이 가물어서 농수 확보가 어렵다고 하는데 꼭 지금 이때 수문을 열어서 물을 내려보내야 하는가 하는 의구심을 가졌었는데. 그런데 그것만이 아니었다. 그사이 네 번이나 했던 4

대강 감사를 다시 한다고 하고, '필요하다면'이란 조건이 붙어있긴 하지만 보 자체를 철거할 수도 있다는 보도를 보면서, 그리고 책임질 일이 있으면 책임도 묻겠다는 얘기를 들으면서, '아하, 이게 단순히 물 문제만이 아니구나.' 싶어서 한 번 더 놀랐었다.

나는 머릿속이 온통 물 걱정으로 가득 찬 채 아파트 현관을 나와서 내려가는 엘리베이터를 탔다. 저녁에 있는 고등학교 동기회에 가기 위해서다. 그런데 설상가상으로 여기서 또 물 걱정을 하나 더 보태게 됐다. 이틀 후에 아파트 단지 전체에 물청소를 실시한다는 알림판이 붙어있는 게 아닌가? 물은 얼마나 들까? 매일 청소를 하는 아주머니들의 수고로 복도며 계단이 모두 깨끗한데 왜 또 물청소를 해야 하는가? 그것도 정원의 나무들이 시들어 비틀어지고 있는 이런 극심한 가뭄 속에서. 아파트 3단지까지 합하면 천오백 세대가 넘는데, 엄청난 물이 소비될 것이다. 차라리 그 물을 정원에 뿌려서 죽어가는 나무나 살리는 것이 낫지 않을까?

동기회라고는 하지만 시골 농고의 한 해 졸업생이 얼마 안 되었고, 그마저 전국으로 흩어져 있다 보니 참석자는 열 사람을 겨우 채웠다. 거기다가 이번 모임은 정례모임이 아니라 동기생 중에서 제일 출세했다는 정걸이가 새 정부에 입각할 것이라는 얘기에 축하라도 해서 힘을 실어주자고 임시로 만나는 것이고, 연락도 겨우 이틀 전에 왔으니 일정 조정하기도 힘들었을 것이다.

정례모임이 아니다 보니 다른 순서는 없고 바로 술판으로 이어졌다.

"소화제."

술잔이 채워지자 회장인 상수가 건배 제의를 한다. '소통과 화합이 제일'이라는 의미와 함께 돈이든 권력이든 닥치는 대로 먹고 소화만 잘 시키면 된다는 의미도 있다고 해설을 덧붙인다. 거기에다 지난 정부의 혼란이 소통과 화합의 부재에서 비롯됐다는 것을 비판하는 의미도 담고 있다면서, 이거야말로 최고의 명건배사라고 자화자찬까지 보탠다.

"출세한 정걸이 눈도장 한번 찍으려고 왔는데, 정작 주인공 얼굴은 안 보이네?"

"장관 자리가 기다리고 있는데 촌놈들 동기회 모임이 눈에 보이겠어? 우리가 이해해야지."

"그런데 장관 되려면 국회 청문회에 나와야 하는데, 눈 닦고 봐도 정걸이 모습은 안 보이던데? 떡 줄 사람은 생각도 않는데 김칫국부터 마시는 것 아냐?"

술이 한 잔씩 들어가더니 여기저기서 무질서하게 얘기들이 쏟아져 나왔다.

"그 청문회라는 걸 보니 희한하던데? 여자 도장 위조해서 몰래 혼인신고 했던 사람이 법무부장관이 되고, 석사 박사 논문 모두 베껴쓴 사람이 교육부 장관이 된다면서?"

"설마 그렇게야 되겠어? 국회에서 동의를 해 주겠어?"

"칼자루 쥔 사람과 칼날 쥔 사람이 서로 다투면 승부야 뻔한 것 아닌가? 도덕성? 그거야 그냥 해본 소리지. 어디 세상에 그렇게 깨끗한 인간이 있어야 말이지."

"그래도 쉽지 않을 거야. 대통령이 약속한 다섯 가지 원칙이 있잖아. 부동산 투기, 논문 표절, 위장 전입, 군대 면탈, 또 하나는 뭐지?"

"이중국적이나 탈세 같은 거겠지 뭐. 그런 거 다 나쁜 사람들이 하는 거니까."

분위기는 시끌벅적 달아오르고 있는데, 나는 입을 다물고 술잔만 비워냈다. 사실 오늘 저녁에 해야 할 일이 두어 가지 있었지만 뒤로 미루고 동기회에 나왔다. 가난하고 어렵던 시절에, 도시로 유학을 못가고 시골 농고를 함께 다녔던 친구들. 기회만 된다면 한 번이라도 더 만나야 하겠다는 생각도 있었고, 또 어쩌면 경석이를 만날 수도 있을지 모른다는 막연한 기대감을 갖고 있었던 것이다. 만나지는 못하더라도 소식이라도 들을 수 있을지 모른다는 기대. 농고 3년을 같은 반에 있었던 거야 그렇다고 하지만, 읍내에서 거인 콧구멍만 한 골방을 얻어 함께 자취하면서 고락을 함께했던 친구다. 고등학교를 졸업한 후, 나는 사범대학으로 진학을 했고, 그는 섬유회사에 취직을 했었다. 경석이는 나에게 그렇게 그리운 옛친구이기도 하지만 동시에 내게 아물기 어려운 상처를 준 사람이기도 하다. 은행 대출 보증. 그리고 공중으로 연기가 되어 사라져 버린 우리 가족의 보금자리.

"우리 김 선생을 교육부 장관 시키면 잘할 건데. 40년 교직 생활에 논문 표절을 했나, 탈세를 했나. 군대 생활 휴전선에서 무릎 까지도록 했지. 부동산 투기 같은 건 꿈이라도 꾸어봤을까? 아무리 흠결 찾아내기 도사 같은 국회의원들도 김 선생한테서는 찾을 게 없을 거니까."

말없이 술만 마시고 있는 내가 마음에 걸렸는지, 맞은편에 앉은 친구가 술병을 들어 내 잔에다 기울이면서 한 마디를 건넨다.

"그러면 우리 동기회 경사 나게? 정걸이와 김 선생. 장관이 둘이나 된다면?"

"정걸이는 장관이 되기나 하는 건가? 선거캠프에서 수고하고 공 세운 사람 모두 장관 시키려면 장관 자리가 도대체 얼마나 있어야 하는 거야? 처음엔 신문에 이름이 몇 번 나오더니 요즘은 잠잠해졌잖아?"

"정걸인 똑똑하긴 하지만 장관감은 아니야. 권모술수에는 뛰어나지만 덕망이 없어."

"덕망은 무슨 덕망? 권모술수가 정치인의 덕망 아니던가?"

동기회 모임은 어지럽고 시끄럽게 끝이 났다. 친구들 모임이란 게 늘 이렇다. 술 한잔 걸치고 세상에 대한 불만이나 쏟아놓고, 옛 친구 만났다는데 위안을 느끼면서 헤어지는 것.

지하철역으로 가는 길에 내가 상수의 옷자락을 잡아당겼다. 상수가 회장이니 아무래도 친구들 소식을 제일 잘 알 것이다 싶어서. 지하 1층 상가에 '쿠시'라는 이름의 커피집이 있었다. 우리는 구석 자리에 마주 앉았다. '카페 쿠시'가 무슨 말인가 싶었는데, 벽에다 설명을 적어놓았다. '쿠시'란 힌두어인데, 영어로는 '해피니스', 우리말로는 '행복'이란다. 그냥 행복다방이라고 하면 될 것을 왜 이렇게 어렵게 만들어놓았는지 모르겠다. 쉬운 우리말 다 두고 어려운 힌두어를 찾아다가 상호를 정한 뜻은 무엇일까? 또 이렇게 자세한 설명을 적어서 벽에다 붙여놓은 친절은 무엇이고.

"어이, 회장. 혹시 경석이 소식 아나?"

커피 나오기를 기다리면서 내가 물었다. 상수는 나와 경석이 이야기를 알고 있다. 개성공단에 공장을 열면서 은행에서 거액을 대출받았고, 그때 내가 보증을 서고 집을 담보로 잡혔다가 날벼락 맞은 이야기를.

"단짝이던 네가 모르는데, 난들 어찌 알겠나? 개성공단 공장은 정부에서 폐쇄하기 전에 때려치웠다는 소식은 들었지만. 그때 그 보증 이야기는 아직 해결이 안 됐지?"

"나도 연금으로 살다 보니 사는 게 빠듯해. 그걸 해결해 주면 얼마나 좋겠나? 그러나 난 그런 기대는 벌써 버렸어. 가능성 없는 기대는 사람만 피곤하게 만들거든."

"남 신세 망쳐놓고 가버린 친구, 찾으면 뭘 해."

"개성공단에서 공장 하면서 돈을 벌기는커녕 다 털어먹었단 소문이 있어. 건강까지 버렸다는군. 밉고 불쌍하고 그립고 그래. 이런 걸 연민이라고 하는 건가?"

"그런 걸 두고 뭐라는지 알아? 늙었다고 하는 거야. 만년 청년 김 선생도 나이는 못 속이는군."

"불로초를 먹은 것도 아닌데 왜 안 늙을까? 나 스스로 생각해 봐도 심신이 모두 많이 늙었어."

지하철 끊어질 시간이 다 되어간다면서 우리는 서둘러 커피잔을 비우고 일어섰다. 상수는 여기저기 수소문해 보고 새로운 소식이 있으면 즉시 연락을 해 주겠다고 하면서 악수하는 손에다 힘을 주었다.

"옛친구들 많이 만났어요?"

집에 도착하니 아내는 거실에서 텔레비전에서 시선을 돌리지도 않고 인사를 한다. 화면을 언뜻 보니 여자 가수가 화려한 옷차림을 하고는 흘러간 옛노래를 부르고 있다.

"술꾼이 동창회 가서 맑은 정신으로 돌아오다니. 술 인심이 박했나 봐요?"

아내는 위로인지 비아냥거림인지 애매한 어투다. 물론 시선은 아직도 텔레비전 화면을 향한 채다.

"요즘은 모두 술을 많이 안 해. 두당 한 병도 안 마신다니까. 건강 타령만 늘어놓지."

나는 음주량을 약간 축소한다. 축소는 거짓말은 아니니 마음에 부담을 느끼지 않아도 좋을 것이다. 내가 밖에서 술을 마시고 오면 아내는 잔소리를 빼놓지 않는다. 물론 내 건강을 걱정해서 하는 얘긴 줄은 알지만 술을 좋아하는 나에게는 여간 부담이 되는 게 아니다. 아내는 내가 밖에서 전혀 마시지 않고 오면 집에서 안주 곁들여서 소주 한 병 한도 내에서 제공하겠다는 새로운 공약도 내놓았다. 그러나 그럴 일은 별로 없었다.

공부방으로 들어가서 옷을 갈아입는다. 서재와 침실을 겸한 내 독립의 자유공간이다. 아내가 이 방을 보살피지 않는 것은 아니지만, 나는 내 책이며 소지품들이 있던 자리에서 옮겨 앉는 것을 싫어하기 때문에 아내가 내 방을 치우거나 하는 일은 드물다. 책이 흩어지고 옷가지가 널브러지고, 거의 쓰레기장 수준이 돼야 아내의 보살핌이 허락된다.

잠옷으로 갈아입고 화장실에 먼저 들른다. 좌변기 뚜껑을 열고 조준하다가 다시 옷을 내리고는 변기 위에 엉덩이를 얹고 앉는다. 오줌이 자꾸 변기를 더럽힌다고 욕을 여러 번 먹고 나서 수정한 소변 자세다. 처음엔 아내가 화장실 청소를 하면서 앉아서 소변을 보라는 충고를 해 왔을 때, 나는 아내의 말을 듣지 않았다. 결혼 생활 40년. 아들딸 삼 남매 키우고, 학교에서 아이들과 싸우고, 학부모들에게도 굽실거리며 교장 교감 눈치 보느라고 큰소리 한번 못 지르고 살아온 세월. 마지막 남은 남자의 자존심은 술과 서서 오줌 누기였다. 그런데 그것조차도 지키기 어려웠다. 전립선 비대증인가 뭔가 하는 진단을 받고 약을 먹으면서 결국 아내의 요구를 수용하고 말았다.

아내 곁의 소파에 앉기 전에 양치부터 하는 걸 잊지 않는다. 술 냄새가 났다가는 내가 음주량을 축소해서 말했다는 게 들통날지도 모르기 때문이다.

텔레비전 화면에서 노래를 부르고 있는 가수는 바뀌어서 남자다. 사랑을 만나러 갔더니 못 만났다면서, 왜 못 오는 건지 걱정한다는 가사가 화면 아래쪽에 자막으로 나오고 있다.

"저질 코미디 같군. 가사가 어찌 저리도 통속적인가?"

아내한테 주는 간접 경고다. 저런 저질 프로 많이 보면 보는 사람도 저질이 된다는 경고.

"세상만사가 코미디 아니고 통속적이지 않은 게 어디 있나요? 다 그렇지. 요즘 정치판 좀 봐요. 국회 인사청문회. 논문 표절로 석사 박사 받은 사람이 교육부 장관 될 거래요."

내 경고에 대응하는 아내는 나보다 한 수 위다. 거기다가 철학적 사유까지 포함하고 있다. 그렇다. 저렇게 통속적인 노래들이 어떻게 인기를 이어가고 있을까? 그래도 뭔가 감동을 주는 힘이 있기 때문이 아닐까? 전에 국회의원이 된 코미디언이 그랬다지? 정치판은 밤무대보다 더 코미디라고. 그래도 정치인들은 줄을 잇지.

"수지청즉무어라는 말이 있지. 물이 너무 맑으면 고기가 살 수 없다는 거야."

"당신 동창회 다녀오더니 갑자기 도사 됐어요? 그런데 그 사람이요, 전에 다른 사람 교육부장관 되려고 했을 때 논문 표절을 걸고 넘어져서 성명서까지 발표했던 사람이래요."

"어디 세상에 흠 없는 사람 있겠어요? 대통령도 그랬다더군. 도덕성보다는 능력이 중요하다고."

"그런 사람이 학생들한테 무엇을 가르칠까 싶어서 내가 다 걱정이 되네요."

"그 사람은 교육을 하는 게 아니고 정치를 하는 거죠. 교육은 교사와 교수가 하고."

텔레비전에는 다시 젊은 여자 가수가 나왔다. 간드러진 목소리와 함께 화려한 몸동작이 어지럽다. 뒤쪽에서 춤추는 무용수들의 몸동작과는 어울리는 듯하면서도 어딘가가 어색하다.

"어디서 점심이나 먹고 가지."

차가 이화령과 새재 관광지가 갈라지는 어름에 왔을 때, 상수가 이렇게 제안했다. 아직 점심시간이 좀 이르긴 하지만 요양병원에 도착해서 점심시간에 걸리기라도 하면 낭패다 싶어서 그러기로 했다. 주차장엔 평일인데도 대형버스와 승용차들이 그득먹하게 들어차 있다.

차를 그늘에 세우려고 했으나 적당한 곳이 없어서 부득이 땡양지에다 세워놓고 식당을 찾아 나섰다. 땡볕에 달아오르면 나중에 차 안이 꽤나 뜨거울 것이다. 그렇다고 차 유리를 내려놓을 수도 없는 일이다. 도둑은 예고를 하고 오는 것이 아니니까.

"못 산다는 게 다 거짓말이군. 놀러 다니는 것 좀 보라고. 배고파 봐라. 놀러가 다 무슨 헛소리야."

"말 사면 구종 잡히고 싶은 게 사람 마음 아닌가? 우리도 이렇게 왔잖아. 저 사람들도 다 저대로들 이유가 있겠지."

우리는 주흘산 산채비빔밥이란 간판이 붙은 집으로 들어섰다.

"날이 가물어서 큰일 났어요. 장사도 안되고, 민심이 흉흉하기 짝이 없어요. 하늘이 노했대요."

아주머니가 물병을 들고 주문받으러 와서 하는 말이 이렇다.

"그래도 주차장엔 차들이 많던데요? 평일인데."

"많은 게 뭡니까? 가물기 전보다 반도 안 됩니다. 골짜기에 물이 없는데 손님들이 오겠습니까?"

산채비빔밥 두 그릇을 주문하면서 상수가 한마디 보탠다.

"김 선생. 세상에서 가장 무서운 음식이 뭔지 알아?"

"하하, 내가 그것도 모를 줄 알아? 할매 산채비빔밥이지."

"이 우스개는 누가 만들었는지 재치가 있으면서도 끔찍해. 오늘 끔찍한 음식 먹고 세상살이에 좀 독해져 보자."

상수한테서 전화가 온 것은 동기회가 있은 지 한 주일쯤 뒤였다. 운수 좋게 경석이의 소재를 알아냈다는 것이었다. 그런데 경석이는 개성 공단에서 사업 실패하고 건강을 버렸고, 지금은 충북 괴산군의 어느 요양병원에 입원해 있다는 것이었다. 친구는 옛 친구, 맥주는 무엇이라는 말도 있는데, 모른 척하고 그냥 있는 것은 사람의 도리가 아니다. 그러니 함께 한번 찾아가 보자. 그날 나와 상수는 그렇게 약속했고, 오늘 이렇게 상수의 승용차로 길을 나선 것이다.

경석이가 입원해 있다는 평화요양병원은 이화령 고개를 넘어서 약간 북동쪽으로 들어간 골짜기에 있었다. 내비게이션 안내양이 가라는 대로 따라갔더니 찾는 데는 별 어려움이 없었다.

"요즘 남자들이 제대로 사람답게 살려면 세 여자 말을 잘 들어야 한대. 어릴 때는 엄마 말, 장가가면 마누라 말, 차 타면 내비 아가씨 말."

내 말에 상수도 공감한단다.

"그것참 정곡을 찌르는 말이군. 시대는 이미 여자가 남자를 지배하는 시대에 돌입했어. 사관학교 수석졸업자도 여자고, 정당 대표도 여자가 셋이야. 독일 총리도 영국 총리도 다 여자 아냐? 사나이 목숨 부지하려면 그저 죽으나 사나 여자 명령에 순종하는 수밖에 없어."

"맞아. 그래서 난 오줌 누는 것도 마누라 명에 따라 앉아서 눈다니까."

요양병원은 진초록의 숲속에 흰색의 건물로 앉아 있어서 초록과 흰색의 대비와 조화가 마치 그리스의 수도원 같다는 느낌을 주었다. 그리 넓지 않은 주차장에는 병원 소속으로 보이는 앰뷸런스 한 대와 승용차 두 대가 조용히 엎디어 있을 뿐 고요에 겨워 있었다.

현관 바깥의 양쪽 옆에 서 있는 성모성심상과 예수성심상이 방문객을 맞이하고 있어서 이 요양병원의 운영 주체가 성심수녀원이라던 상수의 말을 되새겨 주었다.

사무실에는 수도복 차림의 수녀 한 사람과 중년의 여자 한 사람이 서류를 뒤적이고 있었다. 입원 중인 이경석이란 사람을 면회하러 왔다고 했더니, 그 사람은 중환자라서 외부인 면회가 어렵다는 얘기다. 우리는 경석이와의 관계부터 소식을 알기 위해 애쓴 일을 자세히 설명했다. 그리고 무엇보다 면회의 목적이 다른 어떤 의도도 없고 오직 순수한 우정의 발로라는 것을 강조하면서 그들을 설득했다.

"마리아 자매님. 이분들 면회실로 안내해 드리세요."

한참이 지나서야 수녀는 부담이 되는 언행은 해서는 안 된다는 조건을 붙여서 우리를 면회실로 들여보내 주었다.

아니, 저 사람이 경석이가 맞기나 한가? 혹시 동명이인은 아닐까?

우리를 면회실로 데려다주었던 그 마리아라고 하는 여자가 푸르죽죽한 환자복의 경석이를 데리고 면회실로 들어왔을 때, 눈을 의심한 것은 나만이 아닐 것이다. 상수도 그랬겠지. 개성공단에 공장을 낸다면서 명함을 돌리고 은행에서 대출받던 그 풍채 좋은 사장님 경석이가 아니었다. 중환자라고 하더니 저렇게 말랐구나. 얼굴은 새까맣게 타서 어디 동남아 원주민 같은 인상이었다. 머리에 뒤집어쓴 자루모자는 또 어떻고.

우리가 말을 못 꺼내고 멍청하게 있을 때 먼저 입을 연 것은 경석이었다.

"영근이. 상수."

그러나 경석이가 입 밖으로 내뱉은 말은 단 두 단어뿐이었다. 그러고서는 누가 먼저랄 것도 없이 우리 세 사람은 서로 껴안고 울었다. 한참을 울고 나서야 우리의 입이 열렸다.

"경석아. 너 이게 무슨 꼴이고?"

"이 병원에선 환자들 밥도 안 주나? 면회를 안 시켜 주겠다더니, 이 병원 수상한 병원 아냐?"

우리는 원형 탁자에 둘러앉아서 회한의 보따리를 풀어 놓았다. 경석이는 겉보기와는 달리 정신도 맑았고, 말씨도 또렷해서 대화에는 아무런 지장이 없었다.

"그래, 개성공단 대 섬유회사 사장님이 어쩌다가 이런 곳에 묻히게 됐어? 세상 사람들은 개성공단 기업들 다 돈 벌었다고 하는데?"

개성공단의 회사를 걷어치운 것은 벌써 한참 됐고, 그 뒤처리 때문에 고생을 좀 했더니 건강이 망가졌다고 했다.

"간암이라는군. 벌써 진행이 많이 됐다는 게 의사 얘기야. 불안하기도 하지만 병원에서 잘 돌봐주는 덕분에 견딜 만해. 이 병원 수녀원에서 운영하거든. 호스피스가 상주하고 있어. 아까 나 데리고 왔던 그 사람."

우리는 경석이와의 대화를 통해서 몇 가지 새로운 사실을 알게 됐다. 그 가운데서도 우리를 가장 놀라게 한 것은 개성공단 회사에서는 돈도 못 벌었는데, 까먹은 자본금의 많은 부분이 국회의원 김정걸이의 정치후원금으로 들어갔다는 사실이었다.

"처음엔 빌려달라고 해서 그런 줄 알았는데, 나중에 보니 그게 모두 후원금으로 기부한 걸로 되어있더라고."

"세상에 어찌 그럴 수가…."

"설마 정걸이 그 녀석이?"

나와 상수의 입에서는 동시에 놀란 소리가 터져 나왔다.

"정치가들만 그런 게 아니야. 기업 하는 사람들 중에도 그런 일이 더러 있어. 빌린 돈을 투자금으로 이름을 바꾸어선 부도나면 그냥 날려 버리지. 정걸이한테 준 돈 나라 정치에 이바지했다고 생각하곤 마음 편하게 돌려먹었지."

경석이가 이 얘기를 할 때, 나는 경석이 사업자금 융자 낼 때 담보로 잡혔다가 날아가 버린 우리 집을 생각했다. 그러나 그 얘기는, 지금 간암 말기로 허물어져 있는 친구 앞에서는 한 마디도 입에 담을 수가 없었다. 경석이도 기억을 하고 있는 것인지 까맣게 잊어버렸는지, 그 얘기는 전혀 없다. 그건 결코 잊을 수가 없는 일인데. 내가 경석이한테서 돈을 돌려받기를 포기해 버린 이유가, 경석이가 정걸이한테 포기한 것과 너무나 닮아 있어서 쓴웃음이 나왔다.

"개성공단은 정치적 배려가 담겨 있는 사업이었잖아? 돈을 많이 벌어야 정상 아닌가?"

상수의 물음에 경석이는 입가에 씨익 미소까지 띠면서 부인을 한다.

"그게 그렇지가 않아. 돈 번 사람 혹 있는지 내가 다 알진 못하지만 거긴 돈 버는 곳이 아니었어. 벌 수가 없도록 되어있어."

이어서 경석이가 들려준 개성공단 이야기는 우리를 다시 한번 놀라게 했다. 지금까지 우리가 알고 생각하고 있었던 것과는 너무나 차이가 나는 이야기였으니까.

남북에서 수시로 출입을 중단시키니 납기를 맞출 수가 없고, 그러다 보니 바이어는 판매 기회 상실이라고 배상을 요구한다. 뿐만 아니라 한 번 당한 바이어는 다시 돌아오려 하지 않는다. 개성공단과 개성시가 10km 정도 떨어져 있는데 도로 사정이 나빠서 출근 시간이 한 시간이나 되니, 고속도로나 뚫어주면 모를까 인력 수급이 원활할 리가 없다. 더 웃기는 것은 인터넷과 핸드폰 사용이 금지되어 있다는 것이다. 업무용 사진 한 장도 택배로 보내든지 직접 가지고 가든지 해야 한다. 그러다 보니 간접경비가 상상 밖으로 많이 든다.

내 공장에 사람 쓰면서 내 맘대로 하지 못한다. 북한 당국에서 주는 대로 받아야 한다. 인수인계 서류에는 성명, 성별, 나이, 전직 이것만 달랑 적혀 있다. 주는 대로 다 받든지 다 안 받든지 선택하라고 한다. 만삭이 된 여자라도 안 받겠다고 했다가는 그러면 전부 받지 말라고 하기 때문에 울며 겨자 먹기로 받을 수밖에 없다. 더구나 사장이라도 직원들과 개별 면담이 금지된다. 이건 북한의 정치적인 이유 때문이라고 이해는 하지만 너무나도 곤란한 처사다. 난감한 건 이것뿐이 아니다. 전체 인원의 15% 정도가 매일 결근한다. 당의 지시에 따라서 정부가 필요로 하는 노동에 동원되는 모양인데, 그 이유는 절대로 말하지 않는다. 왜 결근했느냐고 하면 '아팠습니다' 하면 그만이다. 더 이상 물을 수도 없고 결근했다고 불이익을 주는 것도 물론 금지사항의 하나다. 작업지시도 직접 할 수 없다. 북한에서 나온 노동당 간부를 통해서 전달해야 한다. 내 공장에 내가 들어가는 것도 물론 마음대로 할 수 없다. 일주일 전에 며칠 몇 시에 갔다가 며칠 몇 시에 나온다는 걸 통일부로 신청해야 하고, 통일부에서는 다시 북한 측에 승인을 요청해야 하는데, 업무가 끝나든 덜 끝나든 신고된 그 시간에는 나와야 한다. 이러니 어찌 업무가 원활할 수가 있겠는가?

경석이는 이웃 공장에서 있었던 일이라면서 이런 이야기도 들려주었다. 공장장이 지난달의 달력장을 찢어서 휴지통에 버렸다가 난리가 났다는 것이다. 북한 근로자들이 벌 떼 같이 일어나서 소리를 지르고 데모를 벌여서 그 공장장 결국 다시 개성으로 못 들어가게 됐단다. 그 이유가 뭐냐 하면 북한 달력에는 장마다 김일성, 김정일 사진이 조그맣게 들어있는데, 그 귀한 걸 버렸다는 것이었다.[1]

경석이의 이야기를 듣는 동안 나는 금강산 관광 갔던 일을 생각하고 있었다.

그해 겨울. 추위로 금강산 관광객이 급감하자 정부에서는 대규모의 교사와 학생들로 줄어든 관광객의 자리를 채워주었다. 최전방 휴전선 전망대에서 망원경을 통하여 해금강 일부를 본 적이 있을 뿐, 금강산은 우리에겐 전선의 고향 같은 곳이었다. 개인 잡비를 제외한 일체

---

1   여러 신문 기사에서 모은 것.

의 경비를 나랏돈으로 대어준다니 반갑고 고마웠다. 국경 아닌 국경, 입경관리소에서 우리는 휴대전화기를 모두 모아서 타고 온 버스 안에 다 놓아두고 가방 하나만 들고 들어갔고, 그쪽에 마련된 다른 버스를 타고 온정리로 향했다. 그러나 금강산 구경은 들뜬 마음처럼 그렇게 즐겁기만 한 것은 아니었다. 철저한 감시 속에서 생선구이 한 접시부터 간이 소변소에 놓여있는 양철 버킷에다 오줌 누는 돈까지를 미국 달러만 요구하는 그들. 대변을 보면 2달러. 소변은 1달러. 대변과 소변을 동시에 보면 3달러를 내어야 하는가 하는 질문에 본 사람 없으니까 소변은 안 봤다고 하고 2달러만 주라고 하던 안내원. 식사도 지정된 식당에서 정해진 식단으로 해야 했고, 달러가 없어서 곤란을 겪고 있으면 어느새 달러 뭉치를 들고 나타나서 환전해 주던 관광회사 직원들. 담배를 피웠다가 거액의 벌금을 물어야 했던 친구도 있었고, 저녁 8시 통행금지 이후에 오직 한 곳 방문이 허용되었던 횟집. 회 한 접시에 10만 원이라도 그것 말고는 사 먹을 게 없었다. 삼일포로 구룡폭포로 만물상으로, 그래도 감동을 안고 구경을 마쳤으나 돌아오는 발걸음은 그리 가볍지만은 않았다.

경석이는 얘기를 대강 마무리를 하면서 이렇게 덧붙인다.

"피 같은 돈 30억 날리고, 피눈물 머금고 자진 철수했지. 자진 철수는 지금 대상이 아니라면서 보험금도 한 푼도 안 주데. 부어놓은 보험료조차 날아갔지. 이러고서도 병 안 난다면 그게 오히려 이상하지. 내가 생각해 보니까 이 모두가 그림자 춤 같애. 실체는 따로 있는데 부피도 빛깔도 없이 흐느적거리는 그림자 춤. 자기 자신의 의지에 따른 춤사위는 하나도 없고 오직 실체의 움직임에 따라서 뛰고 흔들고 구르고 하는 그림자."

경석이와의 만남은 수녀가 더 이상의 긴 시간은 환자의 건강에 악영향을 줄 수 있다면서 경석이를 데리러 왔을 때야 끝이 났다. 다른 생각 말고 건강만 생각해라. 너 보고 싶어 하는 친구들 데리고 다시 올게. 우리는 면회실 문을 나서는 경석이의 뒷모습에다 이런 말을 우정이라며 던져두고 병원을 떠났다.

돌아오는 차 안에서 나는 어두워 오는 숲과 공제선 너머의 하늘을 자꾸 내다보았다. 경석이의 그 까맣게 탄 얼굴과 빠져버린 머리털 때문에 자루 모자를 쓰고 있던 모습. 자꾸 눈에 어른거리는 그 모습을 망막에서 떨쳐내려는 듯이. 그러나 경석이의 모습은 떨어져 나가기는커녕 오히려 더 또렷한 인상으로 다가왔다. 중환자라는 말에 걸맞지 않게 차분하던 태도며 또렷한 말씨, 어떤 때는 실성한 사람처럼 히죽 웃다가도 또 어느 구절에서는 눈망울에 눈물이 가득히 고이던 모습이 거머리처럼 내 망막에 달라붙어서 떨어지지를 않았다.

개성공단 사업과 금강산 관광이 비슷한 시기에 시작됐다가 비슷한 시기에 막을 내린 것이 아무래도 무슨 사연이 있을 거란 생각이 자꾸 내 생각의 꼬리를 물고 늘어졌다. 그리고 '그림자 춤'이라던 말이 귓가에서 쟁쟁거렸다.

"난 '그림자 춤'이란 말을 들으면서 세상의 다른 모습을 본 것 같애. 실체가 무엇인지, 어디에 있는지, 또 그 실체란 것이 존재하기나 하는 건지. 아무것도 모른 채 의미도 생각도 없이 뛰고 구르고 흔드는 그림자의 춤사위. 난 그 얘기 들으면서 경석이가 무슨 도통한 도사같이 느껴졌다니까."

"허허, 참. 김 선생 아직도 이리 순진하다니까. 역시 착한 접장이란 이름이 어울리는군. 세상만사 다 그림자고 환상이지 뭐. 어느 장단인 지도 모르고 춤추고 떠들고 악쓰다가 가는 거 아냐?"

"난 말야. 그런 얘기는 성철 스님 법어에나 있는 줄 알았지, 경석이 같은 공돌이 입에서 나올 거라고는 상상도 못 했어. 역시 사람은 겪어 봐야 알게 되나 봐."

"정치인들의 공허한 말 한마디에 휩쓸려 다니는 사람들 많이 봤잖 아. 이제 그 사람들이 촛불 값 내놓으란다면서?"

"텔레비전에서 그런 말 나오데. 걱정이야. 또 시끄러울까 싶어서. 사 람마다 자기 이익만 생각하지 나라 생각 미래 생각하는 사람 어디 있 나? 내일 나라가 망하더라도 오늘은 오늘대로 한 접시의 맛있는 요리 를 먹겠노라. 그런 주의지. 어쨌거나 오늘은 그냥 헤어지진 못하겠어. 도통한 것 기념해야지. 자네 오늘 먼 길 운전한다고 수고했으니 내가 술 한 잔 살게."

날은 이미 저물어 어둠의 장막이 산천을 덮었는데, 고속도로에는 앞 선 차량들이 빨간 꽁무니등을 켜고 줄을 서서 달리고 있다. 하늘을 쳐다본다. 어둠에 젖은 하늘에는 아직 저녁별 하나도 돋지 않았다.

문득 가뭄 걱정이 다시 고개를 든다. 가뭄은 언제쯤이나 끝나고 단 비 한 줄기 쏟아지려나?

저녁노을 속으로 날아간 종이비행기

그림자 춤·2

"우리 문양역에 내려서 소주 한잔하고 갈까? 비도 오는데."

성주대교를 건널 때까지 승용차 안은 정적에 싸여 있었다. 그런데 다리를 마악 건너섰을 때, 자동차 앞 유리에 빗방울이 후두둑 떨어지기 시작했고, 상수가 시선을 창밖으로 던져둔 채 입을 열었다.

"그러지. 남은 얘기도 있을 것이고. 어이 이 군. 아버님 장례 치르느라고 수고 많았네. 우리 두 사람 문양역에 좀 내려 주게. 우린 조금 놀다 갈게."

경석이 장례식에서 돌아오는 길이었다. 경석이 아들 승용차를 타고 오다가 문득 그럴 생각이 난 것이었다. 긴 얘길 안 했지만 상수도 나와 비슷한 생각을 했을 것이다. 사업가로서 기업을 세계적인 대기업으로 키우겠다던 야망을 접고 간암으로 고생만 하다가 떠나버린 경석이가 애처롭기도 하고, 젊은 날 고락을 함께하던 추억도 그리웠을 것이다. 여기서 지하철 타면 두 사람 다 경로우대로 소위 지공도사이니 교통 걱정 안 해도 될 것이고, 체통 차리느라고 소주 한잔 넉넉히 마시지 못한 아쉬움도 달랠 수 있을 것이다. 경석이 아들 영수는 비가 오기 시작하는데 괜찮겠느냐고 걱정했고, 우리는 일기예보 듣고 우산까지 가져왔으니 걱정할 것 없다고 했다.

문양역 주변은 한산했다. 작년 봄에 친구들과 나들이 왔을 때 보았던 그 왁자하게 붐비던 분위기와는 전혀 달랐다. 계절이 겨울인 데다가 세밑이고 날씨까지 이러니 나들이객이 없는 모양이라고 생각하면서 둘러보니, 저쪽에 옆구리에다 식당 이름을 커다랗게 써 놓은 미니버스 한 대가 서 있다. 손님 낚으러 나온 식당 버스일 것이다.

식당은 미니버스로 10여 분이나 달려가서 강둑에 바짝 붙어있었다. 1층은 필로티로 되어서 주차장으로 쓰이고, 식당은 2층에 있었다. 넓은 홀은 남쪽과 서쪽이 통유리창으로 되어서 강과 건너편 풍경이 한눈에 들어왔다. 그러나 비 내리는 낙동강 풍경은 을씨년스럽다.

"장사가 안 돼서 죽겠어요. 보세요. 이래 가지고 밥 먹고 살겠어요? 모두들 하늘이 노했대요."

서편 창가에 자리를 잡고 앉자 아주머니가 물병을 들고 다가왔다. 아주머니 얘기를 듣고 주변을 둘러볼 필요도 없이 남쪽 창문 곁에 중늙은이 남녀가 한 쌍 앉아 있을 뿐 홀은 텅 비어 있다.

"홀서빙 아줌마도 다 내보냈어요. 토요일과 일요일에만 파트타임으로 두 사람 쓰고. 주방 조리사 외에는 우리 영감하고 나하고 둘이서 다 해야 하니 돈은 안 되고 몸만 피곤해요."

우리가 벽에 붙은 식단표를 살피면서 주문할 걸 고르는 사이, 아주머니는 곁에 서서 푸념하고 있다. 우리는 주인아줌마가 권하는 대로 메기매운탕을 주문했다.

"어이, 김 선생. 아줌마 얘기 들으면서 생각나는 것 없어? 하늘이 노했단 얘기 들은 적 있지?"

"그래. 우리 작년 여름 경석이 요양병원 찾아가다가 문경새재 식당 아줌마한테서 들었었지. 그때는 날이 가물어서 하늘이 노랬다고 했는데, 오늘은 가뭄 끝에 겨울비가 내리는데도 하늘이 노랬다는군."

"경기가 안 좋긴 안 좋은가 봐. 내 아는 사람 하나도 시내에서 조그만 식당 했는데, 결국 지난주에 문 닫았어."

"나라가 어쩌다 이 모양이 됐는지, 원 참. 나라 다스리는 사람이 제일 먼저 챙겨야 할 게 국태민안 아닌가? 무엇보다 백성 맘이 편해야 하는데, 모두가 이리 불안해하니 참 큰일이야."

"정부의 수준은 국민의 수준에 비례한다. 이런 말 들어봤지? 수원수구 아니겠나? 다 우리 탓이지."

"어이, 자네 이런 수수께끼 들어봤어? 대구 오토바이와 서울 오토바이의 공통점?"

"그거야 쉽지. 바퀴가 두 개다. 기름을 넣어야 달린다. 사람이 타고 다닌다. 그런 거겠지 뭐."

"그런데 말야, 정작 정답은 그게 아냐. 모두 교통신호를 지키지 않는다는 거야. 국민이 이러면서 어디 정치인들 욕할 자격이나 있겠나 싶어."

"아무리 그렇지만 지도자는 한 수 위여야 하는 것 아닌가. 정치하는 사람들 하는 짓들 좀 보라고. 저러니 정치인은 태어나는 게 아니라 배설되는 거란 말이 다 생겨났지. 로마 시대 키케로의 말이라니까 동서고금이 마찬가진가 봐."

주인아줌마가 탁상용 가스레인지 위에다 메기매운탕 냄비를 갖다 얹고는 찰칵 불을 켠다. 그사이 우리는 소주병 뚜껑을 열고 서로 한 잔씩을 따른다.

"오늘 소주 고팠지? 아이들 앞에서 주정을 떨 수도 없고 말야. 가는 사람 앞에서 소주나 실컷 마시고 엉엉 울고 싶은 심정이었지만, 어른 체통 지키느라고 그것도 못 했어. 자, 한잔하지. 장례 날엔 건배는 안 한다지?"

"건배 못 할 것 없지 뭐. 경석이 천당 가는 날인데 건배라도 해 주는 게 좋지 싶어."

"그 친구 천당엘 가기나 했나 몰라. 한세상 고생만 하다가 갔는데."

"개성공단 하다가 재산 말아먹은 것 말고는 다른 죄는 없지 싶어. 내가 다 아는 건 아니지만."

"김 선생 자네 돈 떼어먹은 것 있다면서?"

"그거야 내가 이미 단념하고 용서한 거야. 금액도 얼마 안 되고. 경석이가 정걸이한테 빌려줬다가 정치헌금으로 둔갑하는 바람에 떼인 돈에 비하면 조족지혈이지."

두 잔을 연거푸 들이켠 상수가 창밖을 한참 내다보고 있더니, 툭 한마디를 던진다.

"오늘 낙동강에 내리는 비는 경석이 눈물일 거야. 어쩌면 온 나라 백성들 눈물일지도 모르고."

상수가 너무나 진지한 어조로 말을 하는 바람에 나도 말을 잃고 상수의 시선을 따라 창밖을 내다보았다. 수묵화처럼 어두운 강에는 겨울비가 을씨년스럽게 내리고 있다.

경석이가 충북 괴산의 요양병원에서 대구 가톨릭대학교병원으로 옮겨왔다는 소식은 상수의 전화로 알게 됐다. 상수가 고향 농고의 동기회 회장이라 아무래도 정보가 빠른 모양이었다. 상수와 함께 괴산의 그 성심요양병원으로 경석일 찾아갔던 게 작년 여름이니 벌써 1년이 더 지났다. 비쩍 마른 몸을 푸르죽죽한 환자복에 감추고 있던 그의 모습이 눈앞에 어른거려서 한 번 더 가자고 약속을 했었지만 결국 다시 가지 못하고 이렇게 그가 대구로 우릴 찾아온 꼴이 되고 말았다. 그 조용하고 편안하다던 병원 두고 왜 이리 복잡한 도시로 왔을까? 나는 그 소식을 듣고 경석의 삶이 얼마 남지 않은 모양이구나 하는 생각을 했다. 상수도 그랬을 것이다.

내가 상수와 함께 병원으로 경석일 찾아갔을 때, 그는 6인용 병실의 구석 자리 침대에 누워있었다. 중환자실에 있다가 이틀 전에 이 병실로 옮겼다는 그는 얼굴색이 검게 타고 광대뼈가 드러나도록 마르긴 했지만 뜻밖에도 정신은 맑고 말소리도 또렷했다. 중년 여성 한 사람이 간병인이라고 곁에 붙어있었고, 경석의 아내나 아들딸은 보이지 않았다. 경석이 면회가 끝나고 병원에서 돌아오는 길에 상수한테서 들은 이야기지만 경석이 개성공단에서 사업 철수하고 간암으로 괴산 요양병원에 입원할 무렵에 이혼했다고 한다. 아들은 결혼해서 서울에 살고 있고, 아직 미혼인 딸은 아내가 데려갔단다. 돈 문제는 알 수 없지만 이미 정걸이 정치자금으로 떼이고 사업 실패로 다 날렸으니 재산 분할 같은 건 문제가 되지 않았을 거란 게 상수의 추측이었다.

다른 환자들이 있어서 자유롭게 대화할 수 없어서 난감해하고 있는데, 뜻밖에도 경석이가 복도 건너편의 휴게실로 가서 얘기하자고 한다. 이 정도면 금방 죽거나 할 것 같지는 않아서 일단 안심이 됐다. 우리는 간병인의 도움을 받아 링거병 걸이 쇠막대의 바퀴를 굴려 휴게실로 옮겨갔다. 휴게실은 그리 넓지는 않아도 깨끗한 소파도 있고, 커피를 마실 수 있도록 자판기도 설치되어 있었다.

내가 경석이를 부축하여 의자에 앉는 동안 상수는 커피가 든 종이 컵 두 개를 들고 왔다.

"우리 어릴 땐 비행기는 아무나 타는 게 아니었어. 특별한 사람들, 부자나 지위가 높은 사람이 타는 거였어. 나이가 좀 들면서 나도 비행기를 타고 싶다는 꿈을 가졌어. 초등학교 다닐 때 종이비행기 만들어서 창밖으로 날리다가 자주 선생님한테 꾸지람을 듣곤 했는데, 그게 다 그런 의미가 있었던가 봐. 지금 생각해 보니까 내가 개성공단에 들어간 것도 그 비행기 꿈을 위한 거였어. 보잉747 자가용 비행기를 타고 오대양 육대주를 날아다니고 싶은 꿈. 애초에 가당치도 않은 꿈 속에서 헤매다가 결국 이런 꼴이 되고 말았지만."

경석이 얘기를 들으면서 나와 상수는 커피를 홀짝였다. 경석이는 발음은 또렷했으나 얘기를 이어가기에는 힘에 부치는 듯, 잠깐씩 말을 멈추고 길게 한숨을 내쉬곤 했다. 그럴 때는 금방 죽지는 않겠구나 하는 나의 짐작이 잘못된 것일지도 모른다는 생각이 언뜻언뜻 스쳐 지나갔다.

"그런데, 내 비행기는 저녁놀 속으로 날아간 종이비행기였어. 저녁놀은 황홀할 정도로 아름다웠고, 내가 뿌리칠 수 없을 정도로 매혹적이었어. 그러나 해가 서산을 넘어가자 그 황홀한 저녁놀은 스러지고 어둠만 천지를 덮었지. 요즘 내가 병상에 누워서 반성하고 상상하고 정리하고 한 생각을 한마디로 요약하면 바로 이거야. 저녁놀 속으로 날아간 종이비행기. 애초에 탈 수도 없는 걸 탈 수 있다고 착각한 데서부터 각도가 빗나간 거지."

경석의 이야기는 듣는 사람을 긴장시키기에 충분할 만치 진지했다.

그리고 그 이야기들은 지난해 여름에 괴산의 요양병원으로 찾아갔을 때 경석이가 들려주던 개성공단 사업 실패담과 맥락이 이어져 있다는 생각을 했다. 기대를 갖고 찾아갔던 개성공단. 그러나 거기에는 우리가 상상하지 못했던 온갖 어려움이 숨어 있었다. 물론 그 대부분은 북한의 정치적 특성에서 오는 제약들이었다. 명색이 사장이면서도 남북한 양쪽의 허락이 없으면 자기 공장에 마음대로 드나들 수도 없고, 종업원들과의 면담조차도 노동당의 허락을 받아야 할 뿐 아니라 결근을 해도 그 이유도 물을 수가 없었다고 했지. 거기다가 설상가상으로 친구 정걸이한테 빌려주었다가 정치헌금으로 둔갑하는 바람에 떼여버린 거액의 자본금. 남은 것은 간암으로 망가진 몸뚱이뿐이라고 울먹이던 모습이 눈에 선하다.

그때 경석이가 그랬었지. 모든 게 그림자 춤이라고. 실체는 없고 그림자만 흐느적거리는 춤. 그때 나와 상수는 경석이가 도통한 도사 같다고 했었지. 그런데 지금은 종이비행기라. 그것도 저녁놀 속으로 날아간 종이비행기. 실체가 없는 헛된 그림자란 점에서 이 두 가지는 공통점을 가지고 있어. 인생이 다 그런 것 아닌지 몰라. 실체 없는 그림자 춤이고, 헛것을 보고 날아가다 추락해 버리는 종이비행기.

"정걸인 연락 한번 있었나?"

경석이 이야기가 잠시 뜸을 들이는 사이에 내가 끼어들었다. 장관을 꿈꾸며 대통령 후보 선거캠프에서 열정을 쏟던 그였다. 우리 동기생들은 국회 청문회에 나타나서 멋진 답변을 보여줄 장관 후보 정걸이를 기다렸고, 장관과 친구라고 자랑도 해보고 싶었으나 끝내 그의 모습은 보이지 않았다.

"돈 얘기지? 그 돈은 오래전에 물 건너갔어. 그 얘긴 내가 전에 했었지? 다 포기하고 단념했다고. 가능성 없는 기대는 실망감만 크게 할 뿐이거든."

"그래도 그 자식이 그럴 수가 있나 그래. 남의 눈에 눈물 내면 제 눈엔 피눈물 난다는 걸 모르나."

상수의 목소리에는 경석이에 대한 안타까움과 함께 정걸이에 대한 원망이 가득했다.

"그런데 어떻게 이 병원으로 올 생각을 했어? 그땐 조용히 숨어 살다가 말없이 가고 싶다 뭐 그런 말 하더니?"

"자네들 다녀간 그해 성탄절 무렵에 병원 입원환자들 여럿이서 천주교 세례를 받았어. 정기적으로 병원에 오시는 신부님이 있었어. 그때 자네들도 보았던 그 수녀와 호스피스가 권해서 그렇게 됐어. 물론 그 전에 얼마의 교리 수업도 받았어. 그런데 어느 날 갑자기 죽으면 고향 땅에 묻혀야겠다는 생각이 언뜻 드는 거야. 그래서 고향 가까이 있는 병원으로 옮기고 싶다고 했더니 여기를 추천해 주더라고."

"아들, 이름이 뭐였지? 걔가 서울에 산다면서 거기로 안 가고?"

"서울로 가면 죽어서 고향 못 갈 것 같은 생각을 떨칠 수가 없더라고."

"잘했어. 여우도 죽을 땐 고향 쪽으로 머릴 돌린다고 하잖아."

엘리베이터까지라도 배웅을 하겠다는 경석이를 억지로 병실로 밀어 넣고 우리는 병원을 떠났다. 지하철역까지 무료로 운행한다는 병원 셔틀버스를 타고 오는 동안에 내가 상수한테 물었다. 경석인 마누라도 없느냐고. 사업 실패하고 마누라 이혼하고 몸은 병들고. 삼박자로 조졌다는 게 상수의 대답이었다. 정걸이 생각하면 친구까지 조진 신세라고 할지도 모른다면서, 우리 둘이서라도 가는 날까지 곁에 있어 주자는 얘기도 나눴다. 맥주는 뭐가 맛있고, 친구는 옛 친구가 좋다는 말도 있는데.

그러면서도 나는 이 녀석이 정걸이 돈 얘기를 하면서도 저 때문에 내 살던 집 날리고 고생한 것에 대해서는 한마디 말도 없는 것이 섭섭했다. 나도 그 돈 돌려받겠다는 생각은 버린 지 오래였다. 제 말마따나 가능성 없는 기대는 안 하는 것이 현명하지만.

메기매운탕은 국물 맛이 괜찮았다. 소주를 두 병째 시키는데 마침 건너편 벽에 걸린 대형 텔레비전에서는 공교롭게도 북한 김정은 위원장이 개성공단과 금강산 관광을 조건 없이 허용하겠다고 했다는 뉴스가 나오고 있다.

"개성공단 덕분에 신세 조진 사나이 오늘 땅에 묻혔는데, 별 희한한 소리 다 하네."

"금강산 관광도 마찬가지. 내가 그 금강산 관광이란 걸 가봤잖아. 요지경이야. 경치 하나야 끝내주는 게 사실이지만, 가는 곳마다 미국 딸라만 내놓으라는 데는 환장하겠더라고. 똥 누면 2딸라, 오줌 누면 1딸라. 똥오줌 다 누면 3딸라 내야 하느냐는 질문에 안내원이 뭐라는 줄 알아? 아무도 안 봤으니 오줌은 안 누었다고 하고 2딸라만 주세요. 삼일포 가는 버스 안에서였는데 한바탕 웃음보가 터졌지. 화장실은 어떤지 알아? 어설프게 달린 문짝을 밀고 들어가면 그냥 땅바닥에 양철통 하나만 달랑 놓여있어. 물론 야외 임시 화장실 얘기지만."

"북에 딸라 퍼주기 위한 거란 말이 빈말이 아닌가 봐."

"글쎄. 그거야 우리가 단정할 수 없지만, 그런 인상은 많이 받았어.

삼일포에서 생선구이 한 접시 사 먹고 싶어서 한국 돈 내밀었는데 역시 안 돼. 딸라를 달라는 거야. 난감해하고 있는데 딸라 뭉치 들고 우리를 따라다니던 관광회사 직원이 얼른 환전해 주더라고."

주인아주머니가 가져온 소주병을 받아 마개를 뜯으며 상수가 먼저 얘길 꺼냈고, 내가 화답했다.

"담배도 못 피우게 한다면서?"

"그래. 어기면 백 딸라 벌금이야. 곳곳에 감시원이 지키고 있어. 군인도 있고 사복 차림도 있어. 나는 담배 안 피우니까 그 걱정은 안 해도 됐지만."

나는 그해 겨울에 정부의 특별한 배려로 공짜로 갔던 금강산 관광을 생각했다. 겨울철 관광객 수가 급감하자 정부에서 대부대의 교사와 학생 관광을 지원했었지. 그리운 금강산. 그 신비하기조차 한 금강산의 설경을 관상하면서도 내내 마음은 편하지가 않았었다. 그런데 북한에선 조건 달지 않고 허용하겠단다. 애원이 아니라 아량을 베풀어 허용을 하겠단다. 뭐가 어떻게 되는 건지 헷갈리지 않을 수 없다.

"북한이 비핵화를 하기나 하는지 몰라. 우리만 헛물켜고 있는 건 아닌지. 전방의 철책선 다 걷고 초소도 모두 폭파해 버렸다고 하는데 그래도 괜찮은 건지 걱정이야. 내가 걱정 안 해도 나라 다스리는 사람들이 먼저 걱정하겠지만."

"그러기라도 하면 다행인데, 그렇지 못한 것 같아서 국민들이 불안한 것 아니겠어? 날이면 날마다 들려오는 뉴스들 좀 보라고. 최저임금인가 하는 것 때문에 경제가 파탄 났다고 아우성인데, 정부는 태연하기만 하니, 원 참."

"그런 게 가짜 뉴스라고도 하는데, 어느 게 진짜고 어느 게 가짜인지를 알 수가 있어야지. 까마귀는 암놈 수놈 구분이 안 되거든. 구분이 안 되니 제 마음에 드는 것만 골라서 믿게 되는 거 아니겠어?"

"통계 숫자가 마음에 안 들어서 통계청장을 경질했다는 것 아냐. 날 가물면 기상청장을 바꾸면 된다는 얘기도 있다니까. 참 오래 살다보니 온갖 꼴을 다 보네."

"오늘 가뭄 끝에 비 오는 것 보니 기상청장을 바꾸었나 봐. 하하."

"우리 같은 서민들이야 소주 한잔하고 다리 뻗고 잘 수만 있으면 되지만, 아무래도 나라 돌아가는 게 불안해. 온 나라가 이리 어지러운데 대통령은 텔레비전도 안 보는가 봐."

"대통령 혼자 힘으로 다 되는 것은 아니겠지. 대통령이 인의 장막에 싸여 있어서 그렇다는 얘기도 있고, 온갖 소문이 다 있어. 국제적인 역학관계도 작용할 것이고. 대통령도 어려울 거야. 우리는 한 가족 먹여 살리는 것도 이리 힘든데 나라 살림이야 오죽하겠어? 가난 구제는 나라도 못 한다는 옛말도 있잖아."

"그래도 자넨 교육자 출신답게 배려도 알고 이해도 하는군."

"일종의 자기 위안이지 뭐. 해결이 안 되면 마음이라도 편하게 가져야 한다는 거지. 자, 골치 아픈 얘기 그만하고 술이나 마셔."

경석이의 죽음을 문자 메시지로 전해 온 것은 뜻밖에도 경석이 본인의 전화였다. 물론 연락해야 할 친구들이 누구누구인지를 모르는 아들이 제 아버지 전화를 이용한 것이겠지만, 마치 저승에 가면서도 친구 잊지 못해서 전화 연락을 한 것 같아 마음이 더욱 짠했다.

대구가톨릭병원 장례예식장. 공간은 넓은데 문상객은 별로 없어서 분위기는 썰렁했다. 아들 영수가 혼자서 빈소를 지키고 있을 뿐, 다른 상주는 아무도 없었다. 이혼하면 남남인가? 경석이 아내도 딸도 보이지 않았다. 그래도 살 섞어 공동 작업으로 새끼 낳은 사람인데 마지막 가는 길 한 번쯤 얼굴 보여야 하는 것 아닌가? 딸도 마찬가지. 철수세미로 문질러도 제 아비 핏자국은 씻을 수 없는 건데.

손님방에도 썰렁한 분위기는 마찬가지였다. 상주 영수도 서울서 학교 나와 서울에 사니 찾아올 친구도 많지 않을 것이고, 고향 친척들이 좀 있겠지만 장례 날에 장지로 올 요량인지 별로 보이지 않았다.

장례는 삼일장으로 치러졌다. 장례미사는 병원 장례예식장에 딸린 경당에서 병원 원목신부 집전으로 봉헌됐다. 가톨릭 신자는 자기 교적이 있는 성당에서 장례미사를 드리는 것이 상례이지만, 경석이는 괴산의 요양병원에서 세례를 받고 이곳으로 옮겨온 지 얼마 되지 않으니 교적이 어느 본당으로 제대로 정리되지 못했을 것이다.

명복공원. 전에는 화장장이란 이름으로 불렸는데, 여기도 시대에 맞게 새 이름을 달았다. 겨울 추위에 죽는 사람이 많다더니 장의버스가 여러 대 서 있고, 승용차 주차장에도 빈자리가 없어 보인다. 검은색 옷을 입은 사람들, 누군가 죽은 이의 유가족일 사람들이 대기실 안팎으로 그득했다. 장의버스에서 내리자 바로 앞이 화장동이다. 화장동 위로 무슨 괴물처럼 거대하게 솟아있는 금속 파이프라인은 화장으로 인한 먼지와 냄새를 차단하는 시설이라고 상수가 설명해 준다. 상수는 최근에 여길 여러 번 왔다면서 시설물과 하는 일, 화장 절차와 걸리는 시간 등에 대한 설명을 자세하게 해 준다. 나도 물론 생소한 곳은 아니다. 특히 반세기 전 학창 시절에 가까운 친구를 두 사람이나 여기서 불태워 보냈다. 창호지에 싸주는 유골을 손으로 집어서 주변의 숲에다 뿌렸는데, 그 뜨뜻하던 감촉은 아직도 손끝에 선명하다. 키

크고 우람한 체구. 미남에 언변이 유창해서 여러 사람이 크게 될 인물이라고 칭찬하던 그 친구는 어느 날 갑자기 백혈병이란 이름을 달고 그렇게 내 곁을 떠났다. 태어나면 죽을 일만 남는다는 말도 있지만, 그날 이후 나에게도 죽음은 무엇이고 죽으면 어디로 가는가 하는 의문이 늘 따라다녔다. 죽음에 대한 강박감에서 자유로운 사람이 어디 있을까마는.

한참을 기다려서야 접수절차를 마치고 관은 화로로 들어갔고, 우리는 모니터를 통해서 그 장면을 보다가 번호표와 영정을 들고 대기실로 옮겨갔다. 앞쪽에다 번호표와 영정을 세워두고 자리에 앉았다. 화면이 넓은 모니터가 앞과 중간 두 곳에 설치되어 있었는데, 텔레비전 프로를 보는 중에 유족들에게 필요한 정보가 화면에 나타나곤 했다. 몇 번 누구 유골이 나왔으니 유족은 몇 번 수골실로 오라는 문자가 뜨면 유족들은 서둘러 번호표와 영정을 찾아들고 대기실을 나갔다.

화면에는 마침 정오 뉴스가 나오고 있었는데, 여야 국회의원들이 서로 핏대를 세워 싸우고 있었다. 이미 우리에겐 익숙한 장면이지만, 화장장에서 보는 뉴스는 묘한 느낌을 자아냈다. 권력만이 인생의 유일한 가치인 듯 끝도 없이 싸워대는 사람들. 저들도 언젠가는 오늘 내 친구 경석이처럼 좁은 관 속에 묶여 누워 뜨거운 화로 속으로 들어갈 테지.

옆자리에 앉은 상수가 내 옷자락을 잡아당긴다. 유골 나오기 전에 점심부터 먹어 두잔다. 문을 밀고 나갔더니 거기는 매점이었다. 음료수와 간단한 먹을거리부터 여러 가지 물건들이 진열되어 있었는데, 벽에 붙어서 길게 진열된 것은 유골단지였다. 모양이나 크기, 색상은 비슷하게 생겼는데, 자세히 보니 거기에 쓰인 글이나 그림은 조금씩 달랐다. 망자의 종교에 따라서 선택할 수 있도록 불경 구절이 쓰인 것, 성경 말씀이 쓰인 것, 십자가가 그려진 것. 그리고 향나무와 오동나무로 만들어진 정육면체의 상자도 있다. 가격표도 붙어있었는데 육안으로 보기에는 모두 비슷비슷해 보이지만 값은 천차만별이다. 죽어서 재가 되어도 금수저 은수저는 담기는 항아리가 다르구나 하는 생각이 문득 스쳐 간다. 물고 태어나는 수저의 문제가 아니라 한평생 얼마나 치열하게 살았는가의 문제인지도 모르지만.

점심은 구내식당에서 먹었다. 미리 주문해서 배달된 도시락은 겉보기에는 그럴듯해 보였으나 비쩍 마른반찬들이 입에 깔끄러웠다. 주변의 다른 사람들은 국그릇이 따로 있었는데 도시락 가격에 차이가 있는지 우리한테는 제공되지 않았다. 술도 마찬가지였다. 다른 사람들 자리에 놓인 초록색 소주병이 자꾸 돌아다 보였으나 이것도 무신경인 척하면서 열심히 음식을 입으로 쑤셔 넣었다. 결국은 반쯤은 남긴 채로 자리에서 일어섰다. 그래도 상수는 먹성이 좋아서 빈 도시락을 쓰레기통에다 던져 넣었다.

바깥에 나오자 상수가 비탈길 저 아래쪽을 가리킨다. 거기에는 화장실과 흡연실이 있었다. 상수는 아직도 담배를 끊지 못하고 있다. 만나기만 하면 이놈의 담배 이젠 끊어야지 하는 말을 되풀이하지만 도로아미타불이다. 나는 담배는 안 피우지만 그동안 화장실에나 다녀오려고 동행에 나선다.

"마지막 가는 길이 외롭겠어. 마누라조차 없고."

내가 먼저 입을 연다. 경석이 죽었다는 소식 들은 날부터 계속 내 머릿속을 헤매는 생각이다.

"죽는 사람 반은 다 배우자 없지 뭐. 부부가 한날한시에 죽지 않는 한."

상수의 말투는 태평스러웠지만 풍기는 뉘앙스는 나와 마찬가
지였다.

"그나저나 이혼은 왜 했대?"

"난들 아나 뭐. 소문대로라면 상수 사업 잘될 때 상수 마누라 서울
에서 귀부인 행세하며 잘 나갔나 봐. 그러다 사업 무너지니 견디기 어
려웠던 것 같아. 누가 그러데. 요즘 한창 인기 좋은, 무슨 캐슬인가 하
는 그 드라마 속 여자들처럼 놀았다고."

"돈 없으면 마누라 하나 건사도 할 수 없는 세상이군. 나 원 참."

다시 대기실로 돌아와 막 앉는데 화면에 이경석 유족은 번호표와
영정을 가지고 수골실로 오라는 문자가 뜬다. 우리 일행이 수골실 창
구 앞에 몰려서니, 직원이 화로 번호표를 먼저 창구에다 세우고는 분
골실에서 나오는 유골을 창호지에 받았다. 회색의 가루. 한 움큼이나
될까? 결국 한 인간의 파란만장한 칠십 년 생애가 저렇게 한 줌의 재
로 남는구나. 유골은 창호지에서 나무상자로 옮겨갔고, 상주인 영수
가 받아서 흰색 보자기에 싸서 들었다. 장지까지 수행할 사람은 몇
되지 않았다. 큰 장의버스는 돌려보내고 승용차 두 대만 가기로 한다.

골치 아픈 얘기 그만하고 술이나 마시자고 했지만 골치 아픈 얘기
는 계속되었다.

"저 밖에 강 좀 봐. 유유히 흐르는 낙동강이 아니야. 찌들고 상처 입
고 고통스럽게 흐르는 강이지. 우리 겨레의 젖줄이라고 하던 강인데
요즘 상처가 너무 심한 것 같아."

"가만히 놔두면 흐르고 싶은 대로 흐를 것인데 괜히 건드려서 말썽

을 만들더니, 이제는 또 막은 걸 헐어야 한다고 난리를 치니. 그 난리가 가만히 보니 그냥 물 얘기가 아닌 것 같아. 몇 번이나 한 감사를 또 한다고 하고 책임도 묻겠다고 한다니."

"고래 싸움에 새우 등 터진다더니, 인간들 싸움에 강물만 죽어나는구면."

"어이구, 더러운 꼴 안 보고 경석이 잘 죽었지. 남는 건 한 줌 재뿐인데 모두 왜 저리도 싸우는지."

상수는 주인아줌마를 불러서 다시 소주를 시킨다. 식탁 위에는 벌써 빈 소주병이 세 개다. 나는 내 주량으로는 더 마시는 건 안 된다 싶으면서도 상수의 주문을 막지 못한다. 어쩌면 좀 무리를 해서라도 오늘은 한번 취해보고 싶은 심리가 작용했는지도 모른다. 친구가 경석이만 있었던 것도 아니고, 죽은 친구도 하나둘이 아니다. 그런데 오늘은 느낌이 많이 다르다. 그 슬픔과 허무가 현재진행형이라서 그런 것인가? 아니면 내 나이 탓인가? 경석이가 우리 가슴에 남긴 한마디. 그림자 춤과 저녁노을 속으로 날아간 종이비행기 때문인가?

"생각해 보면 경석이가 한 말, '그림자 춤'과 '저녁노을 속으로 날아간 종이비행기'는 같은 맥락에서 이해해야 할 것 같아."

"그렇겠지? 실체는 없고 환상만 있다는 점에서 그 둘은 공통점을 갖고 있어."

"저녁노을 곱던 구름이 비구름이 되어 종이비행기는 젖어버렸다? 그게 경석이 인생이었군."

"경석이만 그렇겠나? 우리 인생도 마찬가지지. 타고 싶었던 비행기는 보잉747이었는데, 실제로 탈 수밖에 없었던 현실의 비행기는 종이비행기였고, 화려한 환상의 구름은 눈물의 비구름이었고, 드디어 오늘은 젖은 비행기가 땅속으로 추락한 날이고….”

　나는 상수와 대화를 이어가면서도 계속 초라한 경석이의 무덤을 생각하고 있었다. 오동나무 상자에 담긴 한 움큼의 재가 산만 한 봉분을 덮고 누운들 무슨 의미가 있을까마는 유골상자를 덮은 베개만 한 오석 덩어리엔 이름 석 자와 생몰연도만이 너무나도 간단하게 적혀 있었다. 망자를 위안하는 한 구절의 성경 말씀이라도 새겼으면 좋았을걸, 경석이가 천주교 신자라는 표지는 이름자 앞에 새겨진 십자성호가 유일한 것이었다. 그래도 고향마을 뒷산에 누웠다는 것만으로도 큰 위안이 되겠지. 병원 생활을 하면서도 친구들 만나기만 하면 고향 타령을 하던 그가 아닌가.

　“우리 인생도 경석이와 뭐가 다르겠나? 유골이라도 고향 찾은 놈은 행복한 거지.”

　“인생만사는 모두 코미디이지만 죽음의 문제만은 비극이라던 말이 실감 나네, 오늘은.”

　“그래. 이런 말도 있더라고. 인생은 멀리서 보면 희극인데 가까이서 보면 비극이라고. 텔레비전에 매일 누구 죽는 얘기 나와도 그런가보다 했는데, 봐, 우리 주변 사람 죽으면 이리 슬프고 진지해지니 그 말 참 맞다 싶어.”

　“술을 좋아하시는군요. 우리야 많이 팔수록 좋지만.”

　주인아주머니가 소주병을 들고 와서 매운탕 냄비에다 육수를 보충해 주면서 관심이 있는 체를 한다.

　“친구를 파묻고 오는 길이랍니다. 우리도 곧 그 모양 될 거고.”

　우리는 새 술병의 뚜껑을 열고 다시 잔을 채운다. 그러면서 텔레비전을 보니 그사이 프로가 바뀌었는지 앵커와 네 사람의 패널이 열띤

토론을 벌이고 있다. 변호사 누구라는 이름표를 단 사람이 이 정부를 '내로남불 정부'라고 목소리를 높인다.

"어이, 김 선생. 난 말야. 저 말이 아주 신통하다 싶어. 내로남불. 내가 하는 건 로맨스고 남이 하는 건 불륜이란 뜻이라며? 이 시대 유행어 중에서 단연 장원감이야. 이렇게 촌철살인으로 정곡을 찌르다니."

"시대가 언어를 만들고, 그게 쌓이면 언어사가 되고, 또 역사가 되고 그런 것 아니겠어?"

우리는 새로 가져온 술병을 다 비우고 매운탕 냄비도 바닥까지 긁어먹은 후에 자리에서 일어났다. 비 탓인가? 밖은 벌써 어둑어둑 어둠사리가 내리고 있다.

우리를 문양역까지 데려다줄 미니버스에 오르면서 상수가 나를 돌아다보고 착 가라앉은 목소리로 한마디를 던진다.

"난 자꾸 그런 생각이 들어. 이 나라도 저녁노을 속으로 날아가는 종이비행기 같다고."

어둠에 젖어 드는 겨레의 젖줄 낙동강은 겨울비 속에서 을씨년스럽다.

강은 거기 있었다

그림자 춤 · 3

상수는 성서 홈플러스 앞길에 서 있었다. 멀리서도 내 차를 알아본 모양으로 손을 흔든다. 자주 입는 보라색 상의에다 챙이 넓은 하늘색 등산용 모자를 쓴 모습이다.

"역시 김 선생이군. 초시계라는 별명이 무색하지 않게 딱 정시네."

상수는 조수석에 엉덩이를 털썩 놓으면서 왼손을 들어 내 앞으로 손목시계를 들이민다. 오전 10시 정각. 상수의 손목시계가 아니라도 자동차 계기판 위쪽의 커다란 디지털시계가 시각을 시각적으로 보여주고 있다.

"그나저나 자네 고급 외제 승용차로 폼나게 고향 가자더니 갑자기 왜 내 차를 타겠다는데? 새로 사업 시작하더니 투자를 너무 많이 했나? 고향 가는 기름값이라도 절약해야 할 정도로?"

나는 농담기를 섞어서 상수의 눈치를 살핀다.

"말도 말게. 어제 오후에 사고가 있었어. 어떤 놈이 내 차 옆구리를 긁어버린 거야. 험상궂은 젊은이 두 놈이 차를 가로막고 내가 차선을 넘었다면서 협박을 하는데, 겁이 덜컥 나데. 점심 먹으면서 맥주 한잔 걸친 게 죄 밑이 돼서 구렁이 알 같은 현금 이십만 원 주고 달래어 보냈지. 내 차는 공장행."

상수는 날 기다리면서 마시고 있었던 커피를 홀짝 마저 비우고는 빈 종이 잔을 중간에 있는 잔 잡이 구멍에다 밀어넣는다.

"술 마셨으면 박 사장이 잘못했네. 누굴 탓하겠어? 윤창호법이 칼날 같은데."

"그러게 말야. 맥주 딱 한잔했으니까 괜찮겠지 싶어도 혹시나 싶어서 내가 죄인이 되어 준 거지. 그런데 말야, 그놈들이 엊저녁에 또 다른 곳에서 한탕 하다가 잡혔는데, 고의사고로 보험금 훔쳐먹는 사기꾼이라는군. 엊저녁 지방 뉴스에 나왔어. 그놈들이 맞아. 나 원 참, 더러워서."

상수는 우리 고향 농고 동기회의 회장이다. 동기회 소식은 대구뿐 아니라 전국적으로 알고 알리고 간에 마당발이다. 이번 고향 회동도 물론 상수가 알려왔다. 추석 밑 마지막 일요일에 농고 총동창회 총회가 간이 체육대회를 겸해서 열리는데, 어차피 고향 갈 거니까 전날 저녁에 우리 동기들끼리 전야제를 하자고 했다는 것이었다. 한 주일 전에 고향의 종중 합동 벌초에 다녀왔는데 또 가기가 좀 그렇다고 했더니, 이번에는 생전 얼굴 안 보여주던 조정걸이도 온다고 했다면서, 오랜만에 정걸이 얼굴도 한번 보고, 지난 여름에 그리 후다닥 묻고 온 경석이 무덤에도 가보자고 했다. 자기 고급승용차로 브이브이아이피로 모실 테니까 함께 가자는 것이었다. 경석이 얘기만 나오면 나는 마음이 약해진다. 고등학교에 다닐 때 거인 콧구멍만 한 방에서 함께 자취했던 기억도 잊지 못하고, 괴산의 요양병원에 누워서 개성공단 사업 말아먹었다면서 그림자 춤 얘기를 하던 모습, 죽기 전에 대구가톨릭병원에서 팔뚝에 링거 바늘을 꽂은 채로 자기는 저녁노을 화려함에 속아 날아갔다가 비구름으로 변한 노을에 속아 젖어서 추락한 종이비행기라고 하면서 울먹이던 모습이 눈에 선하다. 사실 정걸이가 온다는 건 그렇게 반갑다는 생각이 들지는 않았다. 정걸이가 경석이 사업자금을 정치헌금으로 위장해서 떼어먹은 것이 경석이 사업 실패의 한 요인이란 걸 아는 사람은 동기들 중에서도 나와 상수뿐이다. 대통령 선거캠프의 공로자로 알려진 정걸이는 곧 장관이 될 거란 소문은 무성했으나 한 번도 국회 청문회장에는 모습을 보이지 않았다. 지난번 개각 때는 얼굴이 보이려나 하는 막연한 기대감을 갖고 있는 친구들도 더러 있었지만 나와 상수는 그걸 믿지 않았다. 친구 돈 떼어먹고 미안하단 소리 한마디 없이 그건 정치헌금 아니었느냐고 오리발 내미는 주제에 장관은 무슨 장관. 법무부장관 후보가 너무나 넘치는 스캔들로 온 나라가 법석을 떠는 통에 묻혀서 그렇지 곧 장관이 될 거란 소문이 고향에는 널리 퍼져 있다는 얘기도 들려왔다. 그런데 이번에는 또 그게 아니고 내년 총선에 고향에서 출마할 예정이라는 얘기가 나왔다. 그래서 온도 측정도 해볼 겸 정지 작업을 위해 이번 추석에는 고향엘 내려올 것이고, 추석 전에 열리는 모교 총동창회 총회엘 참석한다는 것이었다.

견디기 어렵던 폭염도 가고, 얼마 전에 내린 제법 많은 양의 비로 인해 산천은 씻겨서 깨끗하고 공기도 맑았다. 하늘에 구름이 좀 많긴 하지만 시골길 드라이브하기에는 괜찮은 날씨다.

"날씨 좋네. 고향 가기에. 그런데 또 태풍 온다며?"

"지긋지긋하던 더위 가자마자 또 태풍이라니. 나라가 시끄러우니 날씨조차 말썽이야. 좋은 날씨 누릴 만치 우리가 공덕을 쌓지 못했다는 건지."

"엊저녁 뉴스에 나오데. 중형인데 대형으로 발전할 가능성도 있다고."

"시간 여유도 있고 경치도 좋은 데 차나 한잔하고 좀 쉬어갈까?"

성주대교를 지나서 오른쪽으로 조금 들어가면 낙동강 가에 '옛가람'이란 이름의 찻집이 하나 있다. 고향에 자주 가는 건 아니지만 고향 가고 오는 길이면 한번씩 들르곤 하는 집이다. 집 안의 꾸밈새는 단순 소박하지만 품위가 느껴졌다. 창가 자리에 앉아 낙동강을 내다보면서 마시는 커피 맛은 제법 운치가 있다.

"어서 오세요. 오랜만에 오셨네요."

마당에 차를 세우고 안으로 들어가자 중년의 여주인이 아는 체를 한다. 이른 시간이라 그런지 손님은 많지 않다. 구석 자리에 젊은 남녀 한 쌍이 마주 앉아 있을 뿐.

강 풍경이 잘 내다보이는 창가에 자리를 잡고 앉자 여주인이 여기가 제일 명당이죠 하면서 주문을 받으러 왔다. 상수가 아메리카노 두 잔, 하면서 손가락 두 개를 펴 보였을 때, 나는 하나는 코리아노로, 하며 손가락 하나를 세워 보였다. 여주인은 가벼운 웃음을 날리고는 돌아선다. 농담이란 걸 알아차렸다는 뜻이리라.

"저 강을 보면 불쌍하다는 생각이 들어. 만 년을 흘러온 겨레의 젖줄이란 찬사는 이제 만신창이가 됐어. 인간이란 얼마나 영악한 동물인지 자기들 싸움에다 저 죄 없는 강물까지 끌어들이니, 원 참."

상수가 시선을 강물 위에 띄운 채로 독백인지 방백인지 나직이 애기를 꺼낸다.

정권이 바뀌면서 시작된 4대강 보 철거 문제를 두고 하는 얘기다.

"다른 곳에는 이미 보 철거를 시작했다던데? 인터넷 뉴스에서 본 것 같은데?"

"일은 시작 전에 깊이 생각해야 하고, 일단 결정되면 쉽게 바꾸어서는 안 되는 건데, 이건 뭐 조삼모사로 백성 속여먹기인지."

"어제는 그게 옳다고 하더니 오늘은 또 이게 정답이라니까 어리석은 백성들은 어느 장단에 춤을 춰야 할지 헷갈리지 않을 수가 있나? 비단 보 철거뿐 아니라 모든 게 그 모양이니."

여주인이 가져온 커피를 마시면서, 나는 상수가 참 고맙다는 생각을 한다. 최저임금제와 주 근무 52시간 강행으로 제조업이 서리를 맞고 있다는데, 싸게 내놓은 공장이 있다고 얼른 사들인 것이 걱정이 되긴 하지만, 제 말마따나 모두가 팔기만 하고 사는 놈 없으면 나라 꼴 어찌 되겠는가? 그게 나중에 안 되면 부동산으로 되팔아도 큰 손해 없을 것이란 계산에서 나온 것이라 할지라도 말이라도 이렇게 해 주는 것이 고마운 것이다. 그것도 네가 욕하는 정치인들 거짓말하고 같은 것 아니냐니까 그렇지 않단다. 나는 이익을 보든 손해를 보든 내 책임이고, 정치인들은 자기들이 저지른 책임을 모두 정적이나 국민들에게 뒤집어씌우는 것이 다르단다. 사업하던 가락이 아직 남은 덕인지 술을 한 잔 마셔도 자기가 돈을 낸다. 특히 나한테는, 가끔 듣기 거북한 농담을 할 때도 없는 건 아니지만, 진솔하고 친절하다. 그것이 마음속에서 우러나오는 우정이란 걸 나는 느낀다. 그의 언행에는 그런 진정성이 배어있다. 고향 가는 길에 구태여 내 차를 타고 가겠다는 것도 꼭히 자기 차 수리 때문만은 아닐 것이다. 나는 안다. 나와 함께 이렇게 오붓한 시간을 갖고 싶어 하는 마음임을. 문경새재 넘어 경석이 요양병원 찾아갈 때부터 장례 마치고 오다가 술 한잔했을 때까지, 그가 활짝 마음 열어 보여준 우정을 나는 느껴 알고 있다. 늙어 재산은 친구뿐이라고도 하지 않는가?

"이번에 총동창회장 선출한다며? 지금 회장 아직 임기가 일 년 남았지 싶은데? 박 사장은 그런 소식 잘 알잖아?"

"나도 자세히는 몰라. 회장이 자진 사퇴를 했다는 것 같애. 모교 후원금 통장에 문제가 생겼다나 봐. 돈은 일체 총무가 관리했으니 총무 책임이어야 하는데, 어쩌다가 회장 책임으로 돌아왔다고 해. 돈까지 제법 물어냈다는 소문도 있어. 더구나 놀라운 것은 상식이 그 녀석이 음모를 꾸몄다는 설도 있어. 상식이 알지? 읍내에서 식당하는 이상식이?"

"그래? 참 별꼴을 다 보겠군."

"진실은 아무도 모르지 뭐. 김 선생도 알다시피 상식이 그 녀석이 보통사람이야? 학교 다닐 때 아무도 못 말리던 주먹대장 아냐? 지금도 그 버릇 남아서 고향의 모든 권력을 제 손아귀에 넣고 있다네. 군내 음식업협회 회장에, 영농조합 이사장에, 고향발전위원회 고문에…. 그런데 이 친구가 총동창회장을 꼭 한번 하겠다고 욕심을 부린다는군."

"그런데 총동창회장은 벌써 우리보다 다섯 기나 후배가 하고 있잖아. 후배로 이어지는 게 전통이고 관롄데?"

"그런데 도의원을 한번 해 먹기 위해서는 총동창회장의 직함이 꼭 필요하다는 거야. 그러니 그 녀석이 욕을 먹는 것 아닌가. 그것도 권력이라고 그러고 있으니 막강한 정치권력의 맛은 어떨까? 내 원 참."

"인생이 뭔지. 경석이 죽은 후에 내가 철학자 된 기분이야. 그렇다고 허무주의자가 된 건 아니지만."

"사람은 누구나 다 철학자야. 커피 다 마셨으면 일어설까? 경석이 무덤 다녀서 읍내까지 나오려면 시간이 좀 걸릴 거야. 어디서 점심도 먹어야 하고. 경석이 하고도 눈인사만 하고 그냥 올 수는 없잖아. 좀 노닥거리다가 와야지."

경석이는 그때 그 자리에 그대로 누워있었다. 그의 고향 마을 웃터 입구에다 차를 세우고 우리는 걸어서 동네 뒷산으로 올라갔다. 선영 끝자락 한쪽 구석, 길게 자란 잡초 속에 말없이 누워있는 오석 한 덩이. 거기에는 달랑 경석이 이름 석 자와 생몰 연대만이 무심히 적혀 있다. 그 곁에 새겨진 작은 십자표지만이 그가 세례를 받은 천주교 신자였다는 걸 말해 줄 뿐. 주변의 무덤들은 깨끗하게 벌초가 되어있는데, 방석 넓이만 한 경석이 무덤만 잡초에 덮여 있었다. 모두 집안 묘소인데, 왜 이랬을까? 아들이 서울에서 먼 길 내려오지 못했다 하더라도 이웃에서 예초기 한 번만 휘둘러 주었으면 좋았을걸.

"개성까지 가서 사업하다가 병들어 죽었으니 고향 종중에 이바지할 기회가 없었을 거야. 장의차 마을에 들어오는 것 막지 않은 것만 해도 다행이지."

상수의 어투에는 연민과 함께 불만의 기운이 가득하다.

우리는 맨손으로 묘석 주변의 잡초를 대강 뜯어내고, 그 곁에 엉덩이를 붙이고 쪼그려 앉았다. 멀리로 가야산 연봉이 병풍인 듯 둘러 있고, 넓지는 않으나 기름져 보이는 동네 앞 들판에는 벌써 벼가 패어서 누르스름한 빛을 띠고 있다.

"자연은 거짓말 안 한다더니, 벌써 나락이 누래지네."

상수가 묘석을 쓰다듬으면서 시선은 멀리 마을을 내려다본다.

"경석이 고3 때 연애한 것 알아?"

"그래? 첨 듣는 얘긴데? 누구와?"

"여고 2학년짜린데, 오빠오빠 하면서 많이 따랐어. 나도 몰랐는데, 어느 날 저녁에 우리 자취방에 왔다가 나한테 들켰지. 그 뒤엔 다시 우리 방에 오지 않았는데, 나중에 경석이 얘기 들어보니 졸업 기념으로 겨울 추위 속에서 낙동강변을 발바닥에 물집이 잡히도록 걸었다고 하데. 그 녀석 샌님인 줄 알았더니 그런 면이 있더라고."

"우린 공부만이 인생의 전부인 줄 알았으니. 연애도 한번 못 해보고. 그래도 김 선생은 대학 시절에 서클활동 하면서 주변에 여학생 많았잖아?"

"많으면 뭘 해. 강 건너 꽃인걸. 걔들이 이 산골 가난뱅이 촌놈 관심이나 가지겠어?"

"대구가 지척이라지만 고향 오기도 쉽지 않아. 와도 볼일만 얼른 보고는 돌아가기 바쁘지. 아직 저녁 동기회 시간까지는 여유가 좀 있네. 몇 군데 둘러보고 시간 맞춰서 가지 뭐. 일찍 가 봐야 별 할 일이 있는 것도 아닌데."

"그러지. 점심도 어디 가서 때워야 할 거고."

"난 내가 이 고장 출신이라는 게 자랑스럽고 행복해."

한개마을, 세종대왕자태실, 성밖숲, 한강 선생과 심산 선생 유적지 등을 둘러보고 읍내로 돌아가는 차 안에서 이번에는 내가 먼저 말을 꺼냈다.

"그렇지 않은 사람도 있을지는 모르지만 나도 김 선생 의견에 동감이야. 늘그막에 여기서 살았으면 더 좋았겠지만."

"없는 것 빼놓고는 다 있어. 산고수장의 자연이 있어, 유서 깊은 역사가 있어, 민족 얼의 기둥이 될 선열들의 학문과 운동이 있어…"

"어디라도 없는 것은 없고 있는 것은 다 있지. 기차 얘기지?"

"응, 옛 어른들이 선비 동네에 쇳소리 나면 안 좋다고 기차 통과를 막았다고 하는데, 지금 생각하면 좀 아쉬운 일이었어."

"새로 철도 놓는대. 여기에 역 세워야 한다고 유치운동 한다더군."

우리가 동기회 장소인 부강식당 앞 주차장에 차를 세우고 내리자 이 식당 주인인 이상식이 그 좋은 허우대를 흔들면서 환영을 나온다.

"어이, 김 선생, 박 사장. 어서 오게. 반갑네. 이게 얼마 만인가?"

"역시 이 사장은 이 고장 대표 사나이네. 나이가 몇인데 아직 젊은이 같네."

상수는 상식이의 손을 잡고 인사를 건넨다. 그런데 내게는 상식이의 그 인사가 그리 탐탁하게 들리지를 않는다. 상수는 넉살이 좋고 심성이 고와서 그렇겠지만 내게는 상식이란 친구가 맘에 썩 내키지는 않는다. 나도 그의 손을 잡고 웃으면서 인사를 했으나 마음속 깊은 곳에 숨어 있던 아픈 기억 하나가 고개를 들고 나온다.

고등학생 시절. 어느 날 이상식이 내 자취방엘 찾아왔다. 친구에게서 빌린 돈을 갚지 못해서 그러니 이 책을 팔아야 한다면서, 동아판 단권 짜리 백과사전을 한 권 들고 왔다. 세상의 온갖 지식이 다 담겨 있을 것 같은 그 사전이 너무 탐이 나서 한 달 치 용돈을 주고 즉석에서 책을 받았다. 그런데 며칠 후에 다시 와서, 부모님이 그 책 없어졌다고 야단이 났으니 가져가서 사흘만 책꽂이에 꽂아놨다가 다시 가져다주겠다고 했다. 그런데 그 책은 나에게로 다시는 돌아오지 않았다. 그 기억이 왜 반세기가 지난 이 시간까지 잊히지 않는지 모를 일이다.

식당엘 들어서면서 보니 출입문 위에 달린 간판이 낯설다. 전에 왔을 때는 분명히 '부강식당'이었는데, 오늘은 '부강 레스토랑'이다. 자세히 보니, 부자 되고 건강하라는 뜻이라면서 한자로 부(富)자와 강(康)자를 병기해 놓은 것은 그대로이지만 뒷부분 '식당'은 잘라내고 새로 아크릴로 '레스토랑'을 새겨 붙이고 그 안에다 전등을 밝혀 유난히 눈에 띄게 만들어 놓았다. 여기는 촌놈들 식당이 아니다. 격조 높은 레스토랑이다. 간판이 그렇게 외치는 것 같다.

식당 안에는, 아니 레스토랑 안에는 벌써 댓 명이 둘러앉아 술판을 벌여놓고 있다. 우리가 수인사를 나누고 내어주는 의자에 자리를 잡자 상식이 맥주잔과 소주잔을 두 개씩 들고 왔다. 요즘은 맥주는 싱거워서 소맥을 만들어 먹는다면서 상식이 한 잔씩을 건넨다.

"식당이 레스토랑이 됐네. 음식은 안 바뀌고 이름만 바꾼다고 뭐 좋아지는가?"

내가 하고 싶은 말을 상수가 먼저 한다.

"못난 사람은 이름 덕에 먹고 산다잖아. 상호가 중요하고말고."

상식은 신이 나서 자랑을 늘어놓는다. 간판 바꾸어 단 이후 손님이 거짓말 좀 보태어서 배는 늘었다고 한다. 똑같이 비빔밥 한 그릇 먹고 와도 식당에서 먹은 게 아니라 레스토랑에서 먹었다는 게 얼마나 신나고 자랑스러운 건지 모른다고들 한단다. 그렇게 인기가 올라가다 보니 장날 손님은 물론, 참외밭 점심식사 배달 주문도 많이 늘었고, 일손이 모자라서 홀서빙 아줌마도 한 사람 더 들였단다. 나는 이 이야기를 들으면서 카페 '옛가람'을 생각했다. 두 경우는 매우 대조적이다. 어느 것이 어느 방향으로 가야 하는 건지.

이어서 몇 사람이 더 왔다. 동기회라고 해야 정기회도 아니고 내일 있을 총회 참석차 와서 얼굴 한번 보는 것이니 회의의 순서도 격식도 없다. 상수가 회장이라고 안부 인사 정도의 개회사를 하자 바로 음식이 들어오고, 술판이 벌어졌다.

"근데 왜 온다던 정걸이는 안 보여? 내일 오려다가 높은 양반 얼굴 한번 본다고 오늘 바쁜 일 제쳐놓고 달려왔는데?"

왁자하게 떠드느라고 정신없던 좌중은 이 한마디에 갑자기 조용해졌다. 그러자 정걸이 얘기가 대화의 중심으로 자리 잡는다.

"정걸이는 장관 떨어지고 국회의원 할 거라며?"

"그 녀석 뻥치는 것 아냐? 학교 다닐 때부터 큰소리만 치고 실속이 없었어."

"정치는 원래 그런 사람이 하는 거야. 김 선생 같은 저런 샌님은 국회의원, 장관 안겨줘도 못해."

얘기는 죄 없는 '김 선생'에게로 불똥이 튄다. 그러나 나는 기분이 언짢거나 하지는 않다. 저 친구들의 저런 가식 없는 대화야말로 순박한 사람들의 소박한 삶의 모습이라는 생각이다.

"정걸이 소식은 아무래도 상식이가 제일 정통하지. 어이 이 사장. 정걸이 뭔 소식 있었나?"

"정걸이 내년 총선 출마하면 대책본부장을 네가 맡을 거란 소문이 있던데?"

좌중의 시선은 모두가 상식이를 향한다.

상식이는 조금 뜸을 들여서 좌중의 관심을 집중시킨 뒤에 입을 연다.

"그 모두 가짜 뉴스야. 흠결이 있어서 장관 못됐다거나, 고위층과의 불화설 모두 가짜 뉴스야. 다만 내년 총선 고향 출마는 맞지 싶어. 내가 대책본부장 어쩌고 하는 것도 물론 가짜 뉴스고."

"그런데 왜 오늘은 안 왔어? 내일 모교 총동창회가 중요한 자리란 건 알 것 아냐?"

"그렇지. 이 고장에선 영향력 있는 유지가 누구겠어? 다 우리 동창 선후배들 아닌가?"

"믿는 구석이 따로 있는가 봐. 중앙정부의 화끈한 지원이나 뭐 이런 거."

다시 시끄러워지던 분위기는 상식이가 해명을 하겠다고 하자 가라앉았다.

상식이 얘기대로라면 정걸이는 말하기 어려운 중대사로 높은 분의 부름을 받았다고 한다. 지금 나라가 두 동강 날만큼 난리법석인 법무부장관 후보 문제를 해결할 아이디어맨으로 정걸이가 낙점을 받았다고 한다. 곧이들리지 않는 얘기지만 이 또한 알 수 없는 일이다. 요즘처럼 세상일 불투명하고 비상식적인 경우가 어디 있었던가?

화장실엘 가려고 식당 구석 쪽으로 다가갔다. 상식이가 '홀서빙'이라고 부르던 아줌마가 쟁반에 음식 그릇을 담아 들고 주방 안에서 나오고 있다.

"아줌마. 화장실 어디예요?"

내 물음에 대한 '홀서빙'의 대답은 더욱 놀라웠다.

"네? 토일렛요. 저기 저 뒤쪽. 저기 안내판 있네요."

가리키는 곳을 바라보니 영문자로 'TOILLET'이라고 쓴 안내판이 있고, 그 아래에는 빨간색의 화살표가 오른쪽을 향하고 있다. 어째 낯설다 싶어서 자세히 보니 L자가 하나 더 들어있다.

"허허, 그 참. 영어 모르는 사람은 오줌도 못 누겠군. 화장실이 토일 릿이 됐으니."

"화장실이란 말을 들으면 지린내가 연상된다고 사장님이 바꿨습니 다. 영어로 쓰니까 더 멋있잖습니까?"

"화장실에선 조선 사람 오줌 나오고, 토일릿에서는 서양사람 오줌 나오는 것 아뇨?"

화장실엘 들어서니 지린내와 화학약품 냄새가 섞인 듯한 묘한 악취 가 확 덮쳐 온다.

동기회 전야제를 마치고 숙소인 모텔로 들어온 것은 꽤 늦은 시간 이었다. 아테네 모텔이라는, 좀 고상한 이름의 이 모텔은 그 옛날 내 가 자취를 하던 동네에 있었다. 그때는 참 초라하고 낡은 동네였는데, 지금은 깨끗하게 개발이 되고 정돈이 된 낯선 동네가 됐다. 처음엔 가 야산 국립공원 지역에 있는 호텔에 가서 자자는 얘기도 있었으나 잠 만 잠깐 자면 될 걸 고급 찾고 뭐 찾고 할 것 없다는 의견이었고, 동 기들 모임에서 소주도 한두 잔 마신 상황이라 모임 장소에서 가까운 이 모텔을 숙소로 정한 것이다.

"어이, 김 선생. 세상에서 제일 좋은 모텔 이름이 뭔지 알아?"

모텔 현관에서 방 열쇠를 받아 들고 돌아서면서 상수가 물었다.

"글쎄. 그걸 어떻게 알아? 천상모텔이거나 아니면 낙원모텔이거나 뭐 그런 거겠지."

"'밤이나 낮이나 모텔'이야. 해인사 가는 길목에 있어. 참 웃기지?"

"밤에 모텔이면 낮에도 모텔이지. 그게 뭘 웃겨?"

"난 말야. 스님들이 지나가는 길에 저 간판 보고 수도생활에 지장 있을까 봐 걱정되더라고."

"별꼴이야. 박 사장 자네 걱정이나 하게. 제 코가 석 자면서."

양치를 하고 텔레비전을 켜니, 뉴스가 진행되고 있다. 오늘의 마감 뉴스인가 싶다. 이 밤에도 법무부 장관 후보자의 이야기가 열기를 뿜고 있다. 과거에 그가 했던 이야기와 백팔십도 달라진 그의 언행이 도마에 오르고 있었다. 서울대생들이 촛불집회를 열고 후보자의 내로남불을 성토했다는 얘기도 나오고, 그의 딸이 고등학생 시절에 전문 의학 논문에 제1저자로 이름을 올린 경위를 해명하라는 얘기도 나온다. 어느 대학 총장의 상장도 위조됐을 가능성이 제기되고 있다. 이미 들었던 얘기들이지만 폭포수 쏟아지듯 끝도 없이 쏟아져 나오는 것이 아무래도 문제가 심각하다는 느낌을 준다.

일본에서 소위 화이트리스트 국가 명단에서 한국을 제외하면서 문제가 터지기 시작했다. 한국에서는 외교부장관이 외국에 있는 상황임에도 불구하고 즉각 지소미아(GSOMIA) 파기를 선언했고, 미국에서는 안보 벨트에 균열이 생긴다고 유감의 수준을 넘어선 우려를 표명했다. 경제와 안보가 한꺼번에 무너진다는 비판과 우려의 목소리가 높아갔다. 그런데 갑자기 검찰에서 법무부장관 후보자에 대한 수사가 시작됐다. 검찰총장은 살아 있는 권력에도 굴하지 않을 인물로 평가를 받으면서, 야당의 우려에도 불구하고 화려하게 등장한 사람이다. 살아 있는 권력이라도 수사하란 말이 반어법인 줄을 몰랐던 모양이라는 비아냥거림도 있고, 집권당에서는 믿던 도끼에 발등 찍혔다는 볼멘소리가 터져 나왔다. 여당 대표는 지소미아 파기보다 더 나라를 어지럽히는 일이라고 성토를 했다. 그러자 한편에서는 자기들이 저지른 지소미아 파기가 나라를 어지럽히는 걸 인정한 발언이라는 비판도 나왔다. 그런데 희한하게도 검찰총장은 아무 말도 없이 꾸준히 수사를 진행해 갔다. 곳곳에서 압수수색도 이루어졌다. 이 수사가 어떤 의도를 갖고 이루어지는지에 대한 의구심도 생겼다. 결국 면죄부를 주려고 하는 꼼수가 아닌가 하는 의심도 있었고, 오직 정의를 지향할 뿐, 살아 있는 권력에도 아부하지 않는 검찰총장의 굳은 의지가 표출된 것이란 얘기도 나왔다.

그런데 또 새로운 문제가 터졌다. 여야가 증인 문제로 다투다가 청문회 일정에 문제가 생기자 사상 초유의 소위 '셀프 청문회'가 기습적으로 이루어진 것이었다. 여당 의원이 진행을 맡은 기자간담회는 두세 시간을 남겨놓고 갑자기 불려 나온 기자들이 준비 부족한 질문을 했고, 후보자는 긴 시간 수많은 인력을 동원하여 준비한 변명과 해명에만 집중할 수 있었다. 국회 청문회였다면 가능했을 문제점에 대한 공방은 없었다. 야당은 국민을 능멸한 폭거라고 반발했고, 여당에 호의적이던 일부 야당까지 민주주의의 파괴라며 비판에 가세했다. 언론에서도 '형식은 오만, 내용은 맹랑'이라며 포문을 열었다.

"후보자가 손절매의 적시를 놓쳤군."

내 말에 상수가 착 가라앉은 목소리로 응답을 한다.

"이게 또 하나의 태풍의 눈이 되겠군. 나라가 시끄럽겠어."

뉴스가 끝나자 일기예보가 이어졌다.

태풍주의보가 내렸다는 얘기로부터 시작한 일기예보는 인공위성에서 찍은 태풍의 눈을 선명하게 보여주고 있다. 소형으로 시작한 이 태풍은 홍콩에서 지은 '링링'(소녀)이란 귀여운 이름을 가졌지만 이름처럼 그렇게 귀엽게만 놀지 않을 수도 있다는 우려도 나왔다. 중심기압 1

천 헥토파스칼의 소형으로 시작했으나 일본의 오키나와 남쪽에 잠시 머물면서 더워진 바닷물에서 에너지를 보충하여 중형으로 성장했고, 상황에 따라서는 대형태풍이 될 가능성도 있단다. 태풍주의보는 태풍경보로 격상될 것이란 말도 보탠다. 아직 경로는 유동적이지만 이대로라면 내일 오후쯤에는 한반도 서해안을 따라 북상하여 인천 근교로 상륙할 것으로 보인다면서 대비책을 서두르라는 주의도 덧붙인다.

"정치태풍에 경제태풍에 날씨태풍까지 겹치는군."

"안보태풍은 어쩌고? 아이고 피곤하다. 그만 자자."

"가야농업마이스터고등학교 총동창회 임시총회 개회를 선언합니다."

사회자는 세련된 어조로 개회를 선언했다.

나는 우리 모교의 이름이 이렇게 긴 것인 줄 처음 알았다. 부강식당이 부강레스토랑으로 진화하듯이, 농업고등학교도 농업마이스터고등학교로 진화했구나. 화장실은 토일릿으로, 식당 아줌마는 홀서빙으로.

사회자는 개회에 이어서 태풍 소식에 체육대회는 취소되었고, 참석자 수가 좀 적지만 규정에 참석자만으로 개회할 수 있다고 되어있기 때문에 오늘 의결되는 것은 모두가 합법적이고 따라서 유효하다는 설명을 장황하게 늘어놓는다.

국민의례는 생략되었고, 이어서 내빈 소개의 순서가 있었는데, 참석자의 반 정도는 외래 인사인 듯했다. 모교의 현임 교장선생님을 비롯하여, 군수를 대신한 부군수, 지역발전위원회 회장, 국회의원 보좌관, 유물유적보존회 대표, 여러 종회 대표, 재대구향우회 회장….

내빈 여러 사람의 축사가 지루하게 이어진 후에 본 안건이 상정되었다.

안건은 회장 보궐선거 단 한 건뿐이었다. 회의 진행은 회장이 없으면 대행권자인 부회장이 해야 할 것인데, 부회장이 출석을 안 했는지 사회자가 진행을 한다. 그는 또 스스로 회장 후보로 이상식을 추천했다. 내년 총선에서 유력한 조정걸 박사와 호흡이 잘 맞고, 실제로 이 지역 최강의 영향력을 가진 분이라면서. 앞자리에서 한 사람이 일어서더니 회장은 아래 기수로 내려가면서 맡는 게 전통이고 관례 아니냐고 하자 사회자는 그건 글자 그대로 관례일 뿐, 법적 구속력이 없는 거라고 답변을 한다.

"어이, 김 선생. 저 사람 기억나나? 사회 보는 사람?"

곁에 앉은 상수가 내 옆구리를 찌르며 귀엣말을 건넨다.

"아니, 전혀."

"지난번에 회장 선거할 때, 이번에 사임한 그 회장 추천했던 사람이야. 그때 뭐랬는 줄 알아? 회장은 내리기수로 맡는 게 불문율이라면서 거품을 물던 사람이야. 그사이 불문율이 바뀐 모양이야. 그리고 정걸이가 박사란 소린 또 금시초문이네."

"허허. 윗물 아랫물 따로 없군. 말 바꾸기가 손바닥 뒤집기보다 더 쉽지."

"전에 김 선생 하던 말 기억이 생생하네. 정부의 수준은 국민의 수준에 비례한다고 했던 말. 경석이가 세상 보이는 것 모두가 그림자 춤일 뿐이라고 하던 말도 안 잊히고."

"그럴 테지 뭐. 또 거꾸로, 윗물이 흐린데 아랫물이 맑을 수도 없을 거고. 그 나물에 그 밥인 거지."

이상식이 단독 후보로 추천이 되었고, 결격사유가 없다며 무투표 당선을 선포했다. 당선자 이상식은 지지해 준 사람들의 뜻을 잊지 않고 모교와 지역을 위해 혼신의 힘을 다 바치겠다고, 어디서 많이 듣던 것과 비슷한 당선 인사를 했고, 이어서 폐회가 선포되었다.

새 회장이 당선 사례를 한다고, 이동식 뷔페 식사를 준비해 놨다고 먹고 가라고 권했지만 나와 상수는 날씨도 심상찮고, 또 대구에 가서 할 일도 있다면서 간단한 인사를 나누고는 차에 올랐다.

"점심이나 먹고 가지. 섭섭하네. 자, 이거나 가져가. 기념 타올이야."

상식이 차 있는 곳까지 따라 나와서 악수를 하고는 종이상자 두 개를 차 안에 넣어준다. 우리는 총동창회장 당선을 축하한다는 인사를 기념 타월 응답으로 던져두고 차를 출발시켰다.

"그 점심 목구멍에 넘어갈 것 같지가 않아. 우리끼리 가다가 어디서 먹고 가자."

"어디로 모실까요? 오늘은 내가 기사니까 박 사장님 내가 모셔야지."

"거기 갈까? 왜 경석이 장례식 날 갔던 그 식당. 낙동강식당이던가? 그 집 메기매운탕 맛이 괜찮던데?"

"그러지. 어차피 나는 운전해야 하니까 술은 안 되겠고, 매운탕 국물만 먹지 뭐. 박 사장 자네나 취해봐. 오늘 기분도 영 그렇고 그런데."

"그러지 뭐. 근데 저 하늘 좀 봐. 검은 구름덩이가 빠르게 날아다니네. 태풍이 곧 닥칠 것 같은데? 벌써 빗방울도 떨어지기 시작하네."

"제발 피해나 없어야 할 건데. 박 사장 태풍 사라호 기억나나? 추석 날 들이닥쳤던 태풍."

"기억 생생하지. 내가 초등학교 6학년 때였으니까 벌써 60년이 다

됐어. 추석날 차례 지내다가 중간에 삽 들고 뛰어나갔었지. 집 앞의 제방이 무너진 거야."

우리 차는 읍내를 빠져나와서 성주대교를 향해 달렸다.

"앗. 이거 참 희한한 일 다 있네."

성주대교가 저만치 보이는 지점에 왔을 때, 갑자기 상수가 외마디 소리를 질렀다.

"왜 그래? 갑자기? 뱀에 물리기라도 했나?"

"허허, 세상 말세로다. 아까 상식이가 준 타월 있지? 거기 뭐라고 적혀 있는 줄 알아? '총동창회 회장 이상식 드림'이라고 인쇄가 되어있네. 세상 참 요지경이네."

"박 사장 세상 그런 줄 이제 알았나 봐. 보기보단 순진해서. 그런 걸 뭐라는 줄 알아? 짜고 치는 고스톱이라는 거야."

읍내를 벗어날 때쯤 내리기 시작한 비는 성주대교를 건널 무렵엔 제법 거세게 쏟아지고 있었다. 바람도 여간 아니란 걸 가로수가 몸을 흔들어 보여준다.

"날씨가 이런데도 그 식당 갈 거야?"

내가 앞만 주시한 채 상수한테 말을 걸었다. 상수는 약간 망설이며 뜸을 들이더니 확신이 섰다는 듯 분명한 어조로 답을 던졌다.

"가야지. 날씨가 비록 험해도 메기매운탕의 희망을 버릴 수는 없 잖아."

'메기매운탕의 희망'을 찾아 우회전을 해서 강둑길로 들어섰다. 태 풍이 몰아쳐 와도 강은 거기 있었다. 겨레의 젖줄 낙동강은 만신창이 의 몸을 아프게아프게 끌면서 그렇게 흐르고 있었다.

한 번도 못 가본 나라

그림자 춤·4

　우리가 정걸이의 출판기념회장인 농민회관에 도착한 것은 10시 반이 조금 덜된 시각이었다. 나는 먼저 경석이 무덤에 다녀서 오자고 했었다. 그러나 상수가 모임에 늦으면 볼썽사납다고, 혹시라도 정걸이 동기회의 회장이라고 내빈소개라도 한다면 곤란하니까 경석이 무덤엔 돌아오는 길에 가자고 했던 것이다.

　농민회관은 읍의 외곽, 지대가 약간 높은 곳에 있었다. 지난 연말에 준공식이 있었다는데, 이 지역에선 보기 드문 현대식 건물이었다. 마당도 아직 조경이 좀 덜된 느낌은 있으나 넓고, 저 아래로 내려다보이는 읍내 풍경이 볼만했다. 나는 처음이지만 상수는 준공식 때 초대받아서 다녀왔다고 했었다. 그리고 오늘은 농고 동기 정치인 조정걸이 올해 총선 출마 출정식을 겸한 저서 출판기념회가 여기에서 열린다고 해서 찾아온 참이었다.

　"이 차들 좀 봐. 정걸이가 정권 실세라는 말이 헛말이 아니었군."

　주차장엔 벌써 차들이 꽉 차서 차 댈 곳을 찾느라고 한참을 빙빙

돌고 있는데, 상수가 감탄사를 뱉는다.

"농민회관이 무슨 왕궁만이나 하네. 이 돈 다 어디서 나오나?"

"짜면 나오는 건 우유와 세금이라고 하데. 이 정부 들어서 나랏빚이 몇백조 원이 늘었다고 하던데? 우리야 살날 이제 얼마 남지 않았으니 죽으면 그만이지만, 나중에 우리 후손들은 어떻게 살지. 빚더미 속에서 허우적거리는 건 아닌지 몰라."

상수는 늘 나라 살림이 자기 살림보다 더 걱정이다.

행사장인 강당 입구에는 3단짜리 대형 화환이 여러 개 버티어 서 있고, 그 옆으론 책이 산더미처럼 쌓여 있다. 오늘 출판을 기념하는 정걸이의 저서인 모양이다. 책무더기 앞에는 사람들이 줄을 서 있고, 짙은 화장을 한 젊은 여성들이 만면에 미소를 띠고 안내를 하고 있다.

책값은 1만5천 원이고, 그냥 선물로 주고 싶지만 그건 선거법 위반이라 부득이 책값을 받아야 한단다. 그리고 책은 한 사람이 열 권을 사든 백 권을 사든 자유이고, 책값을 얼마를 넣든 그것도 자유인데, 여기 준비해 둔 봉투에 넣고 봉투에다 이름도 적어서 행사장 안에 비치된 유리 상자에 넣어달란다. 방명록 같은 건 없느냐고 물으니까 책값 봉투에 쓰인 이름이 바로 방명록이란다.

나는 몇 년 전에도 국회의원 나올 사람의 출판기념회엘 간 적이 있었다. 성당 후배 신자였는데, 그날의 행사도 이와 비슷하게 진행되는 걸 보아서 대강 이해가 되었다. 책을 공짜로 주면 선거법 위반이니 책값 받는 게 떳떳하고, 책값이 1만 5천 원이니 2만 원을 내고 거스름돈 달라고 하질 않으니 5천 원은 덤으로 따라온다. 거기다가 책값 넣은 봉투에다 이름을 쓰게 하니 눈치 보여서 딱 2만 원만 넣지 못한다는 것이다. 또 국회의원과 연줄을 만들고자 하는 사람은 거액을 넣기도 하는데, 겉으로 보기에는 책값 봉투이니 다른 사람 눈치 볼 일도 없어서 좋다는 것이다. 그래서 국회의원 출마할 사람들은 많은 사람이 어떤 형태이든 책을 펴내고 출판기념회를 연다는 것이다. 그런 줄 알면서도 또 많은 사람은 정치인 출판기념회에 꾸역꾸역 모여든다. 이게 세상에서 공인된 정치헌금 모금이고 뇌물 공여식이라는 평가를 받는 이유다.

책을 한 권 집어 들었다. 제목이 '한 번도 못 가본 나라'이다. 표지에는 정걸이가 대통령과 나란히 서서, 활짝 웃으면서 오른손을 높이 들어 흔드는 모습이 컬러 사진으로 장식되어있다.

"한 권만 사실 겁니까?"

안내 아가씨가 화장품 냄새를 훅 풍기면서 묻는다.

"같은 책을 두 권 사면 뭣하나."

"그래도 국회의원 후보 출판기념회에선 딱 한 권만 사는 사람은 없죠. 인사도 될 겸 다른 사람한테 선물도 줄 수 있고."

이건 대놓고 뇌물을 주라는 말이나 마찬가지다.

"아가씨가 어찌 그렇게 잘 알아요?"

내 물음에 대한 아가씨의 대답은 놀라운 것이었지만 나는 놀라지 않았다. 왜? 누구나 다 아는 이야기니까.

"우리 바른나라출판사가 정치인들 책 펴내는 전문출판사거든요. 출판기념회도 맡아서 해 주죠. 경우에 따라선 책 집필까지 대행해 주기도 해요. 이런 출판사는 그리 많지 않아요."

안내 아가씨의 이 친절한 대답은 정치인 출판기념회의 비밀을 노출하고 있었다. 이건 공공연한 비밀이지만 노출은 금기사항이란 얘길 들은 적이 있다.

나는 아가씨가 건네어 주는 봉투에다가 만 원짜리 지폐 한 장과 5천 원짜리 한 장을 넣었다. 봉투에 이름은 쓰지 않았다.

안으로 들어가니 이상식이 손님맞이를 하고 있었다. 별로 놀랄 일은 아니었다. 지난 가을 상식이 총동창회장으로 당선했을 때, 조정걸 박사가 국회의원 출마를 하면 대책본부장이 될 거고, 조정걸이 당선하면 그 여세를 몰아서 다음번 도의회 의원으로 나아갈 거란 얘기가 돌고 있었으니까. 그 좋은 풍채에 만면에 웃음까지 가득 담고, 손님들에게 덕담과 악수를 던지면서 차기 도의원의 면모를 과시하고 있었다.

"정걸이는 어딨어?"

내 손을 잡는 상식이한테 곁에서 상수가 물었다.

상식이는 내 손을 잡은 채 시선은 상수 쪽을 향하고서는, 정걸인 아직 도착하지 않았다고 대답을 한다. 오늘 아침에 서울서 내려오다 보니 조금 늦어지는 모양이란다. 시작 시간이 다 되어 가는데 주인공이 아직 안 오다니? 귀한 행사에선 주인공이 맨 나중에 나타난다는 속설이 거짓이 아닌 모양이다.

몇 자리나 되는지 모르겠지만 제법 넓은 강당엔 사람들이 그득히 차서 뒷자리만 일부가 남아있다. 우리는 뒤편 오른쪽 구석 자리를 잡고 앉았다. 사람들은 삼삼오오 그룹별로 떠들어대서 강당 안은 웅성웅성 시끄럽다. 우리 바로 앞자리 사람들은 이번 총선에서 조정걸 후보의 당선 가능성에 대하여 목소리를 높여서 토론을 하고 있었다.

보수당 텃밭에서 과연 당선이 가능할까?

시대가 바뀌었어. 힘없는 보수보다는 힘 있는 진보가 낫지.

그런데 진보는 뭐고 보수는 뭐야? 그런 이름은 누가 붙인 거야?

진보란 건 좌익의 다른 이름 아냐?

그렇다면 좌익은 진보라는 이름 덕을 많이 보겠군.

세상만사는 힘의 산물 아닌가? 그렇다면 칼자루 쥔 손을 따르는 게 유리하겠지?

그 힘이란 게 도덕적 당위성을 가져야지. 전 법무장관 꼬라지 보게. 법대 교수가 범법으로 기소당했는데도 도덕과 양심은 아무 소용 없다는 건가?

주인공 조정걸 예비후보는 예정 시작 시간보다 10분쯤 늦게 도착했다. 누군가가 오늘의 주인공 조정걸 박사가 도착했다고 소리를 지르자 웅성거리던 장내는 갑자기 조용해졌고, 모두의 시선이 뒤쪽 출입문으로 향했다. 조정걸이 호기 있게 손을 저으며 들어오고 있다. 그 앞에는 허우대 좋은 이상식이 호위무사처럼 앞장을 섰다.

"저 친구 생전 고향엔 안 올 것 같더니 국회의원 배지가 좋긴 좋은 모양이군."

상수가 내 귓불에다 대고 조용히 건네는 말이다.

"두말하면 주둥이만 아프지. 정치인들 나대는 꼴들 좀 봐. 그게 얼마나 좋으면 그러겠어? 첨엔 국회의원 특권 내려놓겠다고 하지? 조금 있으면 그런 소리 언제 했느냐고 침묵. 그렇게 임기 다 가지."

이건 내 응답.

"지금부터 조정걸 박사의 대한민국 제21대 국회의원 예비후보 출정식 겸 저서 『한 번도 못 가본 나라』 출판기념회를 시작하도록 하겠습니다."

어느 방송국 아나운서라고 자기를 소개한 젊은 여성 사회자의 시작을 알리는 멘트는 그렇게 길었다. 이런 행사의 사회라면 친구나 후배 중 누가 하면 될 건데 군이 방송국 아나운서를 데려온 이유는 뭘까? 그리고 아나운서라는 사람이 '시작하겠습니다' 하면 될 걸 '시작하도록 하겠습니다.' 하는 건 또 무슨 말버릇인가? '하도록 한다'는 건 사동적 의미를 내포하고 있는 것 아닌가? 그렇다면 자기 의사 표현으론 옳지 않은 말이다. 가끔 텔레비전을 보면서 느꼈던 걸 오늘 여기서 또 만나게 되는 것이 신기하기도 하고 씁쓸하기도 하다.

출정식은 시작부터 화려 찬란했다. 먼저 내빈소개가 있었고, 이어서 축하 화환이나 축전을 보내준 사람들 이름을 대형 스크린에다 비추어 보이면서 소개를 했는데, 근 30분은 걸렸지 싶다. 지역 유지는 물론이고 우리가 텔레비전에서 자주 들어 귀에 익은, 중앙의 정치인들 이름들로 화면은 그득그득 넘쳐났다. 거기다가 조정걸의 약력 소개 또한 이와 다르지 않았다. 우리가 잘 몰랐던, 정치권의 낯선 직함들도 수두룩했고, 초등학교 때 전교 회장 했던 것까지 경력사항에다 다 넣어놨으니 길지 않다면 그게 이상한 일이지.

행사의 하이라이트는 물론 주인공 조정걸의 '출사표의 변'이었다. 정걸이의 연설도 길긴 마찬가지였고, 그 내용이 아침저녁 텔레비전에서 귀 따갑게 듣던 내용들이라서 별 감동을 주지 못했다. 구태여 요약하자면 전쟁 없는 한반도를 지향하는 통일정책, 균등과 공정의 사회, 보편적 복지사회 구현 등이었다. 이 정부의 구호를 그대로 옮겨 놓은 것들이라 별 감동이 없었으나 박수는 그야말로 우레와 같았다. 아부와 아첨의 냄새가 나는 박수 소리. 그래도 정걸이는 만족한 웃음을 터뜨리며 몇 번이나 다시 일어나 손을 흔들어 화답했다.

군계일학이라고 해야 하나? 그중에서 인상적인 구절이 하나 있었다. 자기는 학창 시절부터 도산 안창호 선생을 존경하고 그 가르침을 배워 익혀왔다면서, 도산 선생 말씀 한마디를 인용한 것이었다.

'진리는 반드시 따르는 자가 있고, 정의는 반드시 이루는 날이 있다.'

이 말씀을 인생의 좌우명으로 삼고 살아왔고, 앞으로도 그런 정신으로 살겠다면서 사자후를 토한 것이다. 박수의 절정. 여기서는 나도 상수도 박수를 아끼지 않았다.

"이 친구 정걸아. 제발 좀 그래라. 친구 돈이나 떼어먹지 말고."

상수가 박수 친 손을 내리면서 나만 알아듣게 작은 소리로 귀엣말을 속삭인다.

"생각은 말을 낳고, 말은 행동을 만드는 씨앗 아닌가? 기대해 보지. 또 실망만 시킬지는 알 수 없지만."

"그런데 김 선생, 자네가 대학 시절에 흥사단 운동하면서 도산 선생 가르침을 많이 받았다고 하지 않았나?"

"그랬었지. 벌써 반세기가 다 됐네. 세월의 단위가 연이 아니고 세기라니? 세월이 시속 70km로 달아난다는 말이 실감이 나네. 그때 흥사단 회원으로, 흥사단에서는 회원을 단우라고 부르는데, 단우로 입회를 해서 평생을 살아왔네. 물론 도산의 말씀은 삶의 지남이었고. 특히 '죽더라도 거짓이 없어라. 꿈에라도 성실을 잃었거든 통회하라.'는 가르침은 그때 이후로 한 시도 내 뇌리에서 지워진 적이 없어. 실천은 부끄러운 수준이지만."

"김 선생이 경석이를 그리도 끔찍이 생각하는 것도 다 자네 마음속 그런 정서의 표출 아닌가?"

"그럴지도 모르지."

나도 조용히 상수의 말에 화답을 했다. 그러면서도 마음 한구석이 가시에 찔린 듯 뜨끔하다. 이런 걸 양심의 가책이라고 부르는 것인가? 그리고는 또 죽은 경석이 생각을 했다. 세상은 모두가 그림자 춤이라고, 자신은 저녁노을 속으로 날아가다 젖어서 추락한 종이비행기라고 울먹이던, 그 쓸쓸하던 표정이 아직 눈에 선하다. 죽은 친구가 경석이만 있는 것도 아닌데, 경석이한테 무슨 마음의 빚을 지고 있을 이유도 없는데, 나는 왜 경석이 생각만 하면 이리 마음이 무거워지는 것일까? 농고 3년, 한 방에서 자취 생활한 그 인연은 죽어서도 끊을 수 없는 것인가? 나한테서 빌려 간 돈, 그리 큰돈이 아니라고는 하지만 그 돈을 안 갚고 가버린 친구를 미워하지 못하고 연민에 젖는 것은 아무래도 경석이가 조정걸이한테 자본금 떼인 것이 파산의 빌미가 되어 결국 죽음에 이르게 됐을 것이란 애처로움 때문일 것이다.

사회자가 행사의 종료를 선언하자 사람들은 썰물 빠지듯 출입구가 미어지게 빠져나갔고, 어쩌면 이 사람이 장래의 정권 주역이 될지도 모른다는 기대를 가진 사람들은 우르르 정걸이 앞으로 몰려가서 눈도장 찍기에 바쁘다.

"우리도 눈도장 찍으러 가자. 여기까지 왔으니 그냥 갈 순 없잖아?"

상수가 내 옷자락을 끌어서 함께 정걸이 앞으로 나갔다. 정걸이는 옛 친구 보고 싶었다고 포옹까지 하면서 과장된 제스처를 취했다. 일거수일투족, 말 한마디까지도 득표에 영향을 준다는 사실을 그는 잘 알고 있을 터였다.

행사장을 나선 우리는 순서를 뒤로 미루었던 경석이 무덤으로 향했다. 경석이에 대한 나의 애잔한 정서 때문이기도 하고, 상수가 여기까지 와서 경석이한테 안 들르고 갈 수는 없다는 당위론을 펴기도 했기 때문이다. 그러나 친구 무덤 찾아가는데 무슨 명분 같은 건 필요치 않다는 게 내 생각이었고, 상수도 말은 안 했으나 늘 나오는 정서가 비슷했으니 이의가 있을 리 없다.

경석이의 유택, 베개만 한 오석 한 덩이가 전부인 그의 무덤은 마른 풀 속에서 처량하다. 지난 가을에 이렇게 여기서 내려다보았던 마을 풍경은, 지금은 회색빛으로 엎디어 있다. 무채색, 명도만 있고 채도는 없는 회색은 색깔이면서 색깔이 아니다. 그것은 죽음의 색깔이요 침묵의 색깔이다.

잠깐의 침묵 뒤에 먼저 입을 뗀 것은 상수였다.

"돈 떼인 놈은 죽어서 이렇게 묻혀있고, 떼어먹은 놈은 국회의원 될 거라고 기고만장이니, 참 세상사 알다가도 모르겠군."

"그런데 정걸이 그 친구 생각보단 유식하던데? 도산 선생의 진리와 정의의 말씀을 인생의 좌우명으로 삼아왔다니, 난 오늘 그 친구 새로 봤어."

"그게 정말이라면 적어도 모리배 정상배들과는 다를 거야. 요즘 정치판 좀 봐. 어느 놈이 암까마귀인지 수까마귀인지. 3백 명 국회의원 중에서 10퍼센트만 나라 걱정해도 나라 꼬라지가 이렇게 참담하진 않았을 거야."

"정걸이 책 제목 봤지? '한 번도 못 가본 나라.' 경제 폭망에, 안보 불안에, 외교 고립. 국민은 칼로 자른 듯 두 동강이 나서는 서로 물어뜯기에 바쁜 나라. 이게 바로 '한 번도 못 가본 나라' 아니냐고 비아냥거린다니까."

"하늘이 무너져도 솟아날 구멍이 있다잖아. 어쩌겠어. 참고 기다려 보는 수밖에는. 다가오는 총선에서 분위기 바뀌면 새로운 모습을 보일지도 몰라. 알고도 속고 모르고도 속고, 그게 서민들 인생 아닌가?"

나는 문득 경석이의 남은 가족들 생각이 났다. 아들은 아직 젊으니 어떻게든 제 밥벌이는 하고 살겠지. 이혼하고 떠난 아내는? 제 어미 따라간 딸은? 경석이 장례식에도 오지 않았던 그들 모녀는 제 남편, 제 아비 죽은 걸 알기나 한 건지?

"어이 박 사장. 경석이 유족들 소식 들은 것 없지?"

"그렇지 뭐. 나나 김 선생이나 마찬가지 아냐. 남편 사업 잘될 때는 귀부인 행세하다가, 사업 망하자 버리고 떠난 여자. 그런 사람 생각해 줄 필요는 없지. 원 참, 세상인심이 다 그런 건 아닐 텐데."

"죽은 놈만 억울한 건지, 아니면 산 놈이 욕된 건지. 요즘은 무슨 일이라도 제대로 판단을 못 하겠어. 가치관 혼돈의 시대야. 세상이 확 바뀌어 버렸으니."

"자, 이제 경석이 바이바이 하고 가자. 뱃속에서 신호를 자꾸 보내네. 음식 들여보내라고."

"그렇지? 나도 배고파. 상식이 부강레스토랑에 가서 점심이나 얻어 먹고 올 걸 그랬나?"

"점심 사 주는 것도 선거법 위반이라는데, 어디 감히 그런 생각을? 상식인 정걸이 선거본부장 아냐? 내 주머닛돈으로 먹는 게 제일 떳떳 해. 좀 늦었지만 또 낙동강식당 갈까? 그집 메기매운탕 맛은 잊지 못하겠군. 경석이 장례식 날 얼마나 맛있게 먹었던지."

그날. 경석이 유골을 고향에 묻고 돌아오는 길에, 비 내리는 낙동강 그 을씨년스러운 풍경에 취하면서, 떠나버린 친구의 그리움에 취하면서, 매운탕 냄비 바닥까지 딸딸 긁어먹었던 기억이 새삼스럽다.

"그러지. 점심 먹고 시간 여유 있으면 '옛가람' 카페 가서 아메리카노를 마시든지, 코리아노를 마시든지."

우리는 엉덩이를 툴툴 털고는 경석이 무덤을 뒤로하고, 무채색으로 얹던 웃터를 떠났다.

카페 쿠시. 문을 열고 들어서자 구석 자리에서 먼저 와 앉아 있던 상수가 손을 번쩍 들어서 신호를 보낸다. 우리가 여기 들를 때면 자주 앉던 바로 그 자리다. '쿠시라는 말은 힌두어인데, 영어로는 해피니스, 우리말로는 행복이란 의미'라고 하는 설명서가 붙어있는 자리다. 몇 년 전, 내가 상수한테서 궁금했던 경석이 소식을 들으면서, 그냥 '행복다방'이라면 될 걸 이게 무슨 해괴한 일이냐고 푸념을 했던 바로 그 자리. 그 안내문이 빛이 바랜 채로 붙어있다. 그 며칠 뒤에 나와 상수는 괴산의 요양병원에 입원 중인 경석일 찾아갔었지.

어제 저녁, 그러니까 고향에서 있었던 정걸이 출판기념회에 다녀온 지 한 주일이나 됐나? 상수한테서 전화가 왔다. 그 시간에 나는 텔레비전의 뉴스 특보를 보고 있었다. 신종 코로나바이러스, 일명 우한폐렴으로 불린다는 이 병이 놀랄 만치 빠르게, 그리고 광범위하게 확산되고 있어서 중국은 물론 전 세계가 발칵 뒤집히고 있다면서, 우한 사람들이 우리나라에도 이미 6천 명이나 들어와 있어서 방역에 비상이 걸렸다고 한다. 이어서 폐쇄된 도시 우한의 모습을 보여주었는데, 상주인구 1,100만의 성도 우한의 길거리엔 차도 사람도 없는 텅 빈 공간이었다. 대중교통은 물론, 개인 승용차의 이동도 금지됐고, 이웃 마을에서는 우한으로 통하는 길에 흙을 쌓거나 도로를 파헤쳐서 이동을 막고 있다는 소식도 나왔다. 그 뒤를 이은 소식. 집안에 유폐된 사람들은 휴대전화로 서로 안부를 묻고, 살아있다면 노래를 부르자고 해서 저녁 8시가 되면 창문을 열고 밖을 향해서 '우한 힘내라'라고 외치고는 노래를 부른다는 소식은 듣는 이의 눈시울을 적시게 했다. 옆에서 함께 뉴스를 보고 있던 아내는 유럽 여행 때 여러 곳의 광장 한가운데 세워져 있는 성모상이 유럽을 죽음으로 몰아넣었던 페스트를 종식해 준 데 대한 고마움의 표지로 만들었다고 하던 얘기를 꺼내기도 했다.

그러고 있을 때, 상수의 전화가 온 것이다. 내가 우한 폐렴이 확산되고 있어서 걱정이라고 했더니, 상수는 그것만치나 속 터지는 일이 한두 가지가 아니라면서, 전에 더러 드나들던 그 카페 쿠시에서 내일 좀 만나자는 것이었다. 상수는 상당히 흥분한 어조였는데 왜 그러느냐니까 만나서 얘길 해 주겠다며, 다른 일 있더라도 제쳐두고 나오라고 으름장을 놓았다. 그래도 그리 다급한 일이라면 뭔가 알고 나 나가야 하지 않겠느냐고 했더니, 정걸이 책 '한 번도 못 가본 나라' 다 읽었느냐고 물었다.

"앞부분 두어 페이지 읽다 덮어놓고 있어. 그것 읽는 게 뭐 그리 급할 일 있어?"

내 대답엔 가타부타 말을 않고, 전화로 다 얘기할 수 없으니 내일 만나서 얘기하잔다. 낮엔 둘 다 예정된 일들이 있을 것이니 저녁에 만나자고 약속을 하고는 전화를 끊었다. 정걸이 책 얘기를 하는 걸 보니 정걸이한테 혹시 무슨 사달이 난 게 아닌지 걱정이 되었다.

"우한 폐렴 때문에 세상이 온통 난린데 이렇게 겁도 없이 나들이 나온 거야? 서울 사람들은 악수 대신에 팔꿈치치기로 인사를 한다지만 우린 서울 사람 아니니 그래도 악수는 해야겠지?"

우리는 악수를 하고는 아메리카노 두 잔을 주문했다. 옛날 다방에선 종업원이 자리에 와서 주문을 받았는데, 요즘 카페에선 손님이 직접 주문처로 가서 먼저 결제해야 한다. 이런 것도 늙은이들에겐 어색하고 불편하다.

내가 자리에 앉자마자 상수는 신문을 찢은 종이 한 장을 내 앞으로 내민다.

"정걸이 얘기 신문에 났나?"

"아냐. 정걸이 얘긴 조금 있다 하고, 우선 이것부터 한번 봐. 이건 특종감이야."

상수가 내민 신문지 조각에는 정권을 조준하고 있는 검찰 수사팀을 흔들어 와해시키고, 정치 실세들의 공소장 국회 제출을 거부한 법무부장관을 '정권의 시녀'라고 하면서 동창회에서 성명서를 냈다는 얘기가 적혀 있었다.

"총동창회 명의라면 파급력이 있을 건데?"

"총동창회에선 자기들이 이런 성명을 낸 적이 없다는데, 성명서 내용이 에스엔에스에 떠돌아다니는 건 사실인가 봐. 그러니까 이렇게 신문에도 났지. 일단 기사를 한번 읽어 봐. 이게 또 어떤 혼란을 불러일으킬지 걱정스러워."

나는 상수에게서 신문 쪽지를 받아들었다.

'그 동문의 정제되지 않은 언동이 한두 번이 아니지만, 그저 개인적 일탈로 여겨왔으나 최근엔 장관이란 감투를 쓰자마자 기다렸다는 듯이 독기 어린 언동으로 법치의 심장에 칼을 꽂고 우리 동문들에게도 개교 이래 한 번도 경험하지 못한 수치와 자괴감을 안겨주고 있다.'

'그녀는 이제 마녀사냥당한 잔 다르크가 아니라 검찰을 사냥하는 마녀로 한국여성사에 가장 추한 이름으로 새겨지고 있다.'

'모교와 동창의 자부심을 지키자는 목소리를 모아 이 동문을 파문하고, 동창의 이름에서 지우기로 했다.'

'이것(파문)이 무녀의 칼춤을 막지는 못하더라도 모교와 동창의 명예와 자존심을 지키기 위해 어쩔 수 없이 내린 가슴 아픈 결정이란 점을 국민이 함께 공감해 주실 것으로 믿는다.' - 2020. 1. 29. (수) 매일신문

"어때? 김 선생 보기에는?"

내가 쪽지를 내려놓자 상수가 기다렸다는 듯이 물음표를 던진다.

"전문은 아닌 것 같네? 길이도 그렇지만 토막 쳐서 인용해 놓은 걸 보니. 그래도 상당히 세련된 문장 감각을 지닌 사람이 쓴 것 같애."

"난 문장 전문가는 아니지만, 이 글은 법무부장관 한 사람에 대한 비판에 그치는 게 아니고, 이 정부 내지 정권에 대한 비판의 칼날을 숨기고 있어. 여기 좀 봐. '법치의 심장에 칼을 꽂았다'는 것이나, '한 번도 경험해 보지 못한' 어쩌고 하는 것도 그렇고."

"그렇군. '가장 추한 이름' 얘기는 중의법을 쓴 것 같고, '잔 다르크'와 '검찰을 사냥하는 마녀' 얘기도 개인에 대한 얘기 이상의 의미를 내포하고 있다는 인상을 주는군."

"나라가 이거 어찌 되려는지. 검찰에서 정권 중심부의 사람들을 열몇 사람을 무더기로 기소했다는 뉴스 봤지? 전 비서실장도 오늘 검찰에 소환됐다고 하고. 이런 와중에 우한 폐렴까지 덮쳤으니 글자 그대로 시계 제로야."

"그러게 말야. 우한이 우환이구먼. 웬 우환이 이리도 겹쳐 오는지. 그나저나 정걸이 책 얘긴 또 뭔데?"

"참, 그렇지. 그 얘기 하자고 불러 놓고선 다른 얘기가 길었네."

상수는 종이봉투 안에서 책 두 권을 꺼내어서는 한 곳을 펴서 내 앞으로 밀어 보인다. 책 부피로 보아 반 조금 더 지난 곳이다. 굵은 글씨의 글 제목이 눈에 들어온다.

'파사현정소(破邪顯正疏)'

"난 못 읽어봤는데, 이게 뭔데? 제목 봐선 무슨 상소문 같은데?"

"맞아. 충신이 나라의 위기를 맞아서 임금한테 간하는 상소문 형식인데, 유창한 명문장에다 구구절절이 지극한 충절로 넘쳐나더군. 그런데 아무래도 권력에 아부 아첨하는 냄새가 너무 짙어."

"쓴 사람 진심도 모르면서 그렇게 폄훼를 해도 되나? 그리고 요즘은 권모와 술수가 지혜이고, 아부와 아첨이 능력인 시대 아닌가?"

"도산 선생의 성실의 가르침을 평생 잊지 않고 살았다는 김 선생의 입에서 나올 말이 아니군. 하하. 풍자의 의미인 줄은 알지만."

"그래서 엊저녁 전화에서 그리 흥분했던 거야? 평소의 박 사장답지 않게?"

"아니, 흥분할 일은 따로 있어. 잠깐 기다려 봐."

상수는 다른 한 권의 책을 뒤지더니 방향을 바꾸어서 내 앞으로 디민다. 거기에 있는 또 하나의 글.

'척사현정소(斥邪顯正疏)'

"이건 또 뭐야? 형제간인가, 쌍둥이인가?"

"정걸이 책을 펴보고 있다가, 글 제목 하나가 아무래도 안면이 있더라고. 그래서 책장 구석 뒤져서 이 책을 찾아낸 거지. 혹시 기억나나? 몇 년 전, 그러니까 벌써 근 십 년이나 되어 가는데, 우리 농고 후배 중에 왜 소설가 한 사람 있었지? 그때 무슨 문학상인가를 받은 책이라면서 이걸 한 권 줬어. 거기 실린 소설 제목이지."

"우연의 일치인가? 글 제목이야 같은 경우 더러 있잖아?"

"그 정도가 아니야. 제목만 약간 변형시켰을 뿐 내용은 그대로야. 토씨 하나도 안 바꿨어."

"혹시 출처를 밝히고 그 소설가의 응원을 받은 건 아닐까?"

"그렇다면 왜 내가 이리 흥분하겠어? 김 선생이 직접 문장 하나씩 대조해 봐. 정말 기가 막히는 일이야. 이런 일이 21세기 대한민국 백주 대낮에 버젓이 일어나고 있으니 기절 안 하고 사는 게 이상하지."

나는 상수가 내 앞으로 밀어내놓은 두 권의 책을 펴 놓고 우선 그 첫머리를 대조해 보았다.

'전하. 태사공 김충(金忠)의 40대손, 낙문향교(樂文鄉校) 훈도(訓導) 신(臣) 김권래(金權來) 돈수백배하고 아뢰옵니다. 대저 나라의 이상은 국태민안(國泰民安)에 있고, 국태민안을 위해서는 위로는 임금에 충성하고, 안으로는 부모에 효도하고, 이웃과 화목하여 백성을 단결케 해야 하는 바, 이 도리에 어긋나는 자는 엄벌에 처하여 기강을 바로잡고, 공이 있는 자는 후하게 포상하여 널리 뭇 백성의 본보기로 삼는다면 나라의 기반이 반석처럼 든든해질 것이옵니다.'

'신은 한미한 집안에 태어나 전하의 일월 같은 성은에 힘입어 둔한 머리에 사서와 오경을 읽었고, 신의 선조 태사공 김충이 남긴 가르침을 받아 오직 충성 충자 하나만 가슴에 새기고 살아왔사옵니다. 그러나 오히려 조야에 끼친 누가 산을 이루었을 뿐, 아무런 공도 세우지 못했습니다. 그런데도 전하께서는 신을 불쌍히 여기시어 중임을 맡겨 주시니 그 은혜가 실로 하해와 같사옵니다.'

두 글을 대조해 가며 읽는 내 머릿속이 갑자기 휑하게 비는 느낌이었다. 그러면 정걸이가 그 소설가의 소설을 훔쳐서 제 글인 양 제 책에다 실었단 말. 경석이 돈 정치헌금으로 포장하여 떼어먹더니, 이제 글까지 훔치는가? 이게 '한 번도 못 가본 나라'라는 이름의 책에 실려 있다는 것은 또 하나의 아이러니.

"어이, 박 사장. 우리 어디 가서 소주 한잔 하자. 커피만으로는 진정이 안 되겠어. 요 뒤 골목 입구에 있는 곡주사 갈까? 우리 젊었던 시절에 독재에 항거하는 젊은이들이 술 마시고 울었다는 집 있잖아."

내가 먼저 일어섰고, 상수가 책을 챙겨 넣고는 따라서 일어선다.

우리는 주점 곡주사의 구석 자리에서 동태전 한 접시와 소주병을 앞에 놓고 마주 앉았다.

"낙동강식당 메기매운탕 생각나네."

상수가 동태전 한 점을 집으면서 하는 말이다. 이건 단순히 안주 얘기가 아니란 걸 나는 짐작한다. 경석이 장례일에 먹었던 그 메기매운탕 얘기는 결국 경석이 얘기다. 경석이 얘기를 꺼내는 건 정걸이가 연관되어있기 때문이고.

"'파사현정소' 외의 다른 글도 그럴 수 있다는 얘기 아냐? 너무 확대 해석하는 것도 옳지 않지만, 하나를 보면 열을 알 수 있지."

나는 정걸이 출판기념회 때 안내 아가씨가 하던 말을 생각하고 있었다. 자기네 회사가 정치인들 저서 출판 전문회사라는 말, 출판기념회도 열어주고, 집필까지도 대행해 주는 유능한 출판사라고 하던 얘기를.

"결국 그 녀석 도산 선생의 진리, 정의 어쩌고 하던 얘기도 다 사기극이었구먼. 위대한 민족의 스승을 사기극의 도구로 써먹었군. 그런 녀석이 국회의원이 되겠다니 한심한 세상이야."

"이게 바로 '한 번도 못 가본 나라'의 실체인가 싶어서 슬퍼지네. 귀납논리에서는 성급한 일반화는 오류가 될 가능성이 크다고 하지만."

"악마는 디테일 속에 숨어 있다고 하잖아. 그리고 김 선생이 전에 하던 말 생각나네. 정부의 수준은 국민의 수준에 정비례한다던 말. 이런 세상 누가 만들었어? 정치인들 욕하지만 사실 근본적인 원흉은 바로 국민들이야. 어느 놈이 암까마귀이고 어느 놈이 수까마귀인지 판단할 지혜가 없으면 스스로 무덤 속으로 기어들어가게 되는 거지 뭐."

소주병을 몇 개나 빈 병으로 만들어 놓고 곡주사를 나섰을 때, 밖은 어두웠고 어둠 속에서 겨울비가 내리고 있었다.

"어어? 비가 오네. 우산을 안 가지고 왔는데 어쩌지? 지하상가에 가서 우산을 하나 살까?"

"미리 챙길 줄 모르는 놈은 비 맞아서 싸지. 그냥 가자. 겨울비에 옷 적시고 감기라도 들어보면 깨닫는 게 있을 거야."

나는 상수와 악수를 나누고는 지하철을 타기 위해 역으로 향했다. 가로등 빛도 희미한데, 차가운 겨울비가 걸음을 재촉한다.

무채색 낙화

그림자 춤 · 5

숲속에는 비가 내리고 있다. 빗줄기가 보이고 가끔 나뭇잎이 빗방울에 흔들린다. 조용하고 차분한 빗소리 사이로 대금을 부는 소리가 들린다. 대금이 연주하는 곡은 무엇인지 전혀 짐작이 안 가지만 빗소리와 대금 소리의 조화음은 음악에 무딘 내 마음에도 자잘한 물결을 불러일으키고 있다.

치유를 위한 자연 음악. 유튜브에서 음악을 뒤지다가 발견한 제목이 눈길을 끌어서 화면을 열어젖혀 놓은 것이다. 화면 아래 쓰인 바로는 3시간 넘게 연주가 이어진단다. 선택을 위해 조바심하지 않고 느긋하게 들으면 이 뒤숭숭한 마음도 좀 정리가 되려나.

나는 음악에 기대어 평화를 찾을 수도 있을지 모른다는 기대감을 버리지 못하고, 맥주잔에 반 넘게 남은 소주를 비우고는 다시 음악에 귀를 기울인다.

'코로나 블루'라는 게 있단다. 무슨 낭만적인 노래 제목인가 싶었더니 그게 아니고 '코로나19 팬데믹'으로 인해 바깥 활동을 제대로 못

하고 집안에만 갇혀 있다가 마음이 우울해지고 정신이 산만해진 증상을 이렇게 부른단다. 나는 어떤가? 자가진단을 시도해 본다. 분명한 결론은 물론 나지 않는다. 그러면서도 조금은 그런 것 같다는 생각을 지울 수 없다. 얼굴은 마스크로 반을 가리고 살아야 하고, 친구도 못 만나고, 식당에서 밥도 못 먹게 하는 코로나라는 괴물. 이것 또한 지나가리라. 그렇게 마음속으로 다짐을 한 것이 몇 번인가? 그런데도 그 종착역은 짐작이 가지를 않는다. 우리나라도 신규 확진자가 세 자릿수를 넘나들고, 다른 나라의 상황은 우리의 상상을 불허하는 형편이다. 미국은 큰소리치고 거들먹거리던 대통령조차도 드디어 확진을 받고 입원했었고, 요즘도 하루 확진자가 8만을 헤아린다. 유럽 여러 나라도 재확산의 조짐이 있어서 봉쇄와 금지가 계속되는 상황이다. 종심의 세월을 살았지만 이런 꼴은 처음 본다. 모든 사람이 미치지 않고 사는 게 신기할 정도다.

설상가상. 거기에다가 혼란과 아픔을 더 보탠 조정걸이의 죽음. 정걸이의 죽음이 내 코로나 블루의 한 가지 원인임은 분명해 보인다.

정걸이의 죽음을 내게 가장 먼저 알려준 사람은 역시 우리 친구들의 소식통이자 마당발인 상수였다. 상수는 우리 고향의 농고 동기회 회장인데, 회장의 임무에 충실할 뿐 아니라 이곳저곳의 온갖 소식들을 옮겨다 나르곤 하는 친구다. 그날 아침에도 오늘 저녁과 비슷하게 컴퓨터 앞에 앉아 있었다. 혹시 아는 이들한테서 무슨 소식이나 있나 싶어서 커피잔을 든 채로 이메일함을 뒤지고 있던 참이었다. 전화기가 부르르 몸을 떨었다. 상수에게서 전화가 온 것이다.

"정걸이가 죽었대. 자살이라는구먼."

상수가 수인사도 없이 뱉어낸 말은 이랬다. 나는 한참이나 대답도 없이 멍하니 있었다. 정걸이가 죽다니? 하늘 높은 줄 모르고 기고만 장한 현 정권의 실세, 차기 대통령감으로 거론되는 여권 잠룡의 한 사람, 우리 고향이 배출한 큰 인물로 손가락 꼽히는 정걸이가 자살을 하다니?

"아니, 언제? 왜?"

내 응답은 스타카토로 끊어진 몇 토막뿐이었다.

"나도 잘 몰라. 텔레비전에서 아침 긴급 뉴스로 나왔어. 텔레비전 켜 봐, 아직도 그 얘기 나오고 있어."

나는 서둘러 컴퓨터를 끄고 거실로 달려 나갔다. 텔레비전 화면의 아래쪽에는 긴급뉴스라는 글자가 보이고, 차기 정권의 잠룡 조정걸의 자살 뉴스를 전하는 앵커의 목소리는 다급하다.

그는 그날 새벽 5시경 순찰 중이던 아파트 경비원에 의해서 아파트 뒤쪽의 화단에서 발견되었는데, 경비원의 연락을 받고 119구조대가 도착했을 때는 이미 숨은 더 쉬지 못하는 상태였단다.

그렇게 시작된 그의 죽음 소식은 오일장으로 치른 장례가 끝나고 서도 계속 꼬리를 물고 이어졌다. 뉴스 시간뿐 아니라 유명 패널리스트들이 모인 토론장에서도 갖가지 의혹들이 제기되면서 텔레비전을 뜨겁게 달구었다. 우리 농고 동기회에서도 소란이 일었음은 말할 필요도 없다.

무엇보다 궁금한 것은 정걸이의 죽음이 정말로 자살인가? 아니면 타살인가? 하는 문제였다. 자살이라면 이유는 무엇이고 근거는 무엇인가? 타살이라면 누가 왜 그랬을까? 사람이 죽으면 가장 먼저 명쾌하게 밝혀져야 할 것인 이 문제는 장례가 끝날 때까지도 밝혀지지 않았고, 경찰에서조차 '자살로 추정된다'는 애매한 말만 되풀이할 뿐 확

실한 증거를 대지 못하고 있었다. 부검이라도 해서 사인을 밝혀야 한다는 얘기도 나오긴 했지만 당국에서는 부검은 하지 않겠다고 했다. 유가족이 원하지 않는다는 게 이유였다. 자살로 추정하는 근거라는 게 그 아파트 14층의 복도 창문이 열려있었다는 것과 친구에게 보낸 전화 문자에 자학적인 문구가 있었다는 게 전부였는데, 이건 적어도 우리 동기 친구들에겐 설득력 없는 얘기였다. 우리가 알기로는 정걸이는 늘 자신만만한 태도로 살아왔다. 지난번 총선에서 고향에 출마하여 낙선했고, 선거비용을 좀 많이 써서 부담이 된다는 얘기가 돌긴 했지만 그 정도로 자살할 정걸이는 아니었다. 경석이한테서 거액의 돈을 빌리곤 정치헌금으로 둔갑시키는 바람에 경석이 사업이 망하고 결국은 죽음에 이르는 원인이 되기도 했던 정걸이 아닌가? 그래도 미안하단 말 한마디 않던 그 강심장의 정걸이가 그렇게 스스로 목숨을 끊지는 않을 것이다. 더구나 복도 창문이 열려있었다고 하는 그 아파트는 정걸이와는 아무 인연도 없다고 하지 않는가? 정치에 호걸이 된다는 뜻의 이름을 가진 조정걸이가 죽은 건 분명한 사실인데, 자살이 아니라면 타살이나 사고사라고 봐야 하는데, 그 어느 쪽도 이유를 찾을 수가 없다고 한다. 참으로 귀신이 곡할 노릇이었다.

친구의 죽음에도 우리는 빈소 방문조차 할 수 없었다. 서울이 천리 길이라 평소에라 하더라도 쉽지 않을 것이지만 코로나라고 하는, 눈에 보이지도 않는 괴물이 세상을 지배하고 있는 상황이어서 만용을 부릴 수도 없었다. 또 정치권에서도 무언가 분위기가 이상해서 문상을 꺼린다는 얘기가 방송을 통해서 흘러나오기도 했다. 그래도 고향 친군데, 고향에서는 다음번 대통령 후보가 될지도 모른다는 기대로 부풀어 있는데, 코로나 겁난다고 모른 체 할 수는 없다.

동기회라도 한번 소집하자는 의견도 있었으나 사회적 거리 두기 1.5의 상황이 상황인 만치 카톡을 통해 의견을 수렴하기로 했다. 상수는 지난 광복절에 광화문 집회에 다녀와서 여러 가지 곡절을 겪었다면서 서울엔 정떨어진다고 나더러 대신 가라고 했다. 그러나 나는 대표성이 없다는 이유로, 그리고 속으론 코로나 겁도 좀 나고 해서 사절을 했다. 총선 때 정걸이 캠프를 총지휘했던 이상식이가 가는 게 옳지 않겠느냐는 의견도 있었지만, 정걸이 총선에서 낙선했고, 사무소의 회계 문제로 정걸이와 상식이가 심하게 다투기까지 한 일이 있으니 그건 아예 입 밖에 내지 않는 게 좋을 거라고 해서 무산되었다. 그런 게 우리 동기들 사이에 흐르는 분위기였고, 결국 동기회 회장인 상수가 대표성이 있다고 다녀오기로 결론이 났다.

　상수가 서울 정걸이 빈소에 다녀온 것은 장례를 하루 앞둔 10월 13일 화요일이었다. 기차 안이라면서 대구 도착하면 만나서 저녁 식사나 같이하면서 얘길 좀 하자고 전화를 했다. 내가 약속 장소인 카페 쿠시에 들어섰을 때, 상수는 벌써 검은색 양복에 검은 넥타이 정장 차림으로 늘 우리가 앉던 그 낡은 광고판 앞자리에 앉아 있었다. 얼굴을 반 넘어 가린 커다란 마스크조차도 검은색이어서 친구 상가 문상 다녀온 분위기를 톡톡히 시위하고 있었다. 우리가 커피집에서 만날 때마다 치르는 조그만 난리. 그건 커피 이름에 관한 것이다. 상수가 아메리카노라고 하면 나는 코리아노라고 응답한다. 그래도 결국 마시는 커피는 아메리카노다. 코리아노라는 커피를 파는 집이 없었으니까.
　"서울 다녀온 사람은 두 주간 자가격리해야 한다는 거 몰라? 서울 코로나 안 무서웠어?"

"죽은 사람 만나고 오는 통에 코로나가 겁나게 생겼어? 지난 광복절 대규모 광화문 시위 이후 서울 사람 다 죽은 줄 알았더니 그렇지 않더구만. 길거리에 넘쳐나는 게 사람이던데?"

"그래, 상가 분위기는 어때? 자살이라니, 믿어지지 않지만 텔레비전 보니 그렇게 결론 나는 것 같더라?"

"그렇다는군. 검찰에서도 '공소권 없음'을 선포했다고 하데."

"공소권 없음이란 공소라는 것과 무슨 관계가 있었다는 말 아냐? 그렇다면 정걸이가 무슨 혐의선상에 있었다는 말인가?"

상수가 들려주는 얘기는 텔레비전이나 신문에서 읽은 것들과 대체로 비슷한 것들이었지만 그래도 직접 가서 들은 얘기라고 해서 그런지 분위기가 조금 달랐다.

"정걸이가 정권 실세라는 말은 과장인가 싶어. 빈소에 우리가 이름 들어본 그런 정치인은 안 보이더라고. 꼭 내 있을 때 오라는 법은 없지만. 코로나 탓인지는 몰라도 좀 썰렁한 기분? 내 보기엔 그런 느낌이었어."

"지금 국정감사가 진행 중이니까 정치권에서도 거기에 신경 쓰느라고 그런 거겠지."

"그런데 말야. 이건 내 느낌인데 의도적으로 무관심한 척하는 것 같애. 여론이 불리하게 돌아갈까 봐서 조심한다고나 할까?"

"그나저나 박 사장 아직 저녁 못 먹었지? 어디 가서 저녁 식사나 하지. 우리 회장님 먼 길 다녀왔는데 밥은 내가 사야지. 난 문상도 못 했지만 소주 한 잔 놓고 친구 명복이나 빌어 줘야지. 별로 애통하다는 생각도 안 들지만 그래도 친구는 옛 친구 아냐?"

"그러지. 곡주사 갈까? 거기라면 술 밥 함께 먹을 수 있고, 값도 싸고, 또 옛날 생각도 나고. 전번에 갔을 때 박 사장 좋다고 했잖아?"

상수가 빈 커피잔을 내려놓는 걸 보고 내가 제안했다.

곡주사 구석 자리에 마주 앉아서 국밥 두 그릇을 안주 삼아 소주 병 뚜껑을 열었다.

"그래도 첫 잔은 건배해야지? 죽은 친구 명복도 빌고?"

"죽음도 명예로워야 명복도 빌어줄 거 아냐? 자살인지 타살인지도 모르는 판에 우리가 명복 빈다고 하느님이 받아 주실까?"

우리는 술잔을 가볍게 부딪쳤다.

"거기서 뜻밖에 후배 한 사람을 만났지 뭐야. 전번에 왜 정걸이 총선 출정식 한다고 책 낸 거 있지? 출판기념회 한다고 고향 갔었잖아? '한 번도 못 가본 나라'. 거기에서 후배 소설가 소설 작품 베꼈다고 했던 그 소설가 기억나지?"

"그래. 척사현정손가 파사현정손가 하던 그것 말이지?"

"그래. 그 친구가 서울 향우회에서 정걸이하고 가까이 지냈던 모양이야. 정걸이 아들하고도 잘 알고. 이제 그 수수께끼가 풀린 셈이야. 정걸이 책에 왜 그 소설가가 쓴 글이 정걸이 이름으로 오르게 됐는지."

상수가 들려준 소설가 후배 만난 얘기는 요약하면 대강 이렇다.

서울대학교병원 장례예식장. 특실이라는 이름에 걸맞게 넓고 큰 조문실. 거기로 들어가는 넓은 복도 양편으로는 대형 화환이 빼곡히 들어서 있었다. 어른 키만큼이나 길게 드리워진 흰색의 리본을 곁눈질로 살펴보니 텔레비전에서 들어본 정치인 이름도 서넛 눈에 띈다. 그런데 정작 빈소에 들어가니 상주 내외만 검은 상복 차림으로 벽에 기대어 앉아있고, 분위기는 썰렁했다. 향을 피우고, 미리 준비된 국화 한 송이를 영정 앞에 얹어주고 상주 인사를 하고 돌아서는데 그 소설가가 들어왔다. 선배님. 저 고향 후뱁니다. 가야농고 후뱁니다. 그가 먼저 알아보고 인사를 청해왔다.

궁금한 게 많았지만 상주 앞에서 얘기를 꺼내기가 좀 뭣해서 그 소설가 후배를 데리고 나와서 병원 정문 근처의 커피집으로 갔다.

현 정권의 실세 중 한 사람이라고 하던 정걸이 빈소에 어떻게 이리 문상객 그림자도 안 보이느냐는 게 첫 번째 질문이었다. 전날 정치인 몇 사람이 언론 기자들 몰고 후다닥 다녀갔다는 건 그의 대답. 자살이 아니라는 주장도 있고, 그날 새벽에 낯선 자동차 한 대가 아파트 단지를 빠져나가는 게 씨씨티비에 찍혀 있다는 얘기도 있지만, 현재까지의 분위기는 자살 쪽으로 기울어져 있다는 것이었다. 극단적 선택을 암시하는 휴대전화 기록이 여러 개 있다는 게 경찰의 발표인데, 그것이 무엇인지는 밝힐 수 없다고 한단다. 주변에서는 지난 총선 때 빚을 너무 많이 졌다고도 하고, 정치권 내부에서 갈등을 심하게 겪고 있었다는 얘기도 있고, 심지어는 여자 문제가 복잡하다는 소문까지 있었지만, 상주는 '소설 쓰고 있네' 하면서 수긍하지 않고 있다는 얘기도 들려준다.

"소설 쓰고 있네? 소설가 옆에다 두고 경찰이 소설을 쓰는구만. 어디서 많이 들어본 소린데?"

내가 상수 얘기 중간에 끼어들었다.

"그래. 지난번에 법무장관이 그랬다가 소설가들의 항의를 들었다는 얘기지."

"결국 정걸이 아들은 제 아비가 자살했다는 경찰 발표에 동의할 수 없다는 얘기군. 그럼 제 나름대로는 다른 원인이 있다는 말 아닌가?"

"그렇지. 그런데 그 후배 소설가한테서 놀라운 얘길 들었어. 정걸이 아들은 제 아비가 희생양(犧牲羊)이라고 한다는 거야. 김 선생은 천주교 신자니까 잘 알잖아? 희생양이 뭔지? 성경에 나오는 얘기라며?"

희생양이라? 나는 한참 동안 머리가 띵하고 정신이 혼미했다.

희생양, 혹은 속죄양(贖罪羊)은 옛날 이스라엘 사람들이 속죄일에 자기들의 죄를 염소에 뒤집어씌워서 제물로 바치고는 자기들은 죄를 씻는다는 의식에서 나온 말이다. 여기에 대해서는 젊은 시절에 성경 공부하면서 신부님한테서 들은 얘기들이 있어서 희미하긴 하지만 기억이 좀 남아있다.

현대에 와서는 다른 무엇인가를 희생시킴으로써 진짜 잘못을 저지른 대상을 잊게 만드는 권모와 술수를 그렇게 부른단다. 사회적으로는 실업, 경제 불황, 범죄 등의 사회문제에 따른 대중의 불만이나 두려움, 반감, 증오를 다른 대상으로 향하게 만든다. 이 심리적 메커니즘은 정치인들이 대중 지배의 수단으로 많이 써먹는다. 나치독일이 유대인을 학살하고는 그쪽으로 세상의 관심을 돌려놓고 자기네들의 죄를 감춘 일, 일본이 관동대진재 때 조선 사람들이 우물에 독약을 탔다는 소문을 퍼뜨려 놓고선 조선 사람들을 마구 잡아다가 죽이면서 사회의 불안을 덮으려고 했던 일들도 속죄양의 대표적인 사례가 될 것이다.

사람들 입에 자주 회자되는 마녀사냥이란 것도 물론 그 한 가지 예다. 마녀가 악마와 놀아나 신앙을 해치고 공동체에 해악을 끼친다며 14세기부터 17세기에 걸쳐 유럽에서 20만 명 이상이 처형되었다고 한다. 그 숫자가 50만 명에 이를 것이란 견해도 있다.

희생양, 혹은 속죄양의 사회적 의미를 생각한다면 정걸이 아들의 얘기는 간단한 이야기가 결코 아니다. 사회적 내지 정치적 음모가 숨어있다고 할 수 있다.

정걸이 아들의 얘기대로라면 다른 사람의 잘못을 정걸이가 대신 지고 자살을 했든지 죽임을 당했다는 얘기가 된다. 정걸이를 죽여 그 주검을 세상 사람의 눈앞에다 던져놓고선 자기네들은 화살을 피해 가겠다는 술수. 팔은 안으로 굽는다고, 상주 입장에선 제 아비한테서 좋지 않은 혐의를 벗겨주고 싶었을 것이다. 그 사인이라는 게 나중에도 아들인 자기한테 아름답지 않은 옷으로 남을 수도 있을 것이고.

"그런데 말야. 희생양이나 속죄양이라고 하는 건 그 양을 희생시키는 주체가 있어야 하는 것 아니겠어? 결국 정걸인 누군가의 죄를 대신 뒤집어쓰고 갔다는 얘긴데?"

"그렇지? 그 후배 얘기론 정걸이 아들은, 왜 요즘 시끄러운 사건 있지? 옥티 뭣인가 하고, 너임이라고 하는 사건? 거기 연루된 사람들을 의심하고 있다는 거야."

"그래. 그 얘기 요즘 언론에서 가장 뜨거운 감자 아냐? 너무 뜨거워서 만지지도 못하고 먹지도 못하지만 뿌리치지도 못하는 감자."

"우리야 뭐 텔레비전에 나오는 얘기나 듣고 지껄이는 거지만, 그 얘긴 참으로 코미디의 압권이야. 왜 옛날에 국회의원이 된 어느 코미디언이 그랬다는 것 아냐. 정치판은 밤무대보다도 더한 코미디라고."

"그 사람 국회의원 되어서 진짜 고급 코미디 하나 건졌지."

"당연히 그 옥티와 너임 문제가 지금 진행 중인 국정감사에서 도마에 올랐지, 국회의원들은 목에 힘줄 세우고 싸워대는데, 우린 언론보도를 봐도 뭐가 어떻게 돌아가는지 도저히 짐작도 안 되더군. 그만치 복잡하게 얽힌 얘기라는 뜻이지."

우리 자리엔 국밥 그릇 두 개가 빈 그릇이 되었고, 빈 소주병도 네 개로 늘었다. 술은 좋아하지만 주량이 별로인 우리는 취기가 오르고 있다. 오르는 술기운에 비례하여 우리의 대화도 열기를 더하고 있다.

"오늘 아침 신문엔 '법무장관과 검찰총장의 정면충돌'이란 제목이 톱으로 나왔던데?"

"나도 내려오는 기차 안에서 그 기사 봤는데, 아주 웃기더군. 사기꾼 하나가 감방에 앉아서 정치판뿐 아니라 온 나라를 주물러대고 있다는 생각이 들더라고."

그 사건의 주범은 지금 구속 중인 40대 후반의 김 아무개라는 사람인데, 자그마치 1조6천억 원의 돈을 증발시킨 대형 금융사기 사건이다. 우리 같은 서민들에겐 그 돈이 얼마만치나 큰돈인지 짐작조차 되지 않는다. 우리가 아는 금액의 최고 단위는 늘 천만 원 정도였고, 최근에 와서 크게 업그레이드된 게 억(億) 정도의 단위. 조(兆)라는 게 가만히 보니 천억 위의 단위인 모양이니 억의 만 배가 되는 셈이다. 그러니 1조6천억이란 큰돈을 우리가 상상할 수 없는 것은 어쩌면 당연한 일일지도 모른다. 우리의 상상력으론 짐작 불가의 큰돈. 이 문제가 크게 부각되는 이유는 물론 그 금액의 크기에 있지만 거기에 청와대 비서, 금융감독원 임원, 대형 금융기관, 여권 실세의 정치인들이 다수 연루되어 있다는 것 때문이기도 하다. 가방에다 5만 원권으로 5천만 원을 담아서 청와대비서관을 직접 방문해서 전달했다는 얘기를 비롯하여 금융감독원 임원과 여당 실세 국회의원들에게도 몇천만 원의 로비를 했다는 진술이 나오자 정계는 발칵 뒤집혔다. 야당에서는 무슨 게이트라면서 국정감사에서 따지려 했으나 여당이 증인 채택에 반대하면서 국감을 무력화시켰다. 현 정권의 뿌리가 흔들린다는 성급한 얘기까지 나왔다. 그런데 상황을 완전히 반전시키는 일이 발생했다. 그 주범이라는 사람이 옥중에서 쓴 '사건 개요 정리'라는 메모지가 공개되면서 불똥은 야당과 검사들한테로 튀었다. 야당의원과 검사들한테도 로비를 했다는 내용이 거기 있다는 것이었다. 그 사람을 사기꾼이라며 목소리를 높였던 청와대 비서는 목소리가 부드러워졌고, 법무부장관은 검찰개혁을 완수해야 할 이유가 확실해졌다면서 수사팀을 바꾸고 검찰총장의 손발을 묶어놓고 소위 지휘권이란 걸 발동했다. 공수처를 빨리 출범시켜 검찰총장을 처벌해야 한다는 목소리도 정치권에서 나왔다.

"죄인 하나가 감옥 안에 앉아서 온 나라를 제 손바닥 위에 올려놓고 가지고 노는군. 장난감 주무르듯이."

"너무 가볍단 생각 안 들어? 그런데 정작 문제는 정걸이 죽음이야. 이 사건의 와류에 정걸이가 빨려 들어간 거라면?"

"그 소설가 후배 얘기로는 정걸이 아들은 그렇게 판단하고 있다는 거지. 짐작일 뿐, 객관적 근거는 못 대고 있지만 부자(父子)가 한 집에 살았으니 뭔가 짚이는 데가 있을 수도 있지."

"그나저나 내일 장례인데, 고향으로 오는가?"

"아냐. 서울 근교 어느 납골당으로 간단다. 고운 정도 정이고 미운 정도 정인데, 죽어서라도 고향 오면 좋을걸. 경석이 봐라. 고향에 묻혀 있으니 고향 가는 길에 한 번씩 찾아갈 수도 있지."

"그런데 자살한 사람 장례를 무슨 오일장이나 하나? 삼일장으로 뚝딱 해치우지."

"나도 그 소설가 후배한테 그런 얘길 했었어. 그런데 이건 또 하나

의 코미디랄까? 뭐라는지 알아? 이것조차도 정치적 계산이 깔려있다
는 거야."

"그러니까 속죄양 이론대로라면 속죄양의 효용성을 극대화한다 그
런 얘긴가?"

"그런 셈이지. 참 무섭지 않아? 이런 세상에 산다는 것 자체가 두려
움이야."

"어이, 박 사장. 피하지 못하면 즐기라는 말도 있듯이, 우리 힘으로
어떻게 할 형편이 아니면 마음이나 편하게 먹고 살자. 시간이 많이 됐
네. 자, 잔 비우고 그만 일어서지. 자네 안사람 영감님 서울 가서 코로
나 걸려 죽은 줄 알겠다."

그 다음 날은 정걸이 장례일이었다. 전날 저녁에 상수와 마신 술의
후유증이 좀 남은 듯, 가벼운 두통에다 정신조차 맑지를 못했다. 평
소에도 꿀잠을 못 자는 편이지만 지난밤은 악몽에 시달리는 고통스
런 밤이었다. 고층아파트가 숲을 이룬 그 가운데 어디쯤 내가 서 있
었는데, 머리 위에서 누군가가 내 이름을 부르고 있었다. 쳐다보니 종
이 조각 같은 게 팔랑팔랑 춤을 추면서 내려오고 있었다. 그건 6·25
전쟁이 멈추고 나서 후방 산 속 곳곳에 남아있는 빨치산들에게 자수
를 권유하는 그 삐라(bill)였다. 어린 우리들은 눈송이처럼 팔랑거리면
서 날아내리는 그 삐라를 줍기 위해 들판을 뛰어다녔고, 주워 온 삐
라를 받아 든 어른들은 이제 공산군들도 다 도망갔으니 무서워 말라
고 아이들을 달래곤 했었다. 그 종이처럼 보이던 낙하물이 가까이 내
려왔을 때, 그건 가지각색의 꽃잎이었다. 빨주노초파남보. 칠색 무지
갯빛의 꽃잎들은 나비처럼 춤을 추며 내려왔는데, 드디어 켄트지만 한

크기로 확대되어 땅에 떨어졌다. 그 가운데 하나는 백목련 잎이었는데, 멍이 들고 먼지가 묻어서 회색에 가까웠다. 그런데 거기에 사람 얼굴이 하나 그려져 있었고, 그건 자세히 보니 정걸이의 얼굴이었다. 불안과 슬픔이 짙게 밴 그의 얼굴은 평소의 그 자신만만하던 표정이 아니었다. 그 얼굴의 눈과 내 시선이 마주치는 순간 나는 아악 비명을 지르면서 잠이 깼다.

나는 아파트 15층의 내 공부방 창가에서 커피잔을 든 채로 저 아래 공원의 수목들을 내려다보았다. 벚나무와 느티나무가 벌써 곱게 단풍이 져 있다. 정걸이의 장례일이란 것과 간밤의 꿈에 보았던 낙화가 어우러져 머릿속을 복잡하게 들쑤셔 놓는다. 회색의 목련 꽃잎과 거기에 그려져 있던 정걸이의 슬픈 얼굴.

10년도 더 전의 일이지 싶다. 어느 봄날. 나는 진달래 흐드러진 낙화암(落花巖)에서, 백화정(百花亭) 난간을 붙들고 백마강 푸른 물결을 내려다보고 있었다. 망국의 한을 치마폭에 담아 뒤집어쓰고 강물에 몸을 던진 3천의 궁녀. 그건 지극한 슬픔이 아름답고 찬란한 꽃비로 변환되는 축제였다. 진달래 붉은 꽃잎이 나비 되어 펄펄펄 강물 위로 떨어질 때, 연홍의 꽃빛깔과 짙푸른 강물 빛의 보색대비는 너무나 아름다워 차라리 슬픔이었고 아픔이었다.

그 몇 년 뒤 어느 초여름. 나는 진주 남강 촉석루(矗石樓)에 올라, 열 손가락 반지 낀 손으로 왜장의 목을 안고 의암(義岩)에서 강물로 뛰어든 논개(論介)의 치마폭이 물속에 잠겼다가 다시 떠오르는 것을 바라보았다. 양귀비꽃보다 더 붉은 여인의 매운 절개. 논개의 죽음을 시인 변영로는 이렇게 노래했다.

거룩한 분노는

종교보다도 깊고

불붙는 정열은

사랑보다도 강하다.

아! 강낭콩꽃보다도 더 푸른

그 물결 위에

양귀비꽃보다도 더 붉은

그 마음 흘러라.

　조선조 끝 무렵. 선비 황현(黃玹) 또한 망해가는 나라를 바라보다 슬픔과 아픔을 이기지 못하고 뼈저린 절명시(絶命詩)를 남기고는 스스로 세상을 버렸다.

鳥獸哀鳴海岳嚬

槿花世界已沈淪

秋燈掩卷懷千古

難作人間識字人

금수도 슬피 울고 산하도 찡그리니

무궁화 세상은 이미 망해 버렸구나.

가을 밤 등불 아래 책 덮고 돌아보니

인간세상 선비 노릇 참으로 어렵구나.

삼천의 궁녀들이나 의기(義妓) 논개(論介)나 선비 매천(梅泉)이나 스스로 생명을 버렸다는 점에서는 자살이다. 그러나 그것은 맵고 붉고 고운 투신이었다. 하느님 창조하신 생명을, 비록 그것이 나 자신이라고 하더라도 생명 여탈의 권한은 하느님께만 있다는 종교적 입장으로 보면 그것 또한 범죄다. 세상에 많고 많은 투신자살. 그러나 그 색깔은 모두 같은 게 아니다. 시들고 멍든 회색의 무채색 낙화. 명도만 있고 채도가 없는 무채색은 색이면서 또한 색이 아니다. 부엉이바위에서 몸을 던진 전직 대통령의 죽음이 그랬고, 청렴하다는 평을 받던 국회의원이 뇌물 먹은 게 드러나자 아파트 창문으로 뛰어내린 것도 그렇다. 여비서 추행이 드러나자 밤에 산에 올라 넥타이로 목을 맨 서울시장. 집에서 죽었더라면 그 밤중에 불 켜 들고 산속을 헤맨 수많은 경찰들 고생은 안 시켜도 됐을 것을. 그리고 내 친구 정걸이의 죽음도 마찬가지. 그들의 공통분모는 부끄러움이다. 부끄러움을 인지했다는 것도 곱다고 해야 할까? 그러나 부끄러움이란 잘못을 저질렀다는 사실이 전제되어 있다.

정걸이는 정말로 자살을 한 것인가? 그렇다고 해도 스스로 목숨을 끊지 않으면 안 되는 무슨 압박이 있었던 건 아닐까? 그렇다면 그건 자살이 아니라 타살로 분류해야 하는 건 아닐까? 알 수 없는 일이다. 세상은 어지럽고 복잡하다. 파도는 거칠고 바람은 사납다. 코로나만 아니었어도 시골 농고 동기 친구 정걸이의 장례식엔 갔을 것이다. 아니, 그렇지 않았을지도 모른다. 평소에 나는 정걸이의 정치적 성향을 별로 좋아하지 않았었지. 그가 총선 출사표를 던지면서 마련했던 그의 저서 '한 번도 못 가본 나라' 출판기념회에서 책값을 정가표대로 만 원짜리 한 장과 5천 원짜리 한 장을 봉투에 넣었던 일을 생각했다. 내가 너무했나? 주머니 털어서 몇만 원 정도라도 넣었어야 했던 것 아니었나?

그림자 춤. 나는 문득 죽은 또 다른 한 사람의 친구 경석이가 하던 말이 떠올랐다. 실체는 따로 있는데, 자기의 춤사위가 무슨 의미인지도 모르면서 흐느적거리는 그림자 춤. 개성공단 사업 망하고 병 얻어 고생만 하다가 죽은 경석이. 상수와 내가 괴산 성모요양병원으로 문병을 갔을 때, 비쩍 마른 몸에다 푸르죽죽한 환자복 차림으로 쓸쓸하게 내뱉었던 한 마디가 그랬었지. 경석이는 이미 죽어 고향 마을 뒷산에 묻힌 지 여러 해인데, 그가 뱉은 한마디는 아직도 내 귀에 쟁쟁하다. 정걸이가 정치한다고 거들먹거리며 돌아다닌 일이나, 의문의 자살로 세상을 등진 일이나 이 모든 것도 그림자 춤일 뿐인가? 그리고 고성과 삿대질이 난무하는 저 국정감사장은?

치유를 위한 자연 음악. 빗소리와 대금 소리. 같은 듯, 다른 듯한 가락은 계속 이어지고 있다. 그것은 소리이면서 침묵이고, 음악이면서 울음이다.

오늘 하루도 문밖에 나가지 못하고 종일을 집안에서만 서성거렸다. 상수가 정걸이 빈소엘 다녀와서 함께 술 한 잔 나눈 다음 날. 그날은 정걸이의 장례일이었는데, 그날로부터 벌써 사흘째 두문불출이다. 코로나의 불안 속에서도 가끔은 피난길 나서듯 자동차를 몰고서는 운문사 바람소릿길이나 내원암 골짜기엘 숨어들어 어지러운 마음도 달래고, 심호흡으로 허파 속의 먼지도 털어내고, 전나무 내음으로 후각을 일깨우기도 했었다. 그리고는 내원암 '마음 비우는 정자'에 앉아서 산 위로 떠가는 구름을 바라보며 서툰 명상을 하기도 했었다. 그런데 요 며칠은 기운이 없고 정신이 혼미하여 어딜 가고 싶다는 마음이 일지를 않았다. 정걸이의 죽음이 몰고 온 의문과 불안, 그리고 그 뒤를 이어서 찾아온 쓸쓸함. 그것이 범인의 한 축일 것이고, 또 다른 한 축은 전혀 앞날을 예측할 수 없는 '코로나19 팬데믹'. 전 세계 확진자 수는 4천2백만을 넘었다고 하고, 사망자만도 110만 명을 넘어섰다고 한다. 다른 나라 이야기라고 강 건너 불 보듯 할 수는 없다. 우리나라도 이미 누적 확진자가 2만5천 명을 넘어섰고, 사망자도 5백 명을 넘보고 있다. 거기다가 매일 해외에서 유입되는 확진자도 무시할 수 없는 숫자다.

가을은 깊어 가는데, 상엽홍어이월화(霜葉紅於二月花)를 노래하던 옛 시인의 정취는 어디로 갔는가? 설악산 단풍은 절정이라지만, 구경 오는 차량은 단속한다고 하니 이 아이러니는 또 무엇인가? 그런데 일기 예보는 내몽골 쪽에서 발달한 고기압이 찬 공기를 몰고 내려와서 내일 아침엔 중부지방에 첫얼음이 얼겠다고 한다.

유튜브 화면을 눌러보니 진행 상황을 알리는 빨간 선은 아직도 중간을 약간 넘은 곳을 기어가고 있는데, 숲속에 비 내리는 풍경은 계속되고, 빗소리와 어우러진 대금 소리도 여전하다. 빗소리와 대금 소리에 섞여서 꽃잎이 지고 있다. 나는 음악만으로는 어둠처럼 엄습해 오는 불안을 씻을 수 없어, 그 무채색의 낙화를 안주 삼아 다시 맥주잔 가득 소주를 따른다.

빈 배

그림자 춤 · 6

'아무 이상 없습니다. 충분한 휴식이나 취하십시오.'

혹시 백신 부작용 아니냐는 물음에 대한 의사의 대답은 간단명료했다.

내가 코로나 백신을 접종한 것은 6월 1일의 일이었다. 신문이나 텔레비전에서도 백신의 부작용에 관한 얘기들을 하고 있어서, 우리 부부도 망설이면서 미루고 있다가 어려움이 있더라도 결국은 맞아야 한다는 결론에 도달했다. 그래도 걱정을 못 버리는 아내를 위해서 내가 맞는 것 보고 판단하라고 나보다 한 주일 뒤로 날짜를 잡았다. 나는 주사 맞은 자리가 뻐근하고, 열이 좀 나긴 했으나 아스피린 한 알로 해결되었다. 아내도 걱정을 씻어내고 나보다 한 주일 후에 접종을 했다. 아내는 오히려 내가 겪은 미열조차도 없었다. 백신에 대한 여러 가지 떠도는 이야기들은 불안감에서 오는 헛소문이지 싶었다.

항체가 생기는 데는 약 2주간의 시간이 걸린다고 했다. 그렇다면 우리 부부는 둘 다 하마 항체가 생겼을 것이다. 그러나 2차 접종까지 마쳐야 안전하다고 하니 아직은 안심할 단계가 아니지 싶다. 그런데 1차와 2차 사이의 간격이 너무 멀다. 화이자 백신은 3주 간격이라는데, 우리가 맞은 것은 거의 3개월이나 걸렸다. 이 간격의 길고 짧음이 백신의 효능과 무슨 관계가 있는 것은 아닌지 의구심이 생긴다.

그런데 요즘 들어 내 몸 상태가 영 안 좋다. 늘 피곤하고, 가끔 미열도 있고, 어지럽기도 하다. 식욕도 떨어져서 무엇 먹고 싶은 게 없다. 만사가 귀찮고 자리에 눕고 싶은 생각뿐이다. 이게 백신 부작용은 아닌가? 너무 여러 날 계속되는데? 그래서 백신 맞은 병원의 의사를 찾아갔더니 의사가 이런 대답을 던진 것이다. 다행이다. 의사 충고대로 푹 좀 쉬자. 영양 보충도 좀 하고.

두문불출, 집에만 박혀있는 지가 한 주일이 다 되어간다. 전화기를 주무르거나, 컴퓨터 켜고 이메일이나 인터넷 뒤지기, 가끔은 텔레비전 켜서 정치 소식도 듣는다. 그러다가 재미없으면 침대로 올라가서 벌렁 눕고. 아하, 이런 걸 두고 코로나 블루라고 하는 모양이군. 나는 혼자서 그렇게 결론을 내리고는 자가 치료를 하느라고 거실에서 맨손체조도 하고, 일 분 마라톤도 하고, 묵주를 손에 감고 방과 마루를 빙빙 돌면서 기도를 드리기도 한다.

느지막이 아침을 먹고 커피잔을 든 채로 공부방 책상에 앉아서 컴퓨터를 연다. 먼저 이메일 함을 열어보니, 광고성 메일이 서너 개 보일 뿐이다. 곧 인터넷 신문으로 화면을 바꾼다. 코로나19 팬데믹 이후 이미 몸에 익은 일과의 한 모습이다.

어제 있었던 전 검찰총장의 대선 출마 출정식(?)의 기사로 인터넷은 온통 도배되어있다. 운집한 인파와 함께 축하 화환이 50m도 더 되게 늘어섰다면서 사진도 보여준다. 출정식에 대한 반응은 여야가 극명하게 반대 방향을 향하고 있다. 위기의 나라를 구하기 위한 용기 있는 결단이라고 하는 사람도 있고, 자신을 총장으로 임명했던 대통령과 대극점에 서는 것은 자기부정이라는 평도 있다.

이걸 보면서도 나는 또 머리가 아프고 어지럽다. 검찰총장만 해본 사람은 정치를 모른다고 하는데, 나 같은 퇴물 접장이 뭐를 알겠나? 도대체 정치가 뭔가? 국리민복을 위한 봉사인가? 권력과 부의 탈취를 위한 권모술수인가? 근래에 와선 이런 혼란이 극도로 심해져서 짜증이 나고, 짜증을 피하려 하니 무관심해야 하는데, 종일을 귀와 눈으로 찾아오는 소식들이 무관심하게 놔두지도 않는다.

정치보다도 더 서민들이 직접적인 위협을 느끼는 것은 코로나 상황이다. 인터넷이나 텔레비전 방송에서는 그 상황을 상세하게 알려주고 있어서 어제든지 확인할 수가 있다. 그래도 열어보려면 겁나고, 안 보면 궁금하다. 망설이다가 결국은 열어본다.

신규 하루 확진자 수 794명. 몇 달 만에 최대치란다. 사망자는 2,018명. 한 사람이 더 보태어졌단다. 세계 전체 확진자는 37만6천 명이 더해져서 누적 1억8천170만 명이고 사망자 총수는 393만 명에 이르고, 사망률은 2.2%라고 한다. 이런 대재앙이 도대체 왜 오는 것일까?

이런 생각에 어지러움을 느끼고 있을 때 상수한테서 전화가 왔다.

"어이, 김 선생. 안 죽고 살아 있나? 전화기도 코로나 걸렸는지 전화한 통화 하는 것도 왜 이렇게 어려운지 모르겠네."

"아, 박 사장. 오랜만이군. 백신은 맞았나? 나도 맞았는데, 코로나 대신 코로나 블루 걸렸나 봐. 박 사장 만나서 술이라도 한잔하면 좀 낫지 싶어."

"잘됐네. 그러잖아도 만날 일 생겼어. 김장환이라는 이름 생각나나?"

"아니, 전혀. 누군데?"

"작년 가을에 조정걸이 장례식 갔다가 고향 농고 후배라는 소설가 만났다고 했지? 그 사람이 김장환인데, 이번에 고향 올 일 있다고 한번 만나자는 연락이 왔네. 김 선생하고 같이 갔으면 싶어서. 경석이 무덤에도 한번 다녀올 겸."

"그래? 그러지. 바람 좀 쐬면 코로나 블루 좀 나을런가? 우리 친구 경석이도 고향 마을 뒷산에 누워서 얼마나 외로울까? 우리 기다리고 있을지 몰라."

소식통은 언제나 고향 농고 동기회장 박상수다. 그의 사업체는 코로나 때문에 어려움을 겪고 있다고 했는데, 공장 문 닫고 고향에다 농장이나 하나 마련하겠다고 하더니, 그 일로 고향엔 자주 가는 모양이었다.

친구 조정걸이가 국회 진출에 실패하고 무슨 의혹에 휩싸였다가 자살로 생을 마감하고, 동기회를 대표해서 서울로 문상 갔던 상수가 고향 농고 후배이면서 조정걸이 아들의 친구이기도 한 소설가 김장환을 만났었다고 했다. 그에게서 정걸이 자살에 얽힌 의혹들에 대해서 들었다고 한 이야기는 그때 상수가 했었다. 정걸이가 총선 출사표를 던지던 날에 그의 저서 『한 번도 못 가본 나라』 출판기념회를 했었고, 그 책에 남의 소설을 끼워 넣어서 상수와 내가 정걸이 욕을 했었는데, 그 소설 「척사현정소(斥邪顯正疏)」를 쓴 진짜 작가가 바로 김장환이란다. 그때 상수가 그의 이름을 얘기했는지는 모르겠는데 어쨌든 내 기억에는 없는 이름이다.

고향 성주의 예술가들 모임인 '별고을예술가협회'가 올해 초에 결성되었는데, 성주군 출신의 예술가들을 대상으로 하는 제1회 협회상 수상자로 소설가 김장환이 선정되었고, 다가오는 7월 3일 토요일 오후에 성주읍의 농민회관에서 시상식이 있단다. 상수는 그때 서울에서 만났을 때 명함을 교환했었는데, 시상식에서 뵙고 싶다면서 며칠 전에 초청이 왔다고 한다.

　"그 후배 소설가답게 예의범절도 아는군. 서울서 만났을 때 술 낫게 샀던 모양이지?"
　"술 때문에 초청하는 거야 아닐 거고, 그래도 고향 학교 선배라고 대접하는 셈이랄까?"
　"그러지. 같이 가자. 그런데 운전은 박 사장이 해야 한다? 난 요즘 자주 어지러워서 운전 못 해. 더구나 귀한 박 사장 태우기는 더 겁나고."
　"걱정 마. 내 차로 모시지. 그날 시간이나 비워 놔."
　"자네야말로 걱정 마. 난 그냥 앞에 좍 널린 게 시간이야. 그 시간 때울 프로그램이 없을 뿐이지."

　내가 지하철 2호선 두류역에 내려서 1번 출구로 올라가자 상수의 차가 바로 눈앞에서 기다리고 있다. 상수의 차는 흔한 검은색이지만 차 번호가 매우 특징이 있어서 금방 알아볼 수 있다. 48나8848. 네팔 나라의 에베레스트. 상수는 세계에서 가장 높은 차라고 자주 자랑을 한다. 덕분에 나는 세계 최고봉 에베레스트의 높이를 기억할 수 있게 됐다.
　"많이 기다렸어? 차보다 사람이 먼저 와서 기다려야 하는데, 이런 복잡한 길에선."

"아냐. 나도 금방 왔어. 초시계란 별명을 가진 김 선생이라 지하철 시간표에 맞추어 왔더니 역시 틀림이 없군."

"시상식이 오후 2시라고 했지? 시간 여유가 좀 있겠네. 몇 군에 들렀다 가지. 우리 고향 갈 때 늘 가는 곳이지만 말야. 옛가람 카페, 그 예쁜 박 마담 얼굴도 한번 보고, 경석이 무덤에도 한번 가보고."

"그러지 뭐. 그런데 김 선생. 박 마담보고 예쁘단 소리 다시 하지 마. 요즘은 여자보고 예쁘다고 하는 것도 성추행이란다."

"예쁘다고 하는 게 성추행이면, 못 났다고 하는 건 성폭행인가? 테스 형. 세상이 왜 이래?"

"여자 문제는 남의 입에 올랐다 하면 바로 지옥행이야. 원 스타도 당하는 것 봤지? 그건 그렇고, 점심은 아무래도 상식이 식당에서 해야 겠지? 미우나 고우나 그 친구가 이 동네에선 터줏대감이고, 또 우리 동기들 아지트가 상식이 레스토랑 아냐? 혹 다른 친구들 얼굴도 볼 수 있을지."

"그러지. 그게 좋겠네. 박 사장 에베레스트 꼭대기에 앉으니 세상이 다 눈 아래로군. 달려라, 백마야. 오늘은 내 코로나 블루가 맥을 못 추는군."

카페 옛가람. 성주대교를 건너서 오른편으로 한참 들어간 강변에 옛날 모습 그대로 엎디어 있다. 오래 손을 안 본 건물은 좀 처량하다는 느낌을 줄 정도로 퇴색해 있다. 그래도 그런 모습에 정다움을 느끼는 것은 몇 번 와 봤다는 인연의 의미겠지. 조용하면서도 친밀감을 느끼게 만드는 박 마담 때문이기도 할 거고.

"오랜만에 오셨군요."

마당에다 차를 세우고 출입문을 밀고 들어서자 박 마담이 조용한 미소로 맞는다. 그녀는 마담, 여사, 아줌마 이런 호칭을 촌스럽다고 싫어했지만 우리는 익살 섞어서 그렇게 부르곤 했다. 그래야 젊은 날 드나들던 옛날 다방 생각난다고, 그러라고 이름도 옛가람 아니냐면서.

시간이 이른 탓인지 손님은 우리뿐이다. 한적한 강변, 초라한 시설, 거기다가 코로나까지 겹쳤으니 호황을 누리기는 어려웠을 거다. 약간은 어둡고 조용한 분위기가 그런 짐작을 하게 만든다.

우리는 늘 앉던 그 창가 자리를 선택한다. 강 쪽의 조망은 어디나 다 좋지만 특히 이곳은 우리가 올 때마다 우리 차지다. 내가 박 사장과 커피를 마실 때면 자주 하는 농담. 상수가 '아메리카노' 하면, 나는 '코리아노'를 외친다. 그러고는 결국은 둘 다 아메리카노를 마신다. 이건 꼭히 이걸 좋아해서라기보다는 많고도 많은 커피 종류에다 어렵고도 어려운 이름들 탓이다.

올해는 자주 질금거린 비 덕분인지, 아니면 저 아래쪽의 강정보 덕분인지 강물이 제법 많다.

"저 강물에 뱃놀이 한번 하고 싶다. 젊을 때는 남만큼 풍류도 즐겼는데, 이젠 그럴 마음도 여유도 없어졌어. 이런 걸 늙었다고 하는 건가 봐."

박 마담이 가져온 아메리카노를 한 모금 마시고는 상수가 하는 말이다.

"박 사장은 사업하느라고 그렇지만, 난 뭐야. 넘쳐나는 게 시간인데도, 꼭히 그럴 수 있는 돈이 없어서도 아닌데 의욕이 없어. 코로나 끝나면 여행도 좀 해야지."

"대통령 취임 일성이 4대강 보(洑) 철거라더니, 임기 끝나가는 지금 까지도 그냥 있네. 엄포였는지, 아니면 그게 쓸데없는 짓이란 걸 깨달 았는지."

"그러게 말야. 정치가 국민에게 희망이어야 하고 힘이어야 하는데, 요즘은 혐오감밖에 안 들어. 평등이니, 공정이니, 정의니 하던 말들 다 어디 갔어?"

"박탈감이랄까? 아니면 배신감이랄까? 요즘은 정치학개론 새로 써 야 한다 싶어. 정치란 국민 속여먹기라고."

"글쎄. 큰일이야. 뭐가 좀 달라져야 할 건데. 그런 와중에 코로난가 뭔가 하는 괴물까지 덮쳤으니, 참."

"낙동강. 난 이 이름만 들어도 고향 친구 같은 정다움을 느껴. 시도 한 수 떠오르고. '낙동강 빈 나루에 달빛이 푸릅니다. 무엔지 그리운 밤 지향 없이 가고파서, 흐르는 금빛 노을에 배를 맡겨봅니다.' 시인이 란 참 대단한 사람이다 싶어. 이런 글을 다 지어내다니. 난 이 시조가 세상에서 최고의 걸작인 것만 같아."

"언제 틈나면 우리 뱃놀이 한번 하자. 저 아래로 내려가면 달성 사 문진 나루터에선 유람선 뜬다고 하데. 유람선 타고 강바람에 코로나 블루인가 정치판 블루인가 훌훌 날려 버리자고."

"낙동강이 예사 강인가? 역사적으로 봐도 삼국정립 이전부터 우리 겨레의 삶의 터전이었지. 6·25 생각해 봐. 나라의 존망이 풍전등화인 상황에서 수많은 전사자들의 시체로 대한민국을 지킨 보루 아닌가? 왜관, 칠곡 다부동, 영천, 안강, 포항을 잇는 소위 낙동강 전선. 거기서 버티지 못했으면 오늘날 이 나라가 있었을까? 아찔하지."

"우리가 초등학교 입학한 것이 55년도지? 폭격으로 다 부서진 건물 잔해 틈에다 돌멩이 깔고 앉아서 공부했지. 그때 줄지어 등하교하면서 군가 많이 불렀잖아? '낙동강아 잘 있거라, 우리는 전진한다. 원한이여 피에 맺힌 적군을 무찌르고서.'"

"기억력 좋네. 지금 우리가 낙동강에서 유람선 타고 싶다는 건 단순한 놀이 감정만은 아니지 싶어. 슬픔과 아픔으로 점철된 이 나라 역사에 대한 애틋함이지."

'자주 오세요' 하는 마담의 전송을 받으면서, '또 올게요' 하는 인사로 답하고는 '옛가람'을 나섰다. 카페에서 너무 오래 노닥거리다 보니 시간이 꽤 흘렀다. 경석이 무덤엘 다녀오면 점심 식사가 어중간할 것 같아서 경석이한테는 오는 길에 들르기로 하고 바로 읍내로 향한다. 상식이 식당에서 점심을 때우고 행사장으로 갈 요량이다.

가야농업마이스터고등학교 총동창회 회장 이상식이 운영하는 '부강레스토랑'은 코로나 와중에서도 장사가 잘되는 모양으로 간판도 새로 달고, 내부 장식 차림도 깔끔하게 새 옷을 입혔다. 그러나 식사 메뉴는 옛날이나 마찬가지로 국밥과 비빔밥이 중심이다. 요즘은 여름이라 그런지 잔치국수 한 가지가 더해졌다. 변하지 않은 건 그것만이 아니다. 허우대 훤칠한 상식이의 능글능글한 웃음과 화장실 안내 표지의 영어 스펠링이 L자가 하나 더 들어간 TOILLET으로 있는 것. 전에 상수가 지적해 준 적이 있는데, 그런 건 별로 중요하게 여기지 않는 모양이다. 변하지 않은 것은 또 하나 더 있다. 상식이 일하는 아줌마를 부르는 호칭 '홀서빙'.

"이 사장. 여긴 호황이네? 코로나 영향도 안 받나 봐?"

"여긴 시골 아닌가? 코로나바이러스가 어디 갈 곳 없어서 이 촌동네까지 찾아오겠나? 그리고 참외 농사가 번창하니 우리 레스토랑도 덕을 좀 보는 셈이지. 참외 농장에 배달하는 양이 좀 늘었어."

"다행이군. 내년이 지방선거 아닌가? 그동안 공도 많이 들였으니 좋은 결과 있겠지 뭐."

"박 사장, 김 선생. 나 좀 도와주게. 그러면 모교를 위해서나 군민을 위해서 봉사할 수 있는 기회도 많아지겠지."

우리는 잔치국수 한 그릇으로 점심을 해결하고 행사장인 농민회관으로 향했다. 상식이도 같이 가자고 했으나 '레스토랑' 정리 좀 해놓고 뒤따라오겠단다. 상식이는 식당이란 이름 대신 레스토랑을 고집한다. 국밥 한 그릇을 먹어도 식당과 레스토랑은 품격이 다르다는 게 그의 지론이다.

성주농민회관. 고향엘 자주 오는 상수는 여러 번 와 본 기색인데, 나는 전에 정걸이 총선 출마 선언 겸 저서 출판기념회 때 와 보곤 처음이다. 그때는 아직 조경이 덜 된 느낌이었는데, 오늘은 보니 깨끗하게 정리가 되어있다. 이런 멋진 농민회관이 고향에 있다는 건 자랑스러운 일이다. 전에 상식이한테서 들은 얘기로는 객지에 나가서 출세한 사람들의 기부금에다 참외 농가에서 갹출한 돈으로 지었다고 했다. 물론 군비가 많은 부분을 감당했고.

아직 시작 시간이 많이 남았는데도 주차장은 차가 그득하다. 별고을예술가협회 창립 이후 첫 행사라서 관심도가 높지 싶고, 또 그동안에 코로나 번진다고 집합금지명령이 내려져 있었는데, 그게 며칠 전부터 해제된 덕분이기도 할 것이다.

행사장 입구에 들어서니 오늘 수상자가 참석자 전원에게 선물로 준다면서 행사 안내 팸플릿과 함께 수상작인 소설 『빈 배』를 한 권씩 준다. 상수와 나는 선물을 받아 들고는 전에 정걸이 행사 때 앉았던 그 뒷구석 자리에 가서 앉았다. 나는 어디에 가든지 왜 늘상 이렇게 구석 자리만 찾는지 모르겠다. 상수는 그런 나를 보고는 어릴 적에 잠재된 열등의식이 관습으로 이어진 때문이라고 진단을 내린 바도 있다. 정말 그럴지도 모른다.

책 표지엔 '김장환 장편소설 빈 배'라는 글씨가 있고, 청색과 감색과 녹색이 섞인 반추상의 나룻배 그림이 넓은 여백을 싣고 그려져 있다.

국민의례가 끝나자 바로 참석하거나 축하해 준 인사들의 소개가 있었다. 앞 벽면 가득한 대형 스크린에 커다란 글씨로 이름이 뜬다. 국회의원, 군수를 선두로 여러 사람 이름이 떴는데, 그 중간쯤에 가야농업마이스터고등학교 총동창회장 이상식의 이름이 나오고, 그 바로 아래에 동기회장 박상수의 이름도 나온다. 내 이름은 물론 있을 리가 없고.

시상에 앞서서 경과보고라는 걸 했다. 이미 있어 온 여러 예술가들의 단체를 올해 초에 가야농고 총동창회 회장인 이상식의 제안과 후원에 힘입어서 그 연합체인 '별고을예술인연합회'를 발족시켰다고 한다. 그리고 그 첫 번째 사업으로 이 고을 출신 예술가 중에서 고향의 명예를 드높인 예술가에게 상을 주기로 했고, 그 첫 영광을 김장환 소설가가 누리게 됐다고, 장황한 이야기를 한다. 그리고는 심사경과도 이어졌다. 저 사람이 심사위원장이었던가 싶다.

이어서 시상. 상금은 자그마치 1천만 원이다. 저 거금이 어디서 나왔을까? 나는 내가 걱정 안 해도 될 걱정에 사로잡힌다. 혹시 상식이가 정치적인 의도를 갖고 곳곳에 손을 벌려 장만한 돈은 아닐까 하는 생각. 옛날 기(杞) 나라 사람들이 하늘 무너질까 걱정했다더니, 내가 온갖 걱정을 다 하고 앉았다 싶다. 이러니 맨날 아내한테서 조선팔도 걱정은 혼자 다 짊어지고 다닌다고 핀잔을 듣지.

수상자의 인사가 뒤따랐다. 소설가 김장환. 인물도 훤칠하고 말솜씨도 달변이다. 고맙단 얘기, 더 열심히 하라는 격려의 의미로 알겠다는 얘기. 이런 건 어디 가나 똑같은 얘긴데, 그 뒤에는 조금 관심을 끄는 얘기를 한다. 우리 별고을의 위대한 애국지사 심산(心山) 김창숙(金昌淑) 선생의 높은 정신을 기리기 위한 뜻이 있었단다. 그리고 내빈들께 나누어 드린 선물은 지역 발전을 위해 큰 뜻을 품고 계신 가야농고 총동창회 이상식 회장님의 배려라고 하면서 한번 읽어 주신다면 큰 영광이겠다는 인사도 덧붙인다.

큰 뜻이라? 행사가 진행되는 동안에 스토리는 서서히 그 모습을 드러내고 있다. 아하, 그게 그리그리 된 사연이구나.

만세삼창으로 행사는 끝나고, 상수는 수상자 김장환을 나에게 인사를 시킨다. 부강 레스토랑에서 간단한 식사 자리가 있다면서 함께 하자는 걸, 우리는 또 다른 곳엘 가야 할 곳이 있다면서 헤어졌다. 상식이한테는 수고 많았다는, 좀 의례적인 인사를 남기고는 경석이 묘소로 차를 몰았다.

경석이의 고향 웃터마을. 그 뒷산 언덕배기. 거기 잡초 사이에 우리 친구 경석이는 베개만 한 한 덩이 오석으로 누워서 우리를 맞이한다. 거기에 쓰인 것은 이름 석 자와 생몰연대뿐. 한 인간이 슬픔과 아픔 속에서 살고 간 흔적이라고 하기에는 너무 간단하다.

"이 친구, 우리라도 이렇게 한번씩 찾아오니 덜 허전하지 싶어. 유족인들 누가 오겠나."

상수가 맨손으로 잡초 몇 포기를 뽑으면서 내뱉는 말이다.

"그러게 말야. 병들어 쓰러진 남편 버리고 도망간 여자가 오겠나? 장례식에도 안 왔는데. 아들이 있다곤 하지만 서울이 천 리라 오기가 쉽진 않을 거야."

나는 상수의 경석이 이야기에 대구를 하면서 놓고 3년간 거인 콧구멍만 한 방에서 함께 자취했던 시절을 회상한다. 그런 생활도 고달프다는 생각 안 하고 살았던 건 역시 젊음이 있고 내일에 대한 꿈이 있었기 때문일 것이다.

"경석이 괴산 요양병원에 입원해 있을 때, 우리 문병 갔던 일 생각나지?"

"그런 일은 잊으려 할수록 더 안 잊히더라고. 비쩍 마른 몸에다 푸르죽죽한 환자복 입고 있던 모습은 요즘도 꿈에 한 번씩 보인다니까. 세상만사가 다 그림자 춤이라면서, 실체는 없고 그림자만 흐느적거리는 그림자 춤, 그 얘길 할 때까지 혼자서 얼마나 마음 아파했을까?"

"돈 떼이고 사업 실패한 친구도 죽고, 빌려 간 돈을 정치헌금으로 둔갑시켜 떼어먹은 친구도 죽고, 그렇지 뭐. 세상살이라는 게 참 허무해. 결국은 인생이란 물결 위에 텅 빈 한 조각 일엽편주로 떠돌다가 가는 거지 뭐. 그리고 보니 아까 얻은 그 책 이름도 '빈 배'이더라?"

"미운 정도 정이라는데, 난 정걸이 장례식에도 못 가서 좀 미안해. 코로나 때문이라지만 꼭 갈 뜻이 있었으면 갈 수도 있었는데, 가기 싫으니까 대는 핑계일 뿐이지."

"작년 총선 때, 정걸이 사무장으로 일하고 정걸인 낙선한 데다가 경리 부정 의혹까지 제기됐던 상식이가, 오늘 보니 그래도 아직 건재하네? 내년 지방선거에선 도의원은 확실시된다는 소문도 있더라고."

"그 친구 좀 허황하긴 하지만 무슨 일에나 의욕도 보이고 열성도 있고 하니 잘할 거야. 그나저나 오늘 행사 주관하고 책 선물한 건 선거법 위반 아닌가?"

"도의원 출마하겠다는 사람이 그 정도는 챙기겠지 뭐."

우리는 가야산 그리메가 우리 위로 내릴 때까지 앉아서 노닥거리다가 일어섰다.

"낙동식당 메기매운탕은 다음 기회로 미뤄야겠네. 시간도 늦고, 내가 차를 가져왔으니 술 한잔하기도 틀렸고. 경석이 장례식 날 먹었던 그 메기매운탕 맛은 잊을 수가 없어. 먼저 간 친구 못 잊듯이."

웃터 마을 입구에 세워둔 차에다 시동을 걸면서 상수가 먼저 포기 의사를 밝힌다.

"그러지 뭐. 우리 오늘 얻은 소설책 읽고 독후감 나누기 한번 하자. 작가도 인상이 좋았지만 그게 심산 선생 이야기라니 한번 읽어봐야겠다 싶어. 도시철 타고 낙동식당 가도 좋고, 꼭히 그 멀리 갈 것도 없고 반월당 곡주사 가든지."

"김 선생이야 다르겠지만 난 얼마 만에 책 들고 앉는지 모르겠군. 그래도 이 기회에 책 한 권 읽어보자. 심산 선생에 대해서도 피상적으로만 알고 있었는데 좀 자세히 알게 될는지."

'위대한 애국지사 심산 김창숙 선생. 그분은 내게는 먼 집안의 할아버지 되십니다. 내가 어릴 적에 아버지로부터 심산 선생 독립운동하시던 이야기를 들었을 때, 내가 그분과 같은 의성 김씨라는 사실이 얼마나 자랑스러웠는지 모릅니다. 내가 소설가라는 이름을 달게 됐을 때, 그분의 전기를 쓰는 것은 내게 주어진 사명이라고 생각했습니다. 그러나 그분의 생애와 사상과 활동에 대해서 공부를 하다 보니, 내 무딘 붓끝으로는 그분 이야기를 제대로 쓸 수 없다는 결론에 이르게 됐고, 내 의도와는 달리 잘못하다가는 그분에게 누를 끼칠 수도 있겠다 싶었습니다. 드디어 전기 쓰기를 포기하고 주변 인물을 내세워 소설로 꾸며보기로 마음을 굳혔습니다.

이 소설의 중심인물 격인 이정호는 실존의 인물이 아닙니다. 심산 선생 이야기를 끄집어내기 위한 실마리라고나 할까요. 우리는 이정호의 시각을 통해서 간접적으로 심산 선생을 뵙게 될 것입니다.'

이렇게 시작하는 소설 『빈 배』의 머리말은 심산 선생의 약전이라고 불러도 좋을 만치 길고 상세한 생애와 활동의 소개까지 포함하고 있어서, 보통 소설 앞에 붙는 '작가의 말'과는 성질이 많이 달랐다. 그가 소설 속에서 본격적으로 다루지 못하는 이야기를 이렇게 소개하면서 독자의 이해를 돕고, 소설의 부족한 부분을 메우려는 의도인 것으로 나는 이해했다.

본문의 첫머리는 예상외로 월산대군(月山大君)의 시조를 인용하는 것으로 시작되고 있었다.

'추강(秋江)에 밤이 드니 물결이 차노매라.

낚시 드리우니 고기 아니 무노매라.

무심한 달빛만 싣고 빈 배 저어 오노라.'

아하, 이게 이 소설의 제목인 '빈 배'와 연관이 있구나. 그러나 이 작품이 심산 선생의 얘기라니까 월산대군과는 물론 직접적인 연관은 없을 것이고, 이미지만 빌려다 쓰는 소설의 기교로구나. 월산대군의 비극적인 생애와 나라 잃고 객지에서 온갖 수난을 겪으신 심산 선생의 생애와도 그런 점에서 연관성을 가지는 것이겠지.

나는 그런 생각을 하면서 이 책을 읽기 시작했다.

강바람이 써늘한 늦가을 어느 날 밤. 청년 이정호는 왜관 근처의 낙동강 변에서 조그만 나룻배 한 척을 빌려 타고 고향 성주를 향하여 강을 건넌다. 세상은 고요에 겨워 있고, 달빛만 천지에 가득하다. 그는 며칠 전에 상해에서 심산 선생의 밀명을 받고, 고향 성주로 독립운동자금을 구하기 위해 돌아오는 길이다.

이것이 이 소설 스토리의 첫머리다.

가상의 인물인 이정호는 이 소설 속에서는 심산 선생의 아들 김찬기의 친구로, 아버지를 찾아 나서는 친구를 따라서 함께 상해로 건너간다. 심산 선생은 3·1운동이 일어나자 상해로 건너가서 파리장서 사건에 참여했고, 그해 4월에 임시정부가 수립되자 의정원 의원으로 광복 운동을 하다가 체포되었다. 이 소식을 들은 아들 김찬기는 아버지를 만나기 위해 상해로 건너갈 계획을 세우고, 그 얘기를 이정호에게 한다. 이정호는 상해 임시정부의 활동에 관한 이야기를 듣고 감동하고 있던 터라 조선의 청년으로 태어나서 조그만 것이라도 나라와 겨레를 위해 이바지할 수 있는 길이 있다면 피해서는 안 된다면서 김찬기와 함께 상해로 건너간다. 그리고는 심산 선생도 만나고, 또 다른 임정 요원들도 만나서 그들을 돕는 일에 힘을 쏟는다. 그 뒤에 심산 선생의 뜻을 받들어 독립운동 자금을 구하기 위해서 몰래 국내로 잠

입, 고향 성주로 가기 위해 왜관에서 달밤에 배를 탄다.

　이것이 이 소설의 대강의 줄거리다.

　이 소설은 처음 시작부터 한 바퀴를 돌아서 다시 그 이야기에서 끝난다. 시에서 흔히 쓰는 수미상관의 기법이라고 할 수 있을 것이다. 그 뒤 독립운동 자금은 얼마나 모았고, 어떻게 상해로 옮겨갔고, 어디에 쓰였는지가 독자로서는 궁금한 이야기지만, 이 소설에서는 그런 것은 하나도 보여주지 않는다. 변죽만 울렸다고 할까? 아니면 문제만 제기하고 대답은 독자에게 맡겼다고 해야 하나?

　그런데 내가 의아하게 생각하는 것은 이 소설의 제목이 왜 '빈 배'인가 하는 점이었다. 달밤에 배 타고 강 건넌다고? 그러나 그것은 하나의 상징에 불과할 것이다. 심산 선생이 모든 것 다 던지고 독립운동에 투신하는 것, 또 이정호가 그분을 따라나서는 것. 그것은 모두 '빈 배'의 이미지를 갖고 있다. 그렇다면 이 소설이 오늘날 우리 사회에 던지는 화두는 욕심을 버리고 상생하고 화합하라는 것 아닐까? 그것이 이 소설을 수상작으로 선정한 이유가 아닐까?

　나는 이 소설을 읽으면서 계속 도산 안창호 선생을 생각했다. '나는 밥을 먹어도 잠을 자도 대한의 독립을 위해서 했다'고 하신 선생의 말씀을 되뇌었다. 그러는 동안에 저절로 연상이 되는 것은 오늘날의 이 나라 정치 상황이다. 다음번 대통령이 되겠다고 나서는 사람이 여야를 합해서 열 명도 넘는다고 한다. 김창숙 선생이나 안창호 선생 같은 애국애족의 정신으로 이 나라를 위해 몸 바치고자 하는 사람이 이렇게 많다는 것은 크게 환영할 일이다. 그런데 왜 기뻐하기보다는 걱정이 앞서는 것일까? 끝도 없이 이어지는 분열과 거짓과 모함, 이전투구(泥田鬪狗)는 정치의 본질인가? 거기다가 코로나19 팬데믹까지 감당해야 하는 국민은 피곤하고 아프고 어지럽다.

　내가 소설 『빈 배』의 독후감 나누기 하자며 상수를 다시 만난 것은 성주에 다녀온 지 한 주일 뒤의 토요일 오후였다. 약속 장소인 카페 쿠시에 도착하자 상수는 또 그 자리, '쿠시는 힌두어이고 영어로는 해피니스라는 뜻'이라고 설명서를 붙여놓은 벽 앞에 앉아 있다. 그냥 '행복다방'이라면 될 걸 왜 힌두어까지 동원해야 하는지 모르겠다고, 올 때마다 불평을 하면서도 만나면 늘상 그 자리다.

　"소설책 한 권 읽는 데 한 주일이나 걸렸어? 난 사흘 만에 다 읽었는데. 약속대로 오늘 술값은 늦게 읽은 박 사장이 내야 한다?"

　"그러지 뭐. 난 그사이에 고향엘 한 번 더 다녀왔어. 전에 얘기하던 그 농장 문제가 순조롭지를 않아서."

　커피는 또 아메리카노 두 잔. 앉는 자리도 늘 거기, 마시는 커피도 늘 그것. 상수는 이런 걸 두고 인간도 귀소본능, 혹은 회귀성의 본능에 지배당하는 것 같다면서 연어와 철새를 예로 들었다. 무슨 철학적인 발견이라도 한 것처럼 대단해 한 적이 있는데, 오늘 또 그러다가 보니 그 얘기 정말 그럴듯하다는 생각이 든다.

　"요즘 귀농 귀촌 장려한다는데 무슨 걸림돌이 있어?"

　"땅 팔겠다던 사람이 값을 엄청나게 높이 불러서 포기할까 싶어. 그런데 이번에 고향 갔다가 희한한 이야기를 다 들었어."

　"뭐가 그렇게 희한한데?"

　"글쎄 이상식이 그 친구가 그 소설의 주인공 이정호를 돌아가신 자기 삼촌이라고 한다는 거야."

"책에서 저자가 가상의 인물이라고 분명히 밝혔는데, 무슨 귀신 씻나락 까먹는 소릴?"

"그 친구가 정치 바람이 단단히 든 모양이야. 내년 지방선거에서 도의원 나오는 건 기정사실인 것 같애."

"자기 이미지 제고에 도움이 될까 싶어서 벌이는 쇼구먼. 중앙에서 정치꾼들이 벌이는 행태를 잘도 배우는군. '빈 배'의 의미를 잘못 알아들었네. 배에는 적당량 이상의 화물을 실으면 침몰한다는 걸 배워야 하는 건데."

"그런데 자꾸 주워 싣기만 하면 좋은 건 줄로 착각한 거지. 배는 비어 있을 때 가장 가볍고 자유롭고, 욕심부려 자꾸 주워 담으면 무거워지고 드디어는 침몰한다는 걸 알아야 하는데. 하긴 윗물이 흐린데 아랫물이 맑을 수가 있나. 이 나라 꼬라지 한번 보라고. 난 오늘도 경석이 하던 말을 몇 번이나 생각했다네. 세상만사가 다 그림자 춤이라고 하던 말."

"커피 다 마셨으면 자리 옮길까? 상 받은 소설 독후감 나누기를 커피잔 놓고 되겠어? 독한 소주라도 한잔 들어가야 얘기가 목구멍 밖으로 나오려 할 것 아냐?"

"그러지. 소주 맛본 지도 여러 날 됐어. 곡주사로 갈까?"

카페 쿠시를 나서자 밖엔 비가 제법 많이 내리고 있다. 그제야 늦장마가 오늘부터 시작된다고 하던 일기예보가 생각난다.

"우산 가지고 올 걸 깜빡했네. 어쩌지?"

"김 선생이 늘 그랬잖아? 후회는 언제 해도 너무나 늦은 법이라고. 미리 준비하지 않은 사람은 비 맞아서 싸지."

"그렇지. 비단 우산 얘기뿐 아니라 나랏일도 마찬가지겠지? 우왕좌

왕 싸우기만 하다가 무슨 비를 언제 맞을지. 나 원 참."

　우리가 대책 없이 멍하니 서 있는 동안에 빗줄기는 더욱 굵어지고 있다.

작은 흙더미

그림자 춤 · 7

태산에 부딪혀 넘어지는 사람은 없다. 사람을 넘어지게 하는 것은 작은 흙더미다. -한비자

상수가 함께 고향에 한번 다녀오자고 전화를 했던 그날 아침에도 나는 커피잔을 든 채 책상에 앉아서 인터넷을 뒤지고 있었다. 코로나라고 하는 참으로 희한한 괴물이 인간들에게 목줄을 씌워놓은 후에 서서히 굳어져 간 내 하루의 시작 모습이다.

코로나 하루 확진자가 8천 명을 위협하고, 위중증 환자도 하루에 1천 명 더해서 수도권, 비수도권 할 것 없이 병상이 바닥날 형편이란다. 거기다가 사망자 총수도 5천 명을 넘어섰단다. 열어놓은 인터넷 신문 머리기사를 보고는 너무 놀라서 커피잔을 떨어뜨릴 뻔했다. 세상에 무슨 이런 일이 있나? 케이방역을 자랑하느라고, 위드 코로난가 뭔가를 한다고 방역을 느슨하게 하더니 결국 코로나의 역습을 당한 모습

이다. 모양도 빛도 냄새도 없는 것이 무슨 이렇게 독한 것이 있나? 인정도 사정도 모르는 희한한 존재.

코로나의 공포는 남의 얘기도 아니고, 강 건너 불도 아니다. 소리도 없이 어느새 우리 가까이 다가와 있다. 소설 『빈 배』로 별고을예술가협회상을 받은 젊은 소설가, 우리 가야농고 후배인 김장환이 코로나 변이형인 오미크론에 감염됐다는 소식을 동기회장 상수가 알려왔을 때만 해도, 이렇게 내 가까이 있다는 느낌은 아니었다. 그래서 걱정은 하면서도 그 오미크론이란 놈은 소설가도 몰라보는군 하면서 농담을 했고, 그가 사는 곳이 서울이라고 생각하니, 서울이라 천 리 길, 그래도 아직 내게서는 멀리 있다는 느낌이어서 웃으면서 농담도 했었는데.

나는 커피잔을 책상 위에다 내려놓고 멍하니 창밖을 내다본다. 어느 전설의 한 장면처럼 성을 쌓은 흰색의 아파트 무리 너머로 검푸른 망월산이 아침 안개로 희뿌연 너울을 쓰고 있다. 저건 안개인가? 미세먼지인가? 근래에 와서 미세먼지 나쁨 예고가 여러 날 이어서 나오고 있다. 마치 위험수위를 넘나드는 코로나와 어지럽기 짝이 없는 정치판을 보면서 혼란을 겪고 있는 내 마음을 대변하는 듯.

'자비로우신 하느님 아버지, 코로나19 확산으로 혼란과 불안 속에 있는 저희와 함께하여 주십시오. 어려움 속에서도 내적 평화를 잃지 않고 기도하도록 지켜 주시고, 각자의 삶의 자리에서 최선을 다할 수 있도록 이끌어 주십시오.'

저절로 기도문이 입에서 튀어나온다. '코로나19 극복을 청하는 기도.' 코로나 사태가 처음 터졌던 2020년 2월에 서울대교구장 인준을 받으면서 전국 교구에서 통용되기 시작한 이 기도문은 한국천주교 여자수도회 장상연합회에서 마련한 것이다. 나도 이 기도문을 인쇄하여 책상 앞에 두고 아침저녁 기도 시간에 읽은 것이 2년이 다 되어가니 종이는 낡아서 접은 부분은 이미 반쯤이 찢어졌다. 기도문이 길어서 모두 외지는 못하지만 어떤 순간에는 저절로 이렇게 한 구절씩 튀어나온다.

멍청해진 정신을 가다듬기라도 하듯 커피잔을 비우고는 다시 인터넷 신문을 살핀다. 굵은 글씨들로 나열된 기사 제목들이 한꺼번에 내 눈으로 몰려온다. 대부분이 엊저녁 뉴스 시간에 본 것들이다. 모두 골치 아픈 이야기들. 그냥 덮어버릴까? 그래도 또 그러지 못하고 제목 위에다 손가락을 갖다 댄다.

오늘의 머리기사는 수감생활을 하고 있는 박 전 대통령의 사면 소식이다. 이 이야기도 어제 뉴스판을 한번 휩쓸고 지나간 소식이다. 그래도 놀라운 일이라서 다시 열어본다. 지금까지 사면은 고려하고 있지 않다는 것이 정가의 분위기였고, 대통령도 그런 얘기를 여러 번 했었는데, 갑자기 사면을 하게 된 배경에 대해서 방송국마다 쟁쟁한 패널들이 열을 올리고 있었다. 건강 악화 때문이라는 사람도 있고, 여당 쪽에 불리한 대선 정국에서 유리한 고지를 점령하기 위한 수단이란 얘기도 있다. 수감생활을 하는 두 전직 대통령 중에서 한 사람만 사면함으로써 보수 지지 세력을 갈라치기 위해서라고도 하고. 그뿐 아니다. 자기네들 편인 두 사람의 큰 죄인을 풀어주면서 체면치레로 끼워 넣기 했다는 말도 나온다. 이유가 뭐든 놀라운 소식임에는 틀림이 없다.

그 아래 기사는 여당 대통령 후보와 관련이 있다는 대장동 개발에 깊이 관여했던 한 사나이의 자살 사건이었다. 유서는 공개되지 않았다. 여당 후보는 자신은 모르는 사람이라고 자르기를 했고, 야당에서는 함께 외국엘 여러 날 갔다 왔을 뿐 아니라, 그 사람이 기안한 공문서에 결재까지 했는데도 모른다는 게 얘기가 되느냐고 반박을 했다. 그때의 사진까지 들고나와서 거짓말이라고 성토를 했다. 이 사람과 함께 일했던 윗사람 하나는 구속되어 있고, 또 함께 일했던 한 사람도 열흘 전에 자살을 한 일이 있어서 국민들의 충격은 클 수밖에 없었다. 그러다 보니 박 전 대통령의 사면도 연속된 자살 사건으로부터 관심을 다른 데로 돌리려는 의도라는 말도 나온다.

야당은 야당대로 또 난리다. 당 대표가 선대위 위원과 다툰 후에 선대위를 떠나버린 것이다. 기사의 댓글에서는 야당 대표를 두고 역사의 죄인이 되려느냐고 목소리를 높이고 있다. 그뿐 아니다. 선대위를 몽땅 해체하고 후보가 홀로서기를 한다는 소식도 있다. 일찍이 들어본 적 없는 희한한 이야기다.

과연, 한 번도 겪어 보지 못한 나라를 경험하게 해 주는구면. 내가 속으로 이렇게 중얼거리고 있을 때 상수에게서 전화가 왔다. 고향 읍내에서 식당을 하고 있는 동기 친구 이상식이. 그가 상수더러 나와 함께 한번 와 달라는 부탁이 있었다는 것이었다. 허허, 웬일? 집콕하기도 힘들고 어려운데 기분 전환도 할 겸 바람 한번 쐬러 가자고 했다.

우리는 상수의 승용차를 타고 성주대교를 건너갔다. 부잣집 망해도 삼 년 먹을 양식은 있다더니, 상수는 사업 말아먹고 공장 팔아버렸다고 하면서도 승용차는 국산으로는 최고급으로 평가받는 비싼 차다.

나는 상수 차를 '세계에서 가장 높은 에베레스트호'라는 애칭으로 부른다. 차 번호가 48나8848이어서.

"오랜만인데 옛가람 카페 가서 커피 한잔하고 가지. 박 마담도 한번 만나보고. 어떨 때는 문득 박 마담 생각이 날 때가 있더라. 인물도 좋지만 조용하고 느긋한 태도가 품위가 있어 보여. 말씨도 그렇고."

목소리 높여서 정치판 성토를 하고 있다가, 성주대교에 진입하면서 내가 말머리를 돌렸다.

"하하, 이 친구 늦바람났나? 코로나 때문에 정신이 약간 어떻게 된 것 아냐? 헛물켜지 마. 물장사 오래 해 먹은 여자가 퇴물 접장 돌아보기나 할 줄 알아?"

"사돈 남 말 하고 있네. 전번에 갔을 땐 박 사장 자네가 아양은 다 떨더구먼. 뭐 꼭 박 마담 보러 간다기보다 창가 자리에서 커피 마시면서 내다보던 낙동강 풍경이 운치가 있더라고. 낙동강은 우리 민족에게 어떤 존재인가? 그런 생각도 해보고."

"그 집에 손님 있는 꼴 못 봤는데, 아직 장사를 하긴 하나 몰라. 어쨌든 말 나온 김에 들렀다 가지."

상수는 차 머리를 오른쪽으로 돌려서 강둑길로 들어선다.

카페 옛가람은 비어 있었다. 그냥 비어 있는 정도가 아니라 한눈에 봐도 폐업했음이 틀림없어 보인다. 텅 빈 마당은 손님 자동차 대신 지저분한 쓰레기가 널브러져 있고, 카페 정문엔 아무런 안내 쪽지도 한 장 없이 굵은 쇠사슬로 묶여 있다. 출입문 바로 위에 붙어있던 조그만 간판도 어디론지 사라지고 없다. 불 꺼진 내부는 컴컴해서 그 상황을 제대로 알아보지도 못하겠다. 문 닫은 지가 벌써 여러 달 된 것 같다.

"전번에 왔을 때 손님 하나도 없는 것 보고, 내 이렇게 될 것 같더라니까. 그나저나 김 선생 베아트리체 보러 왔는데 어쩌지? 나야 뭐 커피 한 잔 안 하면 그만이지만."

한참을 멍하니 있던 우리는 하릴없이 차 머리를 뒤로 돌렸다.

"자영업자 다 죽는다고 난린데, 영업시간을 밤 아홉 시까지로 제한하고 거기다가 백신 패스인가 뭔가 한다고 하니 힘들 거야, 모두."

"그래서 나랏돈 퍼주잖아. 백만 원씩 준다고 하는데 그게 모두 얼마나 되는 돈인지 짐작도 안 돼. 이러다가 국고는 바닥나고, 나라 망하는 거 아닌지 몰라."

"김 선생 애국심은 여전하군. 나라 살림 사는 사람들도 생각이 있겠지. 설마하니 나라 망하게 할 작정으로 그러는 거야 아니겠지."

"의도하지 않았다고 해서 다 용서받을 수 있는 건 아니야. 박 사장은 그렇게 호의로 해석하는데, 그 정신은 좋지만 현실은 그렇기만 한 게 아닐 수도 있어. 착각이나 실수라도 책임이 있는 거고. 책임이고 뭐고 따지면 뭘 해, 나라 망하고 나서야. 저 남미의 베네수엘라 꼬라지 보라고. 그 나라 사람인들 그러고 싶었겠어? 정책 잘못 쓰면 그렇게 되는 거지. 그래서 정부의 수준은 국민의 수준에 비례한다고 하는 거야."

"하늘이 무너져도 솟아날 구멍이 있다는데, 너무 그렇게 비관적으로만 보는 건 옳지 않아. 나라 형편이 어려우면 백성들도 참고 견뎌야지."

"박 사장 같은 그 알량한 애국심을 악용하고 있다니까? 그래서 민주주의를 중우정치라고 하는 거야. 나쁜 인간들. 정권 바뀌면 당할 위험을 예방하려고 그런다는 소문이 파다해. 곳곳에다 자기네 사람 다 심어놨다면서? 법원, 검찰은 물론, 고위공직자들까지."

"김 선생. 너무 비관적이고 비판적인데? 나하고 거꾸로 된 것 같아. 전에는 안 그랬잖아. 내일 세상의 종말이 와도 오늘은 한 그루 사과나무를 심어야 한다고 늘 얘기하더니. 설마 자애로우신 하느님께서 죄 없는 우리를 그렇게 비참한 상태가 되도록 내버려 두시진 않겠지."

"비관적이고 비판적이던 박 사장이 너그러워진 게 난 오히려 이상해. 누구한테서 세뇌를 당했나?"

"욕하고 비판하고 속 상해봐야 세상은 바위처럼 끄떡도 않고, 나만 손해더라고. 좀 대범하게 생각하려고 노력하는 중이야. 맘대로 잘 안 되지만."

"그런데 박 사장. 상식이 그 친구가 오늘 우리를 부르는 건 무슨 이윤데? 자네야 동기회장 감투에다 고향 인연 이어가고 있으니 그렇다고 하지만, 나야 뭐 고향 인연 다 끊은 지 오랜데 왜 나까지 보자고 하는지?"

"전번에 왜 김장환 소설가 『빈 배』 출판기념회 갔을 때 상식이 그런 말 했었잖아? 내년 지방선거에 도의원 나올 생각이라고. 그 문제에 대해서 자문을 좀 구하겠다는 얘기였어."

"자네 말마따나 이 늙은 접장 퇴물한테서 무슨 들을 얘기가 있다고. 하기야 물에 빠진 놈은 지푸라기라도 붙잡는다고 하지만."

경석이 무덤에는 돌아가는 길에 잠시 들르기로 하고, 상식이부터 먼저 만나기로 했다. 우리가 상식이 '부강레스토랑'의 문을 열고 들어섰을 때, 식당은 텅 비어 있고, 전에 보던 모습 그대로였다. 화장실 안내판이 TOILLET로 되어있어서 L자가 하나 더 들어간 채로 있는 것도 그대로다. 그런데 달라진 게 하나 있었다. 상식이 홀서빙이라고 부르던 아줌마가 바뀌었다. 시골티가 나는 중년 아줌마 대신 젊고 세련되어 보이는 여성이 주방 쪽에서 다가오며 인사를 한다. 상식이는 그녀를 새로 부임한 '부강레스토랑의 지배인'이라고 소개를 한다.

우리가 구석 자리를 잡고 앉자 '지배인'이 식탁을 차린다. 아직 점심시간은 조금 이르지만 점심을 먹으면서 얘기를 하자고 해서 그리한 것이다.

"내가 큰 뜻을 가졌단 얘기는 지난번에 했으니 기억하지 싶네. 독불장군이 어디 있나. 혼자 힘으론 역부족이고 우리 동기 친구들 도움을 좀 받았으면 해서."

안부를 묻는 수인사에 이어서 상식이가 먼저 본론으로 이끌고 들어간다. 상수는 사나이 큰 뜻을 품는 건 좋은 일이고, 뜻을 품었으면 이루어야지 하면서 맞장구를 친다. 나는 말없이 가만히 듣고만 있었다. '큰 뜻'이라니. 도의원 되어 도민 위해 일하겠다는 걸 '큰 뜻'이라고 불러서 안 될 건 없다. 그런데도 나는 얼른 공감이 가지 않는다.

"그런데 출발부터 문제가 생겼어. 지난봄에 별고을예술인협회상 받은 그 친구 있지? 김장환이라는 소설가. 젊고 미남이고 달변에 문장력까지 갖춘 인물인데, 내 준비 캠프에서 홍보팀장을 하기로 약속이 되어있었어. 그런데 소식 들었지? 얼마 전에 코로나 걸려서 위중증 환자래. 언제 죽을지 모른다는 거지. 출발도 하기 전에 차질이 생겼어. 이 무슨 불길한 징조인가 싶어서 불안하기도 하고 그래. 이걸 극복하기 위해서는 그만한 인물을 구해야 하는데, 고심 끝에 자네들 두 친구를 초빙하기로 했다네."

상수가 팀장이 되고 나더러는 후보 연설문도 쓰고, 홍보물 점검도 맡아달란다. 상수는 능력 모자란다고 겸손해하면서도 힘닿는 데까지

돕겠다고 승낙을 했다. 그러나 나는 입 다물고 가만히 앉아 있었다. 상식이는 말을 멈추고는 내 얼굴을 빠안히 쳐다보고 있다. 얼른 대답을 하라는 독촉이다.

나는 승낙하기는 싫고, 할 말은 궁하고 해서 난감한 시간을 끌고 있는데, 이때 식당 문이 열리고 손님 한패가 들어와서 나를 구해낸다. 내 대답을 기다리고 있던 상식이가 얼른 손님 맞으러 가고, 나는 일단 위기의 순간을 모면했다.

우리와는 거리를 두고 자리를 잡은 그들은 모두 여섯 사람이었는데, 차림새가 말쑥한 걸로 보아 외지에서 온 것 같았다. 손님을 안내해서 자리를 잡아준 상식이는 지배인이 상을 차리는 걸 보고는 다시 우리 자리로 돌아왔다.

"여섯 사람이면 정부의 방역 수칙에 어긋나는 것 아냐?"

나는 얼른 말머리를 돌렸다. 상식이의 대답을 들어보고 싶기도 했고, 또 난감한 순간을 피할 심산도 있었다.

"괜찮아. 정부에서 하는 말 다 들을 필요 없어. 시키는 대로 하다가 장사 다 망하게 생겼잖아."

상식이의 말투에는 조금의 망설임도 없다. 아니? 이게 도의원 하겠다는 사람의 대답이라니? 예상을 못 했던 건 아니지만 나는 속으로 놀랐다. 하나를 보면 열을 아는 법. 그의 제안에 수락을 안 하기를 잘했다 싶다.

"이 늙은 접장 퇴물이 무슨 도움이 되겠어? 고향이라고는 하지만 떠나 있은 지 오래됐고, 거리도 멀고. 사실 난 건강이 좀 안 좋아. 겉보기는 멀쩡해도 속은 형편없어. 시쳇말로 종합병원이지. 멀리서 응원만 할게."

"기본 공약이나 뭐 이런 것 생각해 둔 것 있나? 나도 명색이 팀장이면 후보와 입은 맞춰야 할 것 아냐?"

상식이의 응답이 나오기 전에, 이번엔 상수가 나를 구원해 준다.

상식이는 얼굴에 웃음이 먼저 피어오르고, 그런 후에 입을 연다.

"기찬 공약을 하나 마련해 놨지. 이건 말야 다른 사람들 귀에 들어가면 안 돼. 우리만 알고 있어야 해. 선거운동 본격 가동됐을 때 밝혀야 하는 건데, 박 사장 내 선거캠프 팀장 됐으니까 얘기해 줘야지. 요즘 코로나 때문에 젊은이들 취업이 잘 안 되거든. 농가의 소득도 높이고 일자리도 만들고, 일석이조, 도랑 치고 가재 잡는 공약이지."

"변죽만 울리지 말고 본론부터 얘기해 봐."

상수가 독촉을 한다.

"우리 고장 특화산업이 뭐야. 참외 농사 아냐? 일도 힘들고 세대 수도 생각보다 훨씬 많아. 일꾼 한 사람 고용하면 무조건 임금 전액을 지급해 주는 거야. 어때? 누이 좋고 매부 좋고, 하여간 기똥찬 공약이야."

"그 기똥찬 공약 누구 아이디언데? 누구 머리에서 나왔어? 이 사장 자네 머리에서는 그런 기똥찬 아이디어 안 나오지 싶어서."

내가 초를 쳤다.

"김 선생은 학창 시절 나보다 공부 잘했다고 나를 영 무시하네? 사실은 말야. 우리 지배인 있지? 아까 인사했잖아. 그 홍 여사 작품인데, 내가 그 공로를 높이 사서, 절대로 다른 예비후보들한테 발설하지 않겠다는 조건으로 우리 레스토랑 지배인 자리를 준 거야. 내가 당선하면 나는 도정에 전념해야 하니까 아예 경영권을 다 넘겨주겠다는 약속도 했어."

이상식의 얘기를 들으면서 나는 피식 실소를 터뜨렸다. 늘그막에 정계 입문하겠다는 친구가 이런 얘기를 하고 있다니, 참 어이가 없었다. 저 윗동네 사람들 하는 짓을 많이도 배웠군. 나랏돈을 제 주머닛돈인 줄로 착각하고 마구 퍼서 흩뿌리는 인간들. 그것만 보고, 그게 정치인 줄만 알고 도의원 꿈꾸어 온 친구이니, 어쩔 도리가 없지.

"좋은 결과 있기를 바라네."

나는 의례적인 인사 한마디를 던져두고는 상수의 옷자락을 잡아당겼다. 상식이는 술도 한잔하고, 천천히 놀다가 저녁까지 먹고 가라고 붙드는 것을, 가야 할 곳이 있다면서 떨치고 일어났다.

"박 사장. 고향 땅에 와서 노년 보내겠다고 터 잡아 놓은 곳 있다고 했지? 어디쯤이야? 많이 멀지 않으면 구경 한번 하고 가자."

"그러지 뭐. 가야산 국립공원 자락인데 경치가 아주 좋아. 땅만 매입해 놨을 뿐 아직 손도 안 댔어. 내년 상식이 선거나 끝나고 나면 일 시작하려고."

차는 해인사로 넘어가는 국도를 따라 한참 가다가 오른쪽 사잇길로 접어들더니, 한참을 더 가서야 멈추어 선다. 여기가 국립공원의 끝자락이라는데, 그 아래로 묵힌 밭이 두어 뙈기 있다. 여기에다가 초가삼간 짓고, 텃밭에다 먹을 채소나 조금 가꾸며 여생을 보낼 요량이란다. 내려다보니 산줄기가 굽이굽이 바다의 일렁이는 물결 같다.

"야, 대단하구먼. 박 사장 여기 살다가 신선 되어 하늘로 올라가 버리는 것 아냐?"

"아직 언제가 될지도 알 수 없어. 빨라도 내년 이맘때쯤이나 가능할지. 집은 조립식으로 하면 시간 얼마 안 걸린대. 전기가 문젠데, 저 아랫마을에서 여기까지도 꽤 멀잖아? 공사비가 많이 먹히지 싶어."

"요즘 산골 별장이나 고급 주택은 강도가 제일 걱정이래. 여기까진 강도도 좀도둑도 못 들어오겠어. 그래도 입구 쪽에다 차단 장치를 잘 해 두어야 할 거야."

"나도 그 얘기 듣고 고심했어. 대책을 잘 세워야지. 보안장치도 발달된 게 많으니까 어떻게 해결될 거야. 김 선생도 가끔 놀러 와. 달 밝은 밤에 여기서 술잔 기울이면 그야말로 신선이 따로 없지. 뭐 강에서 술마시는 이태백만 신선인가? 술 있고, 달 있고, 친구 있으면 거기가 바로 선경이지. 난 사실 오래전부터 이런 걸 꿈꾸어 왔었어."

"박 사장 돈 버는 사업에만 역량 있는 줄 알았는데, 그런 면모를 갖고 있었구먼. 그런데 오늘 내가 자네한테 놀란 건 이것 말고 또 한 가지가 더 있어. 상식이, 이상식이 말야. 그 친구한테 왜 그렇게 저자세야? 전엔 그렇지 않았다고 생각하는데? 선거캠프 팀장도 그리 수월하게 승낙을 하고?"

"꼭히 뭘 숨기겠다고 생각한 건 아니지만 그렇게 됐네. 사실 내가 그 친구한테 빚을 좀 졌어. 전에 우리 공장 넘어간다고 내가 난리치던 것 기억나나? 은행 융자도 안 되더라고. 이미 신용은 떨어져 있고 낡아빠진 공장은 여러 곳에 담보로 잡혀 있다 보니. 그때 상식이 그 친구한테서 돈을 좀 빌렸는데, 결국 공장은 문 닫았고, 빚은 빚대로 남아있고, 그런 상황이 됐어. 김 선생 알다시피 내가 뭐 선거라는 걸 해본 적이 있나. 떠밀려서 당선한 농고 동기회장 선거 빼고는. 그래도 그럴 수밖에 없었어. 그리고 여기 이 땅 사는 데도 국립공원에 물려있다 보니 무슨 조건이 까다롭더라고. 그걸 상식이가 군청에 아는 사람 통해서 해결해 줬어. 그 친구 인간됨은 솔직히 내 맘에도 안 들어. 그래도 도움 준 건 고맙다고 해야지? 어쩌겠어. 협력하는 수밖에."

"그랬었군. 이해하네. 자네 말마따나 난 접장 퇴물에다 돈하고는 인연이 없는 사람이라 알았더라도 아무 도움이 안 됐을 거야. 이럴 땐 또 돈 때문에 속 썩이다 죽은 친구 경석이가 생각나네. 경석이한테 한번 가보자. 고향이라도 자주 오는 것도 아닌데 온 김에 들렀다 가야지."

경석이는 여전히 거기 있었다. 고향 웃터마을 뒷산 기슭. 나고 자란 마을을 내려다보면서 베개만 한 한 덩이 오석으로 누워있었다. 상수는 간단한 묵념 후에 오석에 새겨진 경석이의 이름 석 자와 생몰연대를 손으로 쓰다듬는다. 우린 모두가 친구였지만 인연으로 치면 내가 상수보다는 더 깊다. 농고 3년을 거인 콧구멍보다 작은 자취방에서 부대끼며 애환을 달랬던 친구 아닌가? 그런데 오늘 묘석을 만지는 상수의 태도에서 그가 지금 격심한 심리적 갈등상태에 있다는 생각을 갖게 한다. 상수 이 친구야. 괜찮아. 세상이 너무 더러울 뿐이지, 자네 심정은 내가 알아. 호호지백(皓皓之白)은 굴원의 전유물은 아니지. 다만 새로 감은 머리에다 먼지 묻은 갓을 쓰지는 말아라.

"어이, 박 사장. 경석이 성모요양병원에 입원해 있을 때, 문경새재 넘어서 문병 갔던 일 생각나나?"

"그게 어찌 잊히겠나? 푸르죽죽한 환자복 차림으로 비쩍 말라가지고선 세상은 모두가 그림자 춤이라고, 실체는 없고 그림자만 흐느적거리고 있다면서 울먹이던 모습. 아직도 눈에 선해. 돈 떼인 놈도 죽고, 돈 떼어먹은 놈도 죽고."

"그 뒤 대구가톨릭병원으로 옮겨왔고, 거기서 죽어 장례 지내던 기억도 생생하지. 장례식날 이 친구 여기다가 묻어두고 돌아가던 길에, 걸귀 들린 사람처럼 먹어치웠던 낙동강식당의 메기매운탕도 그립고."

"오늘도 거기 가서 흠뻑 취해보고 싶지만, 이놈의 차 때문에 안 되겠네. 대구 가서 한번 만나지. 자주 가던 곳이 좋겠지? 곡주사. 이번 토요일 괜찮을까? 보자, 토요일이 새해 첫날이네. 그럼 하루 당겨서 31일에 만나서 송년회 하지. 더럽고 서러운 것들 모두 씻어내는 송년회. 내가 시간 봐서 문자 넣을게."

"그러지. 오늘 박 사장 마음이 좀 편치 않은 것 같으니까 마음도 달랠 겸, 그러는 게 좋겠어."

우리는 우리 뒤로 기어 내려오는 산그리메에 쫓기듯이 경석이 무덤을 떠났다.

상수와 함께 성주에서 상식이를 만나고 온 이후, 내 마음은 편치가 않았다. 어지럽기도 하고 현기증이 나기도 하고, 두통이 나고, 심장이 벌렁거리기도 했다. 코로나 백신 3차 접종의 부작용인가 싶어서 걱정되기도 했는데, 내 자가진단으로는 그런 것 같지는 않았다. 아무래도 혼란한 정치판과 좋아지지 않는 코로나 상황이 원인이지 싶다. 그리고 거기에 끼어 앉아 있는 또 한 가지. 내가 지금까지 알고 있던 것과는 많이도 달라져 있는 친구 박상수의 모습이다. 정의감과 자존심이 강해서, 사사로운 이익을 위해서 아무하고나 타협하지 않는, 보기 드문 강직한 기업가로 알고 있었는데, 얄팍한 상식이의 수작에 그리도 쉽게 기울어져 있는 것을 보고 놀라지 않을 수 없었다. 마음 아파하지 마라, 이 친구야. 너의 호호지백을 나는 믿는다. 그날 경석이 무덤 앞에서 나는 속으로 그렇게 상수한테 얘기했는데, 그 판단이 옳지 않을 수도 있다는 생각이 문득문득 내 마음을 어지럽혔다. 열 길 물속은 알아도, 한 길 사람 속은 모른다는 속담이 왜 생겼겠어? 돈과 권력과 여자 앞에선 인간은 항상 허약한 한 조각 가랑잎 아니던가? 정의의 사도라고 큰소리치던 사람들이 허망하게 무너져 가는 꼴을 한두 번 본 것이 아니잖은가? 부엉이바위에서 뛰어내린 전직 대통령, 청렴의 대명사처럼 행동하던 어느 국회의원이 뇌물 몇 푼에 아파트에서 투신자살을 했고, 현직의 서울시장도 여자 문제로 밤중에 넥타이로 나뭇가지에 목을 맸다지. 멀리 갈 것 없지. 우리 고등학교 동기, 차기 대권 운운하던 정치인 정걸이도 때 묻은 돈에 연루되어 불명예로 이승을 마감하지 않았던가. 그 아들은 자기 아버지가 마녀사냥을 당했다고 억지를 부리지만 결국 자업자득 아니던가?

코로나 문제도 심상치 않다. 하루 확진자 수가 좀 줄었기에 상황이 좋아지려나 기대했더니, 그게 강추위로 인해 검사를 많이 하지 않아서 그렇단다. 코로나를 극복하는 길은 검사를 안 하면 된다고 하는 얘기가 카톡에 떠돌아다녔고, 미친 소리라고 일축했었는데, 이제 와서 묘한 여운으로 다가온다. 하루 확진자 수는 줄었지만, 위중증 환자는 최대를 기록하고 있다고 하는 건 또 무슨 아이러니인가? 돌파감염도 자꾸 늘어나니 방역당국에서는 3차 접종을 독려하고 나섰다. 나는 3차까지, 소위 부스터샷을 맞았으니 안심해도 되는가? 불안감은 좀체 줄어들지를 않는다.

거기다가 어지럽기 짝이 없는 대선판은 피로감을 누적시키고 있다. 양대 후보 진영은 정책 대결보다 본인은 물론 가족의 흠집내기 경쟁을 하는 양상이다. 오죽하면 누가 덜 나쁜가를 가리는 선거라는 얘기가 다 떠돌고 있을까? 거기다가 공수처의 언론 사찰 문제가 국회에서 논란이 되기도 한다. 뉴스 시간에 텔레비전을 켰다가 정치 얘기, 대선 얘기 나오면 꺼버린 것이 여러 번이다. 대선 잘못 치르면 나라가 망할 수도 있다는 얘기가 심심찮게 나오고 있는데, 설마설마하면서도 일말의 불안감은 씻을 수가 없다.

오, 하느님. 이 어지러운 나라를 보살피소서. 이 불쌍한 백성들을 위로해 주소서. 저희에게 희망과 용기를 주소서.

12월 31일 금요일. 조금 풀리던 날씨가 다시 추워졌다. 몇 통의 연하장이 희망의 새해를 기원해 주었고, 또 많은 카톡과 문자가 위로의 메시지를 담고 날아왔다. 나도 곳곳에다 송구영신의 인사를 띄웠지만, 보내는 인사나 받는 인사나 길가에 나뒹구는 낙엽처럼 생기가 없다.

이래서는 안 돼. 희망을 가지고 용기를 내어 지혜를 모아야지. 결혼 주례를 할 적마다 가정은 국가 사회의 세포이므로 가정이 건강해야 국가 사회가 건강할 수 있다고 강조했던 일이 떠오른다. 나부터 정신 차리자. 절망에 빠지지 말자. 도산 선생은 늘 강조하셨지. 낙망은 죽음이라고.

이발을 하고 목욕도 하고, 내의를 갈아입었다. 그리고 사용하던 마스크도 쓰레기통에다 넣고 새 마스크로 바꾸었다. 상수와 둘이서 송년회를 하기로 했었지. 내가 그동안 상수에 대해서 근거 없는 오해를 한 것 같아. 모든 것 깨끗이 씻고 새해를 맞이해야지. 내 이런 마음이, 생각이 상수에게도 전달될 수 있으면 좋겠어.

코로나 때문인지 추위 때문인지, 길거리는 어둡고 썰렁했다. 어쩌면 어둡고 썰렁한 것은 거리가 아니라 내 마음일지도 몰라. 나는 스스로 마음을 위로하며 곡주사 문을 들어섰다. 먼저 와서 자리를 잡고 있던 상수가 손을 들어서 나를 맞이한다. 우리가 만날 때는 늘 '쿠시는 흰 두어인데, 행복이란 의미'라는 안내문구가 붙어있는 카페 쿠시에서 만난 후에 술집으로 향했는데, 오늘은 소주로 망년회 하자는 약속이 되어있던 터라서 바로 여기로 온 것이다.

상수의 표정은 밝지를 못하다. 주먹인사를 하면서 싱긋 웃는 웃음에조차 쓸쓸한 그림자가 스치고 지나간다. 지난번 만남에서 내가 서운하게 만든 건 아닌가 싶어서 마음이 편치 않다. 전에는 이렇게 둘이서 술자리에 마주하면 시시껄렁한 잡담이라도 신나서 떠들던 우리 아닌가?

잔을 부딪치고, 나는 의도적으로 '건배'를 큰 소리로 외쳤다.

"상식이 얘기 들었어?"

상수가 무겁게 말문을 연다.

"아니. 무슨 얘긴데?"

"텔레비전에도 나왔다던데? 지방 뉴스에. 못 들었군. 글쎄 그 녀석이 결국은 사람 실망을 시키네."

"왜? 자세히 얘기해 봐. 혹 박 사장 자네더러 선대 팀장 그만두라고 했나?"

"그런 거라면 불감청 고소원이지. 그날 식당에 갔을 때 그 여자 봤지? 홍 뭐라는 여자. 지배인이라면서 공약 아이디어 내 줬다고 자랑하던 여자 말야."

불길한 생각이 퍼뜩 머릿속을 스치고 지나간다.

"그 여자가 말야. 상식이 집에 오기 전에 읍내에서 조그만 술집을 했대. 상식이 이 녀석이 거기를 자주 드나들었던 모양이야. 그 여자 치마 밑에다가 돈도 수월찮이 넣었나 봐. 그러다 보니 이 친구가 그 여자한테 약점이 잡힌 거지. 선거 공약 아이디어 어쩌구 하던 건 다 뻥이었어. 입막음하느라고 지배인이란 이름 붙여서 데려다 놓았고, 선거 후에 식당을 넘겨주겠다고 했던 모양이야. 그런데 '내년 선거에서 당선하면'이란 단서를 붙여 놨으니, 그 여자는 그 단서를 떼라는 거야. 선거 후에는 당선 여부와 상관없이 식당을 달라고 하고, 상식이는 이 문제 불거지면 도의원이고 나발이고 다 날아간다 싶어서 쉬쉬 입막음만 하고 있었는데, 이 여자가 자꾸 보채니까 그만 손찌검을 한 모양이야."

"하하, 60년대 멜로드라마 한 편 나왔네. 도의원 되어 '선정'을 베풀겠다던 '큰 뜻' 품은 사나이가 잘하는 꼴이다. 그래서?"

"그다음 이야기는 어떻게 진행되겠어? 필부들의 스토리 뻐언하잖아. 여자는 성폭행에 폭력 혐의로 경찰에다 고발을 했고, 상식이는 입건이 된 거지."

"도의원 하겠다고 나설 때부터 뭔가 위태위태하더라. 그래 상식이는 어떻게 대응을 하는데?"

"성폭행은 합의에 의한 거다, 주먹질은 여자가 칼을 들고 달려들어서 정당방위였다고 한다는데 결과가 어떻게 될지는 모르지 뭐."

"결과에 관계 없이 도의원은 물 건너갔네, 뭐. 박 사장 자네 선대위 팀장 감투도 자동으로 해제되겠구먼?"

"내가 왜 그런 놈에게 손을 내밀었던지 후회막급이네. 길 잘 가다가 똥 밟은 기분이야."

"차라리 일찍 터진 게 다행이네. 상식이도 한창 선거판 무르익어갈 때 터졌으면 어쩔뻔했어? 박 사장도 그렇고."

"그 친구 보기엔 미안하지만, 난 차라리 잘 됐다 싶어."

"그래. 잘 됐어. 텔레비전 틀었다가 저질 코미디 한 편 봤다고 생각하고 마음 편하게 가져. 똥 밟은 기분 씻어내라고. 자, 술이나 한잔하지. 내일부터 새해 아닌가? 새 기분으로 출발해야지."

"난 또 경석이 생각나. 그 친구가 무덤 속에서 뭐라고 할까? 또 그림자 춤 한판 추네, 그랬을지도 몰라."

"그건 아무것도 아냐. 정작 걱정은 코앞에 다가온 대선이야. 이제 겨우 두 달 남짓 남았는데, 이렇게 혼미하다니. 난 매일 하느님께 기도한다네. 하느님, 이 불쌍한 백성을 저버리지 마소서 하고."

"온갖 고난 다 이기면서 키워온 나란데, 그리 쉽게 무너지기야 하겠나. 김 선생 혼자의 기우이겠지. 또 기우여야 하고."

"그렇지? 옳은 말이야. 그런데 자꾸 쥐구멍 하나가 둑을 무너뜨린다고도 하고, 잘못 던진 돌멩이 하나가 물두멍 깬다는 말도 있어서 걱정을 떨쳐버리기가 어려워."

"하하, 코로나 검사 안 하면 확진자 제로 된다는 얘기 들었지? 김 선생 자네 그런 유식한 속담들만 잊어버리면 나라는 이상 없을 거야."

얘기를 나누는 동안에 상수는 기분이 많이 좋아져 있었다.

술맛 좀 나려고 하는데, 아홉 시에는 문 닫아야 한다고, 걸리면 벌금 장난 아니라고 호들갑을 떨어대는 주인 등쌀에 한창 상승하는 기분을 접어두고 일어서야 했다. 문을 나서자 썰렁한 빗방울이 얼굴에 확 덮친다. 가로등 불빛 속으론 하얀 눈송이가 춤을 추고 있다. 자세히 보니 진눈깨비다. 일기예보에서는 눈비 얘긴 없었는데, 중부지방에만 눈 온다고 했었는데. 그래. 날씨인들 어찌 정확히 알 수 있겠어? 슈

퍼컴퓨터로도 다 알 수는 없어. 그런데 수많은 인간들이 제 나름대로 갖가지 생각을 갖고, 수만 가지 모습으로 살고 있는 인간 세상사를 누가 미리 다 알까? 진흙탕에서 뭐 싸우듯 하는 대선판도 물론 예외가 아닐 거고. 어차피 모를 거면 비관보다는 낙관이 현명한 선택이겠지? 나중에 실망하는 일이 생기더라도.

새해에는 건강하고 좋은 일 가득하기를 비네.

우리는 낡은 덕담 한마디를 새해 인사로 나누어 주머니에 넣고는 지하철을 타기 위해 진눈깨비 속으로 걸어 들어갔다.

지하철 경로석을 찾아서 앉자 술기운이 정신을 혼미하게 한다. 스르르 눈이 감긴다. 상식이 식당의 그 여자가 내 앞에 서 있었다. 옷차림은 그 여자가 맞는데, 얼굴은 희미해서 누구인지 분간이 안 된다. 자세히 살펴보니 그 여자는 카페 옛가람의 박 마담이었다. 그런데 박 마담도 옷차림은 맞는데 얼굴은 알아보기가 어렵다. 이 여자가 저 여자이다가, 또 저 여자가 이 여자로 바뀐다. 두 여자를 구분하기 위해서 애를 썼는데, 아무 소용이 없고, 정신만 혼미해졌다.

안내 방송 소리에 퍼뜩 눈을 떴다. 아아, 그런데 열차는 출입문을 닫으면서 내가 내려야 할 역을 마악 떠나고 있다.

금수회의록 禽獸會議錄

그림자 춤 · 8

6월 3일 아침에 배달된 매일신문은 '6·1 지방선거 당선인 명단'이란 제목 아래, 광역시장과 도지사, 교육감을 필두로 기초단체장, 기초의원에 이르기까지 얼굴 사진과 이름으로 자그마치 다섯 페이지를 꽉 채우고 있었다. 앞부분의 큰 사진은 대개 텔레비전에서 한 번씩 본 얼굴이었으나 뒷부분의 작은 사진들은 내 관심을 끌지도 못했지만, 너무 작고 빽빽하게 들어차 있어서 눈이 어지러워 살펴볼 엄두도 내지 못했다. 그래도 꼭 한 사람은 찾아봐야 할 사람이 있다. 고향 친구 이상식이다. 고향 읍내에서 오랜 시간 식당을 하면서 모교인 가야농업마이스터고등학교의 총동창회장직을 바탕으로 도의원에 도전한다던 친구. 여당 공천에 실패하고 무소속으로 출마한다는 소식은 들었는데 그 뒷얘기는 듣지를 못했다.

나는 신문을 방바닥에다 펼쳐놓고선 꼼꼼히 뒤지기 시작했다. 도의원부터 기초단체장, 기초의회 의원까지. 그러나 그 어디에서도 이상식의 이름을 찾을 수는 없었다. 가정할 수 있는 경우는 딱 두 가지뿐.

막판에 출마를 포기했거나, 아니면 낙선했거나.

이상식은 나와 고향 농고 동기동창이다. '친구는 고향 친구'라는 말이 있긴 하지만 솔직히 나는 이상식을 그렇게 좋아하진 않았다. 허우대는 멀쑥하지만 말이 자주 바뀌기도 하고, 도의원 하겠다는 사람이 위법을 해도 안 들키면 괜찮다는 생각을 가진 것도 그렇고, 공천권을 가진 국회의원한테 너무 저자세로 아첨하는 모습도 보기에 딱했다. 거기다가 식당 여종업원과의 사이에 아름답지 못한 소문까지.

그런데 참으로 희한한 것이 사람 마음이다. 그 녀석 잘 떨어졌다 해야 할 것인데, 그의 이름이 없다는 게 약간 서운하다. 그리고 그 전말이 어떻게 된 것인지도 궁금하고. 나는 컴퓨터를 켜고 전자우편함을 열어본다. 혹시나 관련 소식이 온 게 있는가 싶어서. 광고성 메일 무더기 속에 당선에 감사한다는 편지가 서너 장 섞여 있었지만, 내가 직접 아는 사람은 아무도 없다. 물론 상식이 관련 소식도 없고.

나는 컴퓨터를 켜놓은 채 전화기를 열고 상수 이름을 찾는다. 우리 농고 동기회장 박상수. 그는 고향과 대구를 잇는 통신망이고, 친구들 소식을 나르는 배달부다.

수인사 끝에 들려주는 소식은 상식이 공천에 실패하고 무소속으로 출마했으나 돈만 쓰고 꼴찌를 했단다. 그 소식 끝에 덧붙이는 상수의 얘기는 가히 장원감이다.

"어이, 김 선생. 왜 자유당 시절에 어떤 사람이 국회의원 출마한 자기 아버지 보고 했다는 말 생각나지? '아버지가 낙선하면 집안이 망하고, 당선하면 나라가 망합니다' 했다는 얘기 말야."

"그래. 한때 그 얘기 유행했었지. 국회의원 선거 때마다 죽었던 얘기가 다시 살아나기도 하고. 박 사장 지금 상식이 얘기를 그렇게 하고

140

싶은 거겠지? 언제는 상식이 선거대책 본부장까지 하겠다고 하더니?"

"그때 상식이 사고 치는 바람에 그만두기를 잘했지. 지금 생각하면 아찔해. 그런데 말야. 이 친구 떨어지길 잘했다 싶으면서도 고소하기보다는 측은하단 생각이 드니, 이건 또 무슨 심사야?"

"미운 정도 정 아닌가. 나도 그래서 박 사장한테 전화 넣은 거야. 그건 그렇고, 지방선거 끝나면 박 사장 전원주택 착공한다고 하더니 어찌 됐나?"

"조그만 농막 하나 짓는데 뭐 거창하게 착공은 무슨 착공. 읍내에 건축업 하는 후배가 있어서 부탁해 놨어. 다음 주 월요일부터 일 시작하기로 했네. 김 선생 안 바쁘면 놀러 한번 와. 녹음 짙은 가야산 풍경이 죽여준다네."

"구경 가야지. 그런데 박 사장 차로 태워줘야 해. 난 요즘 운전 잘 안 해. 전번에 차 긁히는 사고 후에는 운전대 잡기가 겁이 나. 정지해 있는 차를 그 녀석이 갑자기 방향을 바꾸는 통에 긁혔는데, 그 녀석이 자기 잘못이라며 수리비 물어주겠다는 걸 내가 불쌍히 여겨서 보험회사에 연락하자고 한 건데, 글쎄, 뭐 6대 4로 내 잘못이 크다는 거야. 보험회사도 못 믿겠더라고."

"어떤 놈은 사고 차량에 타지도 않은 유령인물을 만들어서 거액의 보험금을 타 먹은 일도 있다잖아. 그래서 세상을 요지경이라고 하나 봐."

"그러니 박 사장 그 좋은 차, 세상에서 가장 높은 차로 날 좀 데려가."

"그러지 뭐. 아참. 김 선생. '금수회의록'이 뭐야?"

"근데 뜬금없이 웬 '금수회의록'은? 학교 다닐 때 배운 기억 있지?

짐승들이 모여서 회의한다는 개화기 소설."

"서울에 우리 후배 소설가 있잖아. 전에 '별고을예술인상' 받은 그 사람."

"그래. 그때 그 소설 재미있게 읽었었지. 제목이 '빈 배'였지?"

"그 소설가 김장환이 『금수회의록』이라는 새 소설을 어느 문학지에다 발표했는데, 그게 국회모독죄로 고발당했대. 정걸이 아들하고 그 김장환이가 친구라고 했잖아? 정걸이 아들이 상식이한데 무슨 전화 끝에 그 애길 하더라는데?"

"그래? 무슨 애길 썼길래 고발을 다 당하나. 요즘은 표현의 자유가 무제한으로 보장되는 시대 아닌가? 여자 대통령 누드를 그려서 배 위에다가 개도 두어 마리 얹어놓은 그림이 국회의사당에 전시되기도 했었지. 그때 그 사람들이 그랬었지? 이건 예술이고 표현의 자유라고. 알았어. 내가 한번 알아볼게. 성주 갈 때 나 태워 가는 거나 잊지 마."

나는 상수와의 전화를 끊자마자 켜진 채로 앉아 있는 컴퓨터에서 인터넷을 연결하고는 '금수회의록'을 검색해 보았다. 여러 짐승들이 의관을 정제하고 회의를 하는 표지 그림의 위쪽엔 두루마리 모양의 그림 속에 '금수회의록'이란 제목이 오른쪽에서 왼쪽으로 쓰여있다. 그 아래로 긴 설명이 나와 있다. 나는 읽어보기도 전에 프린터에 전원을 연결하고는 '인쇄'를 눌렀다.

『금수회의록』

1908년 '황성서적조합'에서 발간한 안국선의 우화.

1909년 언론출판규제법에 의해 금서 조치를 당한 서적 중 하나이며, 개화기에 발표된 소설 중 현실 비판이 가장 강한 작품에 속한다. 서언에서 화자는 금수의 세상만도 못한 인간 세상을 한탄한 후, 꿈속에서 금수회의소(禽獸會議所)에 당도하여 세상 인간들의 부패상을 언급하고, 사람된 자의 책임, 사람들 행위의 옳고 그름, 현재 인류 자격이 있는 자와 없는 자를 가려내자는 취지에 따라 여덟 종류의 짐승이 등단하여 행하는 연설을 듣는다.

첫 번째로는 반포지효(反哺之孝)를 들어 까마귀가 인간의 불효를 규탄하고, 두 번째로는 여우가 호가호위(狐假虎威)를 들어, 외세를 빌려 제 동포를 압박하고 남의 나라를 빼앗는 일제를 비난하고, 세 번째로는 개구리가 정와어해(井蛙語海)를 들어 분수를 알지 못하는 사람을 규탄한다. 네 번째로는 벌이 구밀복검(口蜜腹劍)이라는 말로 사람의 표리부동함을 규탄하고, 다섯 번째로는 게가 무장공자(無腸公子)라는 말로써 사람의 부도덕을, 여섯 번째로는 영영지극(營營之極)이라는 말로 파리가 인간의 골육상쟁을 비판한다. 일곱 번째는 호랑이가 가정맹어호(苛政猛於虎)로써 탐관오리와 흉포한 인간을 비난하고, 마지막으로 원앙이 쌍거쌍래(雙去雙來)로써 문란해진 부부간의 윤리를 규탄한다. 이상 여덟 마리 짐승의 연설이 끝나자, 화자는 이들의 비판을 다 옳다 여기며 인간의 구원은 회개하는 길밖에 없음을 깨닫게 된다.

프린터를 빌빌거리며 기어 나오는 인쇄물을 받아서 대강 읽어본 후에 다시 컴퓨터를 살핀다. 김장환의 소설『금수회의록』이 있는가 싶어서. 한참을 뒤적거린 후에야 짤막한 기사 하나를 발견했다.

'소설가 김장환의 단편소설. 배달문학 6월호 게재. 정치현실을 풍자함.'

여기저기 뒤져 보아도 국회모독죄로 고발당했다는 얘긴 없다. 그러나 정치현실을 풍자했다는 글자를 읽는 순간, 머리를 빠르게 스쳐 지나가는 몇 개의 단어들. 이전투구, 내로남불, 검수완박. 위장탈당. 카톡에서 어지럽게 떠다니던 단어들. 김장환이 안국선의 신소설『금수회의록』제목을 인용해서 패러디 소설을 썼다면, 그래서 정말로 고발까지 당했다면 그 정도가 좀 심할 것이라는 짐작을 하게 한다.

구미가 확 당긴다. 한번 읽어봐야지. 나는 다시 '배달문학' 6월호를 검색해서 책 구입처를 확인했다. 배달문학 편집실. 1만5천 원을 보내면 송료 잡지사 부담으로 보내준단다. 시내 서점에 가서 살까 하는 생각도 했으나 가끔 가던 반월당의 그 서점도 결국 문을 닫았고, 다른 곳에도 서점이 있기야 하겠지만 이 더위에 애써서 찾아가느니 앉아서 사는 게 편할 거란 생각을 한 것이다.

"역시 박 사장 창조호는 고급승용차야. 외형도 멋있지만 승차감이 끝내주는군. 이러니 모두 돈 많이 벌려고 눈이 벌겋지."

나는 조수석에 올라앉아 안전벨트를 찾으면서 인사를 이렇게 건넨다.

전에 몇 번 그랬듯이 성서 홈플러스 앞에서 기다렸다가 세상에서 가장 높은 상수의 창조호 승용을 탔다. 세상에서 가장 높다는 것은 차 번호가 48나8848이라 네팔 나라 에베레스트 높이와 같아서, 그리고 창조호라는 이름은 차종이 GENESIS라서 내가 장난삼아 부르는 이름이다. 가야산 기슭에 상수의 전원주택을 짓는다고, 상수 말대로라면 오두막 농막인데, 한번 방문하기로 했었는데, 착공하는 날 가려고 했으나 아무래도 첫날은 상수도 바쁘고, 나도 다른 일들이 있어서 한 주일 뒤로 약속을 잡은 것이다.

"집콕하다가 확찐자 됐나? 얼굴 좋네?"

"요즘은 집콕도 안 해. 분위기 좀 느슨해지자 곳곳에서 불러내는 통에 눈이 팽팽 돌 정도야. 식당 술집 돌아다니면서 계속 먹어댔더니 체중이 조금 늘었어. 그나저나 전원주택 건설은 잘 되어가나?"

"뭐 거창하게 전원주택이랄 건 없지만 시작은 무난히 했어. 벌써 바깥 모양은 웬만큼 갖추어졌어. 그런데 그 김장환이 소설, 『금수회의록』이라고 했나? 그것 좀 알아봤어?"

"인터넷에선 제대로 된 자료가 없어서 아예 책을 주문해 놨어. 주문이 밀리는지 벌써 여러 날 됐는데도 아직 안 오네. 오늘내일 도착하지 싶어. 오면 읽어보고 얘기해 줄게."

"김 선생. 여기 오면 또 생각나는 사람 있지?"

차가 성주대교로 들어서자 상수가 나를 힐끗 돌아보면서 하는 말이다. 카페 '옛가람'의 박 마담 얘기일 것이다.

"폐업하고 떠난 임을 생각하면 뭣해? 만리장성 쌓은 사람도 아닌데."

"그래도 잊지는 않은 모양이군. 근데 그 박 마담이 대구 근교 어디에서 새로 카페를 열었단 얘기를 들었어. 확인해 보진 못했지만. 내가 한번 수소문해 볼게. 그렇다면 한번 방문 안 할 수 없지."

"여기 이 아름다운 옛가람 낙동강 두고 어디를 갔을까? 하기야 낙동강이 장사 다 해 주는 것도 아니니. 그런데 참 이상한 게, 가끔 그 박 마담 생각이 나곤 하더라. 얼굴도 미인형이지만 조용한 자태가 품격이 있어 보이지 않아?"

"낼모레가 산수(傘壽)인 주제에 설마 상사병 난 건 아니겠지?"

"그럴 수 있으면 좋겠어. 그게 바로 회춘하는 것 아냐? 그건 그렇고 가는 길에 상식이 가게엔 들러봐야 하지 않겠나? 만남이 좀 어색하지 싶긴 하지만."

"그러지 뭐. 밉든 곱든 친구는 친구 아냐. 고생하고 돈도 많이 썼다는데, 위로라도 해 줘야 하지 않겠어? 많이 상심해 있을지도 몰라."

상식이의 가게 '부강레스토랑'은 거기 그대로 있었다. 간판도 그대로이고 내부 장식도 변함이 없다. 스펠링 잘못된 'TOILLET' 아크릴 화장실 안내판도 그냥 있다. 그런데 조금은 변한 것도 있다. 악수하자고 손 내미는 상식이, 허우대 멀쑥한 건 그대로인데 몸피가 많이 줄었다. 그리고 실실 잘 웃던 얼굴에는 웃음이 없다. 선거 치르느라고 몸도 마음도 고생이 심했구나 싶다. 달라진 건 또 하나. '지배인'이라고 부르던 그 멋쟁이 젊은 여자 대신에 중년의 아주머니가 쟁반에다 커피잔을 받쳐 들고 온다. 이건 얘기가 좀 복잡할 수도 있겠구나 싶은 생각이 퍼뜩 머릿속을 스쳐 지나간다. 도의원 당선하면 식당을 넘겨주겠다고 했다던 상식이. 당선 여부와 관계 없이 선거 끝나면 넘겨달라고 했다던 여자.

"섭섭하게 됐네. 고생 많이 했지?"

"고생하는데 아무 도움이 못 돼서 미안하네."

우리는 하나 마나 한 인사로 위로를 대신하고 커피를 마셨다.

"오르지 못할 나무는 쳐다보지 않는 게 현명한데, 허파에 바람이 들어서 결국 이런 꼴 됐네. 내 딴엔 표 계산을 열심히 했었어, 우리 농고 동창이 얼마야. 그 가족까지 치면 상당한 숫자지. 거기다가 우리 문중 표 있지. 처가 집안도 무시 못 할 숫자인데, 그래서 내 딴에 기대도 좀 했어. 그런데 결과는 초라했어. 역시 선거는 투표함 깨기 전엔 모른다는 말이 맞아."

상식이의 푸념은 입을 열자 봇물 터지듯 쏟아져 나온다. 믿었던 사람이 등 돌린 얘기며, 선거비용을 제 주머니에 슬쩍 넣은 사람 얘기, 돈 안 드는 위로의 말 한마디 안 하는 친구와 친척, 돈은 자기한테서 받아 가고선 운동은 딴 사람 운동한 사람…

상식이 얘기에 틈이 생기자, 상수는 커피잔을 홀짝 비우고는 일을 벌여놔서 시간 여유가 없다면서 일어선다. 상식이는 낙선은 해도 식당에 밥은 있다고 점심 먹고 가라고 붙들고. 나는 이러지도 저러지도 못하고 어정쩡하게 앉아 있다가 일어서는 상수의 옷자락을 잡아당긴다.

"어이, 박 사장. 밥 먹고 가자. 배고프다."

상식이 얼굴에 어리는 저 쓸쓸함. 저 모습을 보고서도 그냥 갈 수는 없어. 순간 그런 생각이 퍼뜩 떠올랐던 것이다.

가야산 기슭의 상수 집은 내가 생각했던 그런 전원주택은 아니었다. 샌드위치 패널로 지어진, 상수 말마따나 소박한 농막이었다. 일 시작한 지 얼마 됐다고 집은 벌써 제대로 된 모습을 갖추고 있었다.

"김 선생. 실망했지?"

내가 예상이 빗나간 집의 모습을 보고 어리둥절해 있자 상수가 하는 말.

"집이 뭐 꼭 커야 하는 건 아니지. 거기에 사는 사람 마음이 문제지."

"나도 좀 폼나게 짓고 싶었는데, 여기가 밭떼기 몇 개 있다고 농지법 적용을 받는다는 거야. 가야산 국립공원 아래라고 무엇무엇 규제도 많더라고. 이층집도 안 되고, 물론 평수도 제한이 있고. 그리고 진입로도 못 닦는다는군. 한 마디로 농막밖엔 못 짓는다는 거지. 시키는 대로 하다 보니 요런 모양새가 됐네."

"그럴 수밖에 없지 뭐. 약은 수작 부려서 큰 집 지어봐야 뭐 죽을 때 짊어지고 갈 것도 아닌데."

"나도 그렇게 생각하네. 김 선생 말처럼 마음 편하게 가지고 살면 거기가 아방궁 아닌가 하고 말야."

나는 상수를 따라서 집안을 구경했다. 작은 방 두 개에 역시 조그만 부엌이 딸렸고, 화장실은 마당 끝에 별도로 지어 놨다. 아직 가구랄 게 하나도 없는 내부는 좀 썰렁했으나 소박한 별장이라고 생각하면 이 정도라도 좋겠다 싶다. 여기서 늘 살 것도 아니고, 대구에 45평짜리 고급 아파트 있는데 더 욕심낼 것 뭐 있으랴 하고 생각했다.

"계획이 이렇게 축소된 건 벌써 오래전이지만, 김 선생 실망할까 싶어서 말을 못 했어. 언젠가는 알게 될 일인데."

간이 의자 두 개를 마당 끝에 내어다 놓고 앉으면서 상수가 하는 말.

"농지법 적용을 받는 곳이라면 거기에 따르는 건 당연지사지. 꼼수 부려서 평수 조금 늘리는 게 무슨 의미가 있겠나. 아까 박 사장이 그랬잖아. 마음 편한 곳이 아방궁이라고. 진시황은 아방궁에 살면서도 마음은 편할 날 없었을 거야. 난 요즘 정치판 보면서 그런 생각 자주 해. 저렇게 이전투구로 싸워서 권력 붙들면 과연 행복하고 보람 있는 인생이 될까 하고."

"거긴 나도 동감이야. 비록 도의원 선거이긴 하지만, 내가 상식이 선 거운동에서 손 뗀 것도 바탕엔 그런 생각이 숨어 있었어. 혹시 상식이 한테 누가 될까 싶어서 입 밖에 내진 않았지만."

"박 사장 여기 입주하면 나도 전보다는 자주 고향 발걸음하겠지. 그렇지만 오늘은 경석이 무덤에 다녀가야겠지? 어쩌면 경석이도 지하 에서 상식이 선거 결과가 궁금할지도 모르니. 그리고 말야. 난 경석이 생각만 하면 경석이 입원해 있던 그 요양병원 찾아갔을 때 경석이가 울먹이며 하던 말이 귓전에서 앵앵거려. 세상사 모두가 그림자 춤이라 던 말."

둘이서 노닥거리고 있는 사이, 어느덧 긴 여름 해도 기울어서 가야 산 그리메가 마당까지 내려왔다. 저 아래로 펼쳐진 산골 경치가 석양 에 더욱 아름답다. 끝없이 이어진 산줄기는 편안함으로 다가온다. 집 의 규모나 꾸밈새보다는 저 경치가 진짜 보배고 재산이다 싶다. 상수 가 여기에다 터를 잡은 이유도 그럴 것이다. 보물을 장롱 속에 감추어 놓지 않고 하늘 아래 펼쳐놓았구나. 그런 생각을 하자 상수가 새롭게 보인다.

얼른 다녀온다고는 해도 경석이 무덤까지는 거리가 있고 하다 보 니, 내가 상수 차를 내려서 지하철로 갈아타고 집에 도착했을 때는 저녁때가 지나서였다. 나는 아파트 공동현관을 들어서자 우편함부터 살폈다. 누런 봉투에 부피가 있는 우편물이 하나 들어있다.《배달문학》6월호. 기다리던 것이었다.

　나는 저녁밥 먹는 것도 생략하고 봉투부터 뜯었다.

　김장환의 소설 『금수회의록』은 뜻밖에 영문으로 시작하고 있었다.

　'Naeronambul, If they do it, it's romance; if others do it, they call it an extramarital affair.'

　아하, 이게 그 얘기로구나. 미국 시사 주간지 '타임' 표지에 실렸다 던 그 얘기. 제목부터가 심상치 않다 싶었는데, 역시나, 본문의 시작이 이렇구나. 내용은 대부분이 이전투구로 싸우는 정치판의 풍자와 비판으로 가득 차 있고, 특히 검수완박법 통과를 위해 위장탈당으로 당적을 무소속으로 만들어서 법사위원회의 여야 인원 구성비를 꿰어맞춘 그 얘기가 많은 지면을 차지하고 있었다. 닭 모가지를 비튼다고 아침이 안 오는 것은 아니라는, 옛날에 많이 듣던 이야기도 삽입되어 있다. 온갖 권모와 술수에도 불구하고 정권은 바뀌었고, 검찰의 수사를 염려한, 이제는 야당이 되어버린 다수당이 검찰 수사권의 무력화를 시도했다. 그런데 법사위원 자리에 내정된 여자 의원이, 어느 사람이 '검찰 수사를 막지 못하면 청와대 사람 열 명도 더 감옥 간다고 하더라' 하면서 법사위원 자리를 사임했고, 그 자리에다 위장 탈당한 사람을 채워서 법안을 통과시켜서 검찰 수사를 무력하게 만들었다는 얘기였다. 이걸 보고 새 법무부장관이 그랬다지? 수사를 겁내는 사람은 죄가 있는 사람이라고. 지극히 상식적인, 초등학생 수준의 이야기인데 왜 사람들은 그 말 한마디에 그렇게 과민한 반응을 보이는 것일까?

　그러나 정작 이 얘기는 서론에 불과했다. 진짜 재미있는 얘기는 그 뒤에 이어졌다. 도봉산 기슭에서 밭농사를 지으면서 여러 마리의 개를 기르는 김일지라는 사람이 있었는데, 이 사람이 상상을 초월하는 해프닝을 벌인 것.

그는 어느 날 1톤짜리 탑차에다 자기 집에서 기르는 개 서른 마리를 싣고 국회로 갔다. 국회 정문을 들어가려는데 국회 경비대원이 막아섰다.

"어떻게 오셨나요?"

"아, 네. 우리 아이들 국개의사당 견학 좀 시키려고요."

김일지의 대답에 경비원은 '국개의사당'과 '국회의사당'의 발음상의 차이를 알아차리지 못한 모양이었다.

"아, 그래요? 아이들은 어디 있나요?"

"뒤 짐칸 박스 안에 있습니다."

여기에서 경비대원의 얼굴이 살짝 찌푸려진다. 뭔가 좀 이상하다는 느낌을 받은 모양이었다.

"짐칸 문을 좀 열어보시오."

김일지는 운전석에서 내려서 차 뒤쪽으로 가서는 짐칸 박스의 가로막대를 뽑고 문을 열었다. 그러자 수십 마리의 개들이 우르르 쏟아져 나왔다. 큰놈, 작은놈, 흰둥이, 검둥이, 누렁이, 털북숭이, 꼬리 긴 놈에 꼬리 잘린 놈….

차 적재함에서 쏟아져 나온 개들은 사방으로 흩어져 달아났다. 국회의사당이 얼마나 '위대한' 공간인지를 알 리 없는 개들은 짖어대며 길이며 화단이며 가리지 않고 제멋대로 뛰어다닌다. 김일지 씨가 휘파람을 불어서 개들을 집합시키는 데 성공은 했으나 상당한 시간이 지난 뒤였다. 경비원들은 화가 난 모양으로 말소리가 거칠어졌다.

"이게 당신 아들이라고? 당신 부부가 낳았어?"

"우리가 낳은 건 아니지만 우리 아이들은 맞아요?"

"당신이 안 낳았는데 어떻게 당신 아들이야?"

"법 만드는 국회에 계시는 분이 법을 잘 모르시네. 입양이라는 게 있잖아요?"

"이건 뭐야?"

개들의 목줄에 달린 손바닥만 한 쪽지를 가리킨다.

"예, 그건 개들의 이름표입니다."

"개도 이름이 있나?"

"모르시는 말씀. 개는 물론이고 고양이도 이름이 있고, 심지어는 쥐도, 뱀도 이름이 다 있답니다. 얘들은 우리 집 양자라고 했잖아요."

"그래요? 그런데 개 이름이 뭐 이래요?"

"아이들 이름이야 부모가 맘대로 짓는 거죠."

경비원은 개의 목줄에 달린 이름표를 하나하나 뒤져 가면서 살펴본다. 거기에 적힌 개 이름들은 이렇게 다양했다.

국개의원, 내로남불, 검수완박, 권모술수, 국익무시, 안면몰수, 위장탈당, 아전인수, 체면불고, 여소야대, 이전투구, 토사구팽, 권력지향, 세비담합, 안하무인, 특권유지….

그런 이름 사이 여기저기에 섞여 있는 이상한 이름들이 보는 이들의 눈을 둥그렇게 만든다.

반포지효(反哺之孝), 호가호위(狐假虎威), 정와어해(井蛙語海), 쌍거쌍래(雙去雙來), 구밀복검(口蜜腹劍), 무장공자(無腸公子), 영영지극(營營之極), 가정맹어호(苛政猛於虎).

"이건 뭐요?"

"개 이름이라고 했잖아요."

"말뜻이 뭐냔 말야? 진사 열두 번 해도 모르겠네."

경비대원이 투덜거린다.

"글쎄요. 친구가 지어준 이름인데, 그 뜻은 나도 잘 몰라요. 이런 게 『금수회의록』이라는 소설에 등장하는 의원들 이름이라는 말만 들었어요."

"그래애? 이거 문제가 심각한데. 틀림없이 사주한 뒷배경이 있을 거야. 누구요? 당신한테 이러라고 시킨 사람이?"

"소설 쓰시네."

김일지의 대답에 이어서 경비대원이 인상을 일그러뜨리면서 한 마디를 야무지게 보탠다.

"당신을 국회 모독죄로 고발하겠어."

소설은 이렇게 끝나고 있었다. 그리고 그 끝에 작가 소개가 간단히 적혀 있다. 장편소설 『빈 배』로 제1회 별고을예술인상을 받았다는 것도.

소설의 제목은 『금수회의록』이지만 안국선의 그것과는 많이 다르다. 안국선의 것은 화자가 금수들의 회의장을 방문하여 충고를 듣고 온다는, 소위 액자식 구성으로 되어있으나 이것은 그런 구성은 아니다. 공통점이라면 역시 풍자성 주제다. 그리고 상수가 '국회모독죄'로 김장환이 고발당했다고 하던 것은 실상은 소설 속의 이야기였다.

책을 덮고 나니 쓴웃음이 나왔다. 국회의원이란 사람들이 하는 짓 보면 이런 욕 먹어도 싸지, 하는 생각과 함께, 그래도 우리 손으로 뽑은 대표들 아닌가? 이해하고 용서해야지, 열 손가락 깨물어서 안 아픈 손가락 있는가, 때 묻은 손가락도 깨물어 봐. 역시 아프지. 하는 두 가지 마음이 동시에 일어났다. 그러자 금방 술 생각이 확 치밀었다. 상수 불러서 이 소설 안주 삼아서 한잔해야지. 나는 전화기를 꺼내어 박상수 이름을 찾았다.

　내가 상수를 다시 만난 것은 그로부터 한 주일이나 더 지나서였다. 김장환의 소설 『금수회의록』을 구해서 읽었노라고, 자네한테 줄 테니 읽어보라고, 아주 재미있어서 둘이 읽다가 하나 죽어도 모를 거라며 내가 너스레를 떨었으나, 농막 마무리 공사가 급하다고, 도배도 해야 하고 집기도 넣어야 한다고, 업자들과 이래저래 약속이 되어있다면서 날짜를 미루었기 때문이었다.

　내가 약속 장소인 곡주사에 도착했을 때, 거기에 상수의 모습은 보이지 않았다. 약속을 하면 늘 나보다 먼저 와서 기다리던 그였다. 시간 칼같이 지키는 친군데, 일이 바쁘긴 바쁜가 봐. 나는 평소에 우리가 즐겨 먹던 소주와 함께 돼지고기 수육을 안주로 주문했다.

　내가 혼자서 소주 두어 잔을 비웠을 때, 상수가 숨소리 쌕쌕거리면서 들어왔다. 퇴근길 도로 사정이 여의치 않을 걸 예상은 했으나, 밀리는 데는 용빼는 재주 없더라면서 히히 웃는다.

　"그때 다 되어간다더니 아직도 덜 됐어? 겉은 샌드위치 패널로 짓고 속엔 진짜 아방궁 만드나?"

　"그게 말처럼 그리 간단하지가 않아. 거기다가 일 맡은 업자가 하루 건너 하루씩 펑크를 내는 바람에 사람 골병들겠네."

　"업자가 펑크 내는 날은 시간 나겠네. 자, 이것 한번 읽어봐."

　나는 배달문학 6월호를 상수한테 내밀었다.

　"소설 읽어본 지가 까맣네. 지난번 김장환이 『빈 배』 읽은 게 마지막이지 싶어. 그런데 그 사람 고발당했다는 거는 사실인가?"

"고발 얘기는 그 소설 속의 이야기더구만. 설마 이 자유 대한민국에서 그만 일로 고발을 할까."

"알 수 없는 게 세상인심이야. 나라 꼬라지 보라고. 정권 바뀌어도 시끄럽기는 매한가지 아닌가?"

"세상 좀 바꾸라고 국민들이 정권 바꾼 거 아닌가? 시간 좀 지나면 안정이 되겠지. 너무 걱정 말고 술이나 한잔하자. 우리 같은 서민이야 무슨 낙으로 사나? 친구하고 한 잔 나누는 즐거움 빼면."

우리는 소주잔을 부딪쳤다.

"그런데 정치인들은 왜, 뭣 때문에 그리도 이전투구를 일삼는지 모르겠어. 권력이 그리도 좋은 건지?"

"결국은 욕심 때문이겠지 뭐. 권력욕, 명예욕, 재물욕. 그중에서 권력이 제일이라잖아. 권력만 있으면 명예도, 돈도 따라오고, 여자들도 따른다는 게 세상의 상식이더군."

"세상인심도 모르고 권력에 빠져 있다가 명예는 고사하고 오명만 남기는 사람들도 허다하지. 결국은 권력도 옳고 바르게, 가치 있고 보람 있게 쓰는 것이 관건이지 싶어."

"옳으신 말씀. 두말하면 주둥이만 아프지. 일찍 박 사장을 국회로 보낼 걸 그랬네. 김장환의 소설 『금수회의록』도 결국 그런 정신이 바탕에 깔려 있어. 잘못된 권력에 대한 풍자와 비판이 주제라고 봐야 할 것 같아."

"그런저런 생각 하면 상식이 선거운동에서 손 뗀 것 백 번 잘했지. 작은 권력이나 큰 권력이나 속성은 마찬가질 거니까."

"참, 상식이 식당 문제는 어떻게 된 거야? 그날 보니까 그 지배인이라던 여자 안 보이던데?"

"자세한 건 나도 잘 몰라. 상식이는 당선하면 주겠다고 하고, 그 여자는 가부간에 줘야 한다고 줄다리기한다더니. 들리는 소문에는 상식이가 돈 좀 쥐서 내보냈다고 하데. 얼마나 준 지는 물론 나도 모르고."

우리 식탁에 빈 소주병이 세 개로 늘어났을 때, 벽에 걸린 텔레비전에서는 저녁 뉴스를 하고 있었다.

"어이, 박 사장. 저기 텔레비전 좀 봐."

내가 텔레비전을 가리키자 텔레비전을 등지고 앉아 있던 상수가 몸을 비틀어 텔레비전 화면을 살핀다.

검수완박법 통과를 위한 위장 탈당과 꼼수 의결이 국회법 위반이고 절차상의 잘못이 있으므로 무효라면서, 시민단체들이 헌법소원을 냈고, 곧 헌법재판소에서 이 문제를 심의할 것이라는 앵커의 멘트가 나오고, 이어서 전문가라는 변호사와 정치평론가라는 사람들이 자기 의견을 피력하고 있다.

"오래 살다 보니 희한한 꼴을 다 보겠군. 김 선생은 어때? 저런 꼴본 적 있어?"

"자네가 못 본 걸 나 혼자 어찌 보겠나? 그런데 말야. 그 소설 있잖아? 『금수회의록』 말야. 거기서도 저 얘기 나오더라고. 소설가 김장환이한테도 저 문제가 그리 충격적이었나 봐."

"놀랍지 않은 사람이 이상한 사람 아닌가? 나랏일이 자기네들 주머니 속의 장난감인 줄 아는지. 나 원 참."

뉴스의 끝은 일기예보였다. 내일도 영남지방엔 폭염경보가 내렸단다. 우리는 뉴스가 끝나는 걸 보고서는 곡주사를 나섰다. 문을 열고 밖으로 나오자 숨 막히는 무더위가 온몸으로 확 끼쳐왔다.

"야, 정말 덥다 더워. 다른 데는 비 소식도 있더라마는 여긴 비는 고사하고 또 열대야라네."

"그러니까 아프리카 같다고 대구를 대프리카라고 부른다잖아. 비구름이 달려오다가 '야, 여기 대구다.' 하면 다른 구름이 '그래? 얼른 방향 돌려.' 한다는 것 아냐. 대구 경북 사람들 전생에 죄를 많이 지었는지. 속이 부글거려서 터질 것 같아. 날씨도 그렇고 나라 꼴도 그렇고."

"거기다가 코로나까지 또 변종이 나와서 슬슬 기승을 부리고 있다면서? 엎친 데 덮친 격이네. 며칠만 지나면 우리 집 공사 끝날 거야. 내 전화할게. 가야산 풍치 속에 잠겨서 술이나 한잔하지. 더위도 피하고, 타는 가슴도 좀 식히게."

우리는 지하철 입구에서 악수를 나누고 헤어졌다. 나는 어지러운 나랏일을 보면서도 인터넷 댓글에 '좋아요'나 누르고, 그걸 안주 삼아 술 마시는 것 외에는 아무것도 할 수 없다는 것이 속상하다. 거기다가 안내판을 보니 내가 타야 할 차는 금방 출발했다면서 다음 차를 기다리라는 메시지가 떠 있다. 난 왜 이렇게 지하철도 제대로 못 타는지 몰라. 번번이 이렇더라고.

세상에서 가장 위험한 다리

그림자 춤 · 9

그날도 나는 커피잔을 들고 내 공부방으로 들어섰다. 서예가 친구가 '관풍헌(觀風軒)'이라고 이름 지어준 이 작은 방은 내가 커피와 함께 컴퓨터를 열고 하루를 시작하는 곳이다.

컴퓨터를 켜고 버릇처럼 인터넷으로 연결한다. 맨 먼저 살피는 것은 코로나 상황이다. 그만치 내 잠재의식 속에 코로나에 대한 불안감이 녹아 있다는 증좌이지 싶다. 빨간 막대그림표로 나타낸 일일 발생자 추이를 보니 지난날 긴 막대에 비해선 다소 짧아지긴 했지만 결코 만만한 숫자가 아니다. 우리나라 어제 하루 확진자 수는 3만 명이 넘는다. 위중증 환자로 분류된 사람만도 263명이고, 어제 하루에만 15명이 또 코로나로 인하여 세상을 떠났단다. 이게 계속 쌓인다면? 걱정을 떨쳐버릴 일이 아니다.

그런데 야외에서의 마스크 착용이 해제되자 봇물 터지듯 크고 작은 행사가 쏟아진다. 공항은 다시 사람으로 넘치고, 체육대회며, 음악회며, 전시회며, 온갖 행사들이 전국 각지에서 열리고 있다고 신문과 텔레비전이 연일 소식을 쏟아낸다. 그러더니 드디어 일을 내고 말았다. 터질 게 터졌다고 해야 하나? 서울 이태원 골목에 모여서 서양 풍습 흉내내기 놀이를 하던 젊은이들이 150명 넘게 죽고, 다친 사람도 부지기수라고 한다. 돈의 신 맘몬의 농간인가? 끔찍하고 애처로운 일이다. 대통령은 특별애도기간을 선포하고 관공서엔 조기를 게양하도록 지시했다는 소식이다. 세월호 이후 최대참사라고, 세계 여러 나라에서 애도의 뜻을 전해오고 있다. 이런 와중에 또 누군가가 '너희들 고맙다'고 하는 사람도 있을 것이란 웃지 못할 얘기까지 오간다. 설상가상, 철 이른 독감까지 가세하고 있다고 하는데, 이렇게 일찍 마음의 빗장을 풀었다가 다시 한번 난관에 부닥치는 것은 아닌가 싶어서 은근히 겁이 난다.

불안감을 안은 채 다시 뉴스채널로 옮겨간다. 불난 집에 기름 끼얹듯, 여기에서도 불안하고 걱정스러운 소식들이 가득하다. 우크라이나와 러시아의 전쟁이 더욱 격화하고 있다는 얘기, 다수의 미사일과 전투기가 격추당해서 체면을 구긴 푸틴이 자기들과 친한 나라를 전쟁에 끌어들여서 국제전쟁으로 비화할 가능성도 있다고 한다. 더구나 푸틴의 자존심인 크림대교가 폭파된 것이 푸틴을 자극하고 있어서 핵무기 사용 가능성까지 있다고 얘기하는 사람도 있다.

정치적 불안은 그리 멀리 있는 것도 아니다. 한미일 군사훈련에 반발하는 북한이 단거리, 중거리 미사일에 장거리 탄도미사일, 순항미사일까지 동원하고, 전투기를 150대를 동시에 출격시키며 긴장감을 최고조로 끌어올리고 있다. 이런 상황에서도 우리 국회에서는 연일 싸움만 거듭하고 있다. 야당 대표는 머잖아서 욱일기가 서울에서 나부낄 것이라며 친일 프레임으로 몰아가고, 여당은 지난 정권에서 있었던 일들—서해 공무원 피살사건, 탈북 청년들의 강제 북송, 야당 대표와 관련이 있는 거액의 돈이 북한으로 흘러 들어갔을 것이란 의심까지 거론하며 격렬하게 싸우고 있다. 전임 대통령이 김일성주의자라는 말까지 나와서 싸움에다가 기름을 끼얹는 상황이 됐다.

이런 상황이 계속되자 정치에 대한 날 선 비판도 쏟아졌다. 정치는 자기애적(自己愛的) 착시 현상과 권위주의적 인정 욕구의 기묘한 결합이라는 사람도 있고, 국정감사란 본래 국회가 입법 기능 외에 국민을 대신해 정부를 감시하고 비판할 수 있는 순기능을 지닌 제도이지만, 이제 해마다 때가 되면 벌어지는 '갑질의 전국체전'이 됐다고 꼬집는 사람도 있다.

주가는 폭락하고 환율은 치솟아서 미화 1달러가 우리 돈으로 1천4백 원을 넘어섰단다. 막내아들이 미국 유학 중인 친구 이 교수는 부담이 만만치 않겠구나 싶다. 죽기 전에 외국 여행 한 번은 더 갈려고 했던 꿈이 환율 때문에 무산될지도 모른다면서 마누라는 투정을 부리고 있다.

화면에서 눈을 떼지 못한 채 남은 커피를 홀짝 마시는데, 곁에 놓인 전화기가 부르르 떤다. 어제 저녁 성당에서 미사 시간에 진동으로 바꾸어 놓았었는데, 되돌리는 걸 잊고 있었던 모양이다.

박상수다. 요즘은 전화도 코로나 걸렸는지 잘 오지 않는다. 그런 중에 가끔 오는 전화는 대부분 우리 고향 농고 동기회장인 박상수다. 최근에 농막을 지은, 가야산 기슭에 있는 자기 밭에서 배추와 고구마를 수확하는데, 어차피 다 먹을 수도 없고, 어디다 팔기도 어렵다면서 차 가지고 와서 좀 실어 가란다.

"아아, 박 사장. 그 왜 박 마담 있잖아? 옛가람 카페 하던 그 박 마담 말야.”

전화를 끊으려는 박 사장을 붙들기라도 하듯, 나는 황급하게 박 마담 이름을 퉁겨 보낸다.

“갑자기 웬 박 마담 얘기야? 지난밤에 또 박 마담 꿈꾼 거야?”

“꿈 정도가 아니야. 박 마담을 직접 만났어. 박 사장하고 같이 한번 오라면서 명함도 주던데? 물론 새로 문 연 카페 주소도 있고.”

“마음에 있으면 꿈에도 있고, 꿈에 있으면 현실에서도 있다던 옛말이 헛말이 아니구먼. 그래 어디 있대? 새 카페는?”

이틀 전에 나는 반월당에 있는 백화점의 화랑으로 전시회 구경을 갔다. 미술품 전시회에 특별한 관심이 있는 건 아닌데, 화가인 친구가 오랜만에 여는 개인전이라면서 초대장을 보내주어서, 체면치레하느라고 갔던 것이다. 그런데 거기에서 우연히 박 마담을 만난 것이다. 박 마담은 고향 가는 길목인 성주대교 근처의 낙동강변에서 ‘옛가람’이란 카페를 열고 있었고, 나와 상수는 고향에 오고 가는 길에 가끔 들르곤 하면서 정도 들었던 사람이다. 그런데 어느 날 아무 소식도 없이 카페 문을 닫고는 사라져 버렸었다. 어디 다른 곳에 다시 카페를 열었단 얘기가 바람처럼 스쳐 갔지만, 그 이상의 소식은 모르고 있던 터였다.

나는 잘 알지도 못하는 그림을 관심 있는 체하면서 구경하고 있었는데, 저만치 역시 혼자서 관람하고 있는 여인이 눈에 띄었다. 어딘지 안면이 있다 싶은 느낌. 그러나 마스크를 쓰고 있는 여인의 정체를 알수가 없었다. 숱이 많고 웨이브가 큰 흑갈색의 머릿결, 맑고 깨끗한 이마의 인상. 아, 그렇다. 박 마담이다. 그러나 함부로 말을 걸 수도 없다. 낯선 여자한테 말만 걸어도 성추행이라고 지랄하는 세상 아닌

가. 살며시 작은 소리로 '박 마담' 하고 불러 보았다. 반응이 없다. 아
닌가? 다시 소리를 조금 높여서 불렀다. 그랬더니 깜짝 놀라듯 고개
를 휙 돌리는 여인. 맞다. 박 마담.

어디 가서 커피라도 한잔하면서 얘기를 좀 하자고 했으나 박 마
담은 친구와 만날 약속이 있어서 어렵겠다면서 명함을 한 장 건네고
는 전시실을 나갔다. '명상과 휴식의 공간 카페 다리'. 그 아래 전화번
호와 박영숙이라는 이름. 아하, 박 마담 이름이 박영숙이었구나. 그리
고 그 뒷면에는 카페 소재지 약도가 그려져 있다. 그런데 그걸 보고
나는 다시 한번 놀랐다. 성동 뒤편 안심교 근처, 남천과 금호강이 만
나는 그 어름이다. 그렇다면 우리 집에서 승용차로 가면 겨우 20분
거리다.

나는 카페 '다리'의 창가에 앉아서 커피를 마시면서 창밖을 내다보
고 있다. 저만치, 그러나 그리 멀지는 않은 곳에 강이 있다. 금호강의
안심습지다. 낙동강 강가의 옛가람 카페에 앉아 있는 듯한 착각마저
든다. 이곳은 어느새 내가 자주 찾는 장소가 됐다. 백화점 전시실에서
박 마담(이제는 영숙 씨라고 부르게 됐는데)을 만나서 명함을 받고, 성주 가
야산 기슭의 상수 밭에서 배추며 가지며 고구마를 한 차 실어 오면서
상수와 영숙 씨 얘기를 나눈 후 나는 벌써 여러 번 이곳엘 왔다. 우
리 집에서 승용차로 안심 쪽으로 나가다가 안심교 조금 못 미친 곳에
서 왼쪽으로 난 좁은 길로 들어서면 고산서당(孤山書堂)이 있고, 거기
를 지나서 조금만 더 가면 작은 마을의 입구에 영숙 씨의 카페 '다리'
가 있다. 조그만 2층짜리 집인데, 2층은 살림집이고 아래층은 가게로
꾸몄다고 한다. 처음 여길 찾아왔을 때, 흰색 페인트로 도색된 집은

작지만 깨끗하고 품격이 있어 보였다. 집이 영숙 씨의 이마 같애. 내가 그렇게 중얼거렸으니까.

출입문 곁에 조그만 간판이 붙어있었는데, 그 크기가 지난번 옛가람 카페의 것만 하고 색깔도 전과 같은 연갈색이어서 낯설지가 않았다. 그런데 카페 '다리'라는 이름 위에 여러 개의 점이 찍혀 있었다. 이건 뭐지? 나는 지갑 속에 든 명함을 꺼내어 보았다. 거기에도 점이 있었다. 그런데 그걸 나는 별로 눈여겨보지를 않았던 것이다.

그날. 마침 손님도 없어서 나와 영숙 씨는 여유를 가지고 많은 얘기를 나누었다. 이 집은 친정어머니가 사시던 것인데, 작년에 돌아가시고 영숙 씨가 물려받았다고 했다. 그 참에 성주대교 근처의 옛가람 카페를 처분하고 여기로 옮겼다고 한다.

"그런데 왜 카페 이름을 바꾸었어요? 금호강은 옛날 가람이 아닌가?"

"저기 저 다리 보이죠? 저걸 보는 순간에 카페 이름이 저절로 지어졌어요. 어릴 적 내가 놀던 다리거든요. 물론 저건 그 뒤에 새로 놓은 거지만."

내 물음에 영숙 씨는 저만치 창밖으로 보이는 안심교를 가리키면서 이렇게 대답한다.

"그리고 저 뒤쪽에 조금 보이는 다리 있죠? 저건 KTX 고가철도예요. 난 다리는 물 위에만 놓이는 줄 알았는데, 땅 위의 공간에도 놓인다는 걸 보고 놀랐어요. 햄릿이 호레이쇼에게 이 세상엔 꿈도 꿀 수 없이 많은 것이 있다고 한 얘기가 떠올랐으니까요."

다리. 꼭 저런 물리적 구조물인 실물의 교량 외에도 소통과 연결의 추상적 의미를 담고 있겠지. 나는 속으로 그런 생각을 하면서 다시 물었다.

"그런데 카페 이름 위에다 점을 여러 개 찍어 놨던데, 그건 무슨 의미인가요? 강조의 방점인가? 설마 성조의 방점은 아닐 거고?"

"점이 몇 개인지 헤아려 봤나요?"

"아니. 몇 개인가도 의미가 있는가요?"

"모든 건 다 의미가 있죠. 길가의 돌멩이 하나도 풀 한 포기도 다. 점이 여섯 개인데, 김 선생님. 짐작 안 가요? 국어 선생님이셨다면서?"

여섯 점과 국어 교사. 거기에도 무슨 상관관계가 있는가? 잠시 머뭇거리고 있는데 언뜻 대답이 떠올랐다.

"말줄임표. 혹은 말없음표?"

"역시 김 선생님은 센스가 있으시군요. 이 카페 이름 '다리' 안에는 말하지 않은 많은 이야기가 포함되어 있어요. 말하자면 여러 가지 관형어를 만들어서 앞에다 씌울 수 있다는 거죠. 그리고 거기엔 정답이 없어요. 무엇이나 다 정답이 된다는 뜻이기도 하죠. 꿈도 꿀 수 없이 많은 것. 세상사의 다양함이랄까."

그날 나와 '다리'의 첫 해후는 '코리아노'라는 이름으로 주문한 '아메리카노'를 두 잔이나 마시고, 영숙 씨와의 긴 대화로 이루어졌다. 그러면서 또 하나의 숙제를 안고 왔다. 저 말 줄임표에다 넣을 수 있는 말은 어떤 것들이 있을까?

이 카페를 처음 찾아왔던 그날 이후 오늘까지, 한 서너 달이나 되나? 그리 길지 않은 시간 동안 내가 이 집에 드나든 횟수는 이미 손가락으로 헤아릴 수 있는 범위를 벗어나고 있었다. 그 중간에 상수가 신장개업 가게에 맨손으로 올 수가 없더라면서 자기 밭에서 수확한 배추와 고구마를 한 포대씩 싣고 오는 바람에 영숙 씨와 우리, 특히 나와의 거리는 놀랍게도 빠른 속도로 좁아져 갔다. 한적한 강변 마을이라 손님은 별로 많지 않단다. 봄에는 강변으로 나들이 나온 사람들이 더러 찾아오기도 했는데, 여름 들면서 손님이 거의 없다고 한다. 가끔 대학생으로 보이는 젊은이들이 노트북을 들고 와서는 카페라떼 한 잔을 시켜놓고선 종일을 앉았다 가기도 하고, 동네 사람들이 외출에서 돌아오는 길에 테이크아웃을 하기도 할 뿐.

오늘도 아가씨 한 사람이 나와는 반대편 창가에 노트북을 열어놓고 들여다보고 앉아 있을 뿐 그 밖의 손님이라고 나 혼자다.

"어제는 어머님 기일이었어요. 제사는 생략한 지 오래고, 성당에서 위령미사만 드렸어요. 한평생을 불운과 방황으로 보내고 가셨죠. 내위에 오빠가 한 사람 있었는데, 그 오빠는 아버지 어머니 결혼식에 참석을 했어요. 너무 일찍 태어난 오빠는 또 그렇게 너무 일찍 가버리더군요. 그렇게 엉성하게 이루어진 가정이 행복과는 거리가 멀 수밖에 없죠."

영숙 씨는 주방 정리가 다 됐는지 커피잔을 들고 내 곁에 와서 앉는다. 나는 그사이, 이미 영숙 씨에 대한 많은 것을 알고 있었다. 어미의 한 많은 인생은 자식에게로 유전이 되는 모양이라고 한숨 섞어 토해내던 영숙 씨의 얼굴 모습, 그래서 자신은 표정 없는 얼굴이 됐다고 하던 얘기가 귓전을 맴돌고 있다. 좀 웃어보라고, 왜 그렇게 표정이 없느냐고 하면 영숙 씨는 그랬다. 무표정도 표정의 하나라고. 모양 없는 추상화도 그림이듯이. 이렇게 표정 없는 여인 영숙 씨도 학창 시절엔 까르르 잘 웃는 처녀였단다. 의과대학 4학년들과의 미팅에서 만났던 남자와 결혼을 했다. 남자는 의대를 졸업하고 인턴을 하고 있었고, 영숙 씨는 졸업을 한 해 남겨놓은 대학 4학년이었을 때 결혼을 했다. 의사 사위 봤다고 좋아서 자랑을 늘어놓던 부모님은 그 당시엔 흔치 않은 유럽으로 신혼여행을 보내주었다.

"꿈만 같았어요. 센강에서 유람선을 타면서 아폴리네르의 시 '미라보 다리'를 몇 번이나 외웠는지 몰라요. '미라보 다리 밑을 세느강은 흐르고, 우리의 사랑도 흘러내린다.' 세상이 다 나를 위해 존재하는 것 같았죠."

몇 년 후에, 그 행복하던 가정에 어둠의 그림자가 드리우기 시작했다. 사랑의 열매라면서 기다리던 아기가 생기지를 않았다. 그러던 차에 남편이 근무하던 병원의 간호사에게서 남편의 아이가 태어났다.

"남편은 이혼하자고 했고, 나도 미련을 싹 씻어냈어요. 배신감에 치가 떨리더군요. 사랑의 양에 비례해서 미움도 실망도 크다던가? 위자료도 한 푼 못 받고 생과부가 됐죠. 그렇게 살아온 인생이 벌써 환갑을 넘겼어요."

나는 영숙 씨의 이야기를 들으면서, 그냥 한 여인의 멜로드라마 정도로 치부하고 넘어갈 수가 없었다. 그사이에 정이 든 것인가? 아니면 불쌍한 여인에 대한 연민인가? 나이가 열 살도 더 아래인 여자한테 무슨 이성 간의 감정으로 그러는 건 아닐 것이다. 그러면서도 카페 다리를 찾아가는 횟수는 늘어났고 잦아졌다. 늙은이의 추태로 보일까 저어하여 언행을 조심했다. 그런 감정을 감추기라도 할 요량으로 '다리' 앞의 말줄임표에 들어갈 관형어들을 올 때마다 한 가지씩 갖고 왔다.

첫 번째 과제는 '사랑의 다리'였다. 영숙 씨가 신혼 때 외웠다는 미라보 다리를 필두로, 견우와 직녀가 만나는 오작교까지, 살펴보니 사랑의 다리는 많고도 많았다. 그러는 중에 최무룡이 불러서 청춘남녀를 울게 만들었던 '외나무다리'도 배워서 부를 수 있게 됐다. '복사꽃 능금꽃이 피는 내 고향, 만나면 즐거웠던 외나무다리.' 상수한테 전화 해서 요즘 남녀 사랑의 다리 공부를 하고 있다고, 외나무다리를 한 소절 불렀을 때, 상수가 그랬었다. 남녀 사랑의 다리는 고간지물 아 니냐고. 이런 엉큼한 영감쟁이 같으니라고, 박 사장 고등학교 다닐 때 영어 시험 만점 받았다며 자랑했었지? 그러면서 '레그'와 '브리지' 구 분도 못 해? 그렇게 윽박질러 주기도 했었다. 그랬더니 상수가 그랬 다. 그것도 다 그림자 춤일지 몰라. 김 선생이 늘 그랬잖아. 경석이가 푸르죽죽한 환자복 입고 죽어가면서 했던 말, 세상은 다 실체는 없고 그림자만 흐느적거리는 그림자 춤이라고 하던 말이 옳은 것 같다고.

내가 이렇게 '다리'에 관심을 가지고 여기저기 알아보니, 상상 이상 으로 다리는 모양도, 크기도, 기능도, 재질도 다른, 많고도 많은 다리 가 있었다. 그래도 그 기능과 의미는 연결과 소통이라고 단순화시킬 수가 있었다. 나는 갑자기 내가 다리 박사가 되는 것 아닌가 싶은 생 각까지 들었다.

나는 신이 나서 인터넷에서 다리를 검색했다.

다리는 도로·철도와 같은 교통로나, 수로와 수도관·송유관 등의 수송 시설이 앞을 가로막는 골짜기, 다른 교통로·수로·강·바다·해 협 또는 인가 등의 위를 건너서 지나가기 위해 만들어진 여러 가지 고 가 건조물을 통틀어 일컫는 말이다. 교량이라고도 한다. 다리는 재료 에 따라 나무다리·돌다리·콘크리트 다리·철근 콘크리트 다리 따위 로 나뉘고, 다리 보의 형식에 따라 아치교·적교(현수교)·보다리 따위 로 나뉘기도 한다.

사람이 다리를 놓기 시작한 것은 원시 시대부터라고 한다. 원시인들은 골짜기나 개울을 뛰어넘거나 걸어서 건너다가 징검다리나 외나무다리를 놓게 되었다. 또한, 넓고 깊은 물은 통나무배로 건너다가 통나무로 만든 긴 외나무다리를 놓게 되었다. 그러나 외나무다리는 위험한 데다 폭이 넓은 강에는 놓을 수가 없었다. 그래서 사람들은 나무와 밧줄을 엮어 만드는 현수교나 나무를 엮어 만드는 나무다리를 놓았다.

그러다가 나무로 만들던 다리를 철·돌·콘크리트 등으로 크고 튼튼하게 만들어, 교통의 발달에 큰 역할을 하고 있다.

오늘날의 다리는 종류가 많은데, 분류하는 방법에 따라 여러 가지 이름으로 불린다.

다릿발이 양쪽 가에 하나씩밖에 없는 다리는 라멘교라 하며, 좁은 내나 골짜기에 흔히 놓는다. 넓은 강이나 내에는 여러 개의 다릿발을 박고 위를 시멘트로 덮은 보다리를 놓는다. 보다리 위에 강철로 엮어 지붕처럼 만든 다리를 트러스트교라 하고, 다릿발이 없이 아치 모양으로 놓은 다리는 아치교라 한다. 강물이 깊거나 물결이 아주 세어 다릿발을 세울 수 없는 곳에는 다리 위에 강철 줄을 늘여 매달고 흔들리지 않게 한 현수교를 놓는다. 골짜기 같은 곳에 매달아 놓은 좁다란 현수교는 적교라고도 한다.

다리는 고정되어 있어서 움직일 수 없는 것이 보통이지만, 큰 배가 지나가도록 들어 올릴 수 있는 가동교도 있고, 물 위에 띄워 놓은 배다리도 있다. 강이나 해협의 물을 건너기 위한 철도의 철도교나 도로의 도로교, 또는 사람만이 다니는 인도교와는 달리 뭍에서 도로나 철도 위를 건너는 다리는 육교이다. 육교를 만들면 건널목이나 교차로를 만들지 않아도 되므로 자동차나 사람으로 도로가 혼잡한 것을 피할 수 있다. 또한, 기차·자동차·사람을 위한 다리만이 아니고, 물길을 이끄는 수로교나 수도관·송유관의 다리도 있다.

　나는 이 기사에다가 한강대교, 불국사에 있는 연화교 칠보교와 청운교 백운교, 네덜란드의 도개교, 헝가리 부다페스트의 승리교, 미국의 금문교 같은 유명 다리의 사진까지, 역시 인터넷에서 찾아 붙여서 프린트를 했다. 인쇄물을 영숙 씨한테 가져다 보였더니, 이것만으로도 다리 카페의 말없음표를 꽉 채우고도 넘치겠다며 좋아한다.

　무표정이라던 영숙 씨 얼굴에 활짝 피어나는 웃음을 보니 나는 더욱 신이 났다. 그래서 나 스스로 숙제를 찾아 나섰다. 가장 아름다운 다리, 가장 긴 다리, 가장 높은 다리…. 그러다가 드디어는 ‘세상에서 가장 위험한 다리’에까지 이르게 됐다. 그리고 오늘은 그 숙제물을 제출하겠다고 내 스스로가 제안한 날이다.

　평소에는 승용차로 왔지만 오늘 오후에는 여기에 오면서 버스를 타고 왔다. 오늘 과제가 성공하면 상으로 술을 한 잔 대접하겠다던 영숙 씨의 말을 생각했던 것이다. 안심교 입구에서 버스를 내려 강변길을 걸어오는데, 저만치 고산서당이 보인다. 작년 말에 불이 나서 강당이 전소됐다는 소식을 듣고 찾아가 본 적도 있다. 고산 기슭에 조용히 누워있는 고산서당은 원래 고산서원이었으나 서원철폐령으로 서당이 됐단다. 강당 뒤에는 퇴계(退溪) 선생의 방문을 기념하기 위해 심은 퇴계나무도 있다. 여기 사당에는 퇴계 선생과 함께 동고(東皐) 서사선(徐思選)이란 분의 위폐가 모셔져 있다. 이분은 남명(南冥) 선생과 한강(寒岡) 선생의 학통을 이어받은 분이나 경산에 살면서 퇴계의 영향을 많이 받았다. 우리나라 유학의 양대 산맥인 남명과 퇴계의 학통이 여기서 만나는구나. 그렇다면 이 사실 또한 '만남과 소통'이라는 다리의 상징 의미에 부합하는구나. 더구나 이곳은 금호강과 남천이 만나는 지점으로, 교통이 불편했던 옛날에는 뱃길을 이용해서 대구의 유학과 경산의 유학이 악수를 한 의미 있는 장소로구나. 내가 고산서당을 대구와 경산의 만남, 나아가서는 남명과 퇴계의 학통이 만나는 지점으로 파악한 것은 나 혼자만의 깨달음은 아닐 것이다.

이런 생각을 하자 기분이 매우 좋아졌고, 오늘 저녁에 영숙 씨와 함께 술잔을 부딪칠 기대가 부풀어 올랐다.

내가 영숙 씨와 커피잔을 붙들고 고산서당 얘기를 나누고 있는 동안에 저쪽 창가에 앉아 있던 여학생이 노트북을 접어 들고 일어선다. 영숙 씨가 잔을 놓고 일어서더니 따라 나갔다 온다. 아예 문 앞의 걸개를 뒤집어서 '클로즈드'로 해 놓았단다. 고산서당 얘기를 들으면서 오늘 저녁의 한잔 술을 예감하고 있다는 얘기도 덧붙인다.

"그런데 오늘 저녁의 답안지는 어디 있어요? 세상에서 가장 위험한 다리?"

이건 그냥 몇 마디 말이나 몇 자의 인쇄물로 해결할 문제가 아니다. 과거시험 합격의 열쇠가 여기 달렸는데.

"저 텔레비전 좀 켜 봐요. 실감 나게 답안을 보여드릴 테니."

나는 손을 들어서 한쪽 벽에 위험스레 매달려서 늘 검은 얼굴과 침묵으로 일관하고 있는 텔레비전을 가리켰다.

유튜브, 파키스탄 여행, 세상에서 가장 위험한 다리. 리모컨을 이리저리 돌려가면서, 몇 번의 시행착오를 거듭한 뒤에 드디어 '놀라운 세계 기행' 프로에서 답을 찾아냈다. 화면이 켜지자 맨 먼저 눈에 들어

온 것은 저 뒤쪽의 하얀 설산이다.

한국인 한 사람이 파키스탄 북부 산악지방을 여행하고 있었다. 이 지역은 히말라야산맥, 쿤룬산맥, 톈산산맥의 서쪽 끝자락이 손을 잡을 듯 가까이 다가서 있는 곳이다. 그가 이 멀고도 험한 곳을 찾아간 것은 이곳이 실크로드의 서쪽 부분으로, 그 옛날의 자취가 거의 원형대로 존재하고 있어서 〈왕오천축국전〉을 지은 혜초 스님의 자취를 더듬어 보기 위해서라고 했다.

실크로드라는 이름은 독일의 지리학자 리히트호펜이 처음 사용했는데, 지형적 특성에 따라 동쪽, 중앙, 서쪽의 세 부분으로 나누기도 한다. 그중 서쪽 부분은 남·북의 두 갈래가 있어서 남로는 파미르고원의 쿠시쿠르간에서 서쪽으로 쿠샨 왕국에 이르고, 여기서부터는 뱃길로 천축에 들어갈 수 있다. 인더스강을 따라 내려가 아라비아해와 홍해로 들어가서 지중해와 이집트의 알렉산드리아까지 이른다.

그런데 여기에 낭가파르바트(Nanga Parbat)산이 있다. 이 산은 세계에서 아홉 번째로 높은 산인데, 벌거벗은 산, 산중의 산, 악마의 산 등 여러 이름으로도 불린다. 이 산의 골짜기에는 만년설이 녹아서 흐르는 험한 강이 있다. 수량은 많고 물살은 미친 것처럼 아우성치고 몸부림치며 흐른다. 여기에 낡고 작고 초라한 현수교 하나가 걸려 있다. 이름은 후사이니 출렁다리(Hussaini Hanging Bridge). 내륙으로 건너가기 위해서는 반드시 이 다리를 건너가야 하는데, 어느 쪽이건 일방통행으로만 건널 수 있다. 발 디딜 널빤지 간격이 매우 넓고 좌우로 심하게 흔들릴 뿐 아니라, 다리를 매달고 있는 줄도 낡아서 위험해 보인다. 더구나 골짜기가 깊고 수량이 많을 뿐 아니라 유속이 매우 빠른 데다가 천둥소리 같은 굉음을 내고 있어서 웬만한 담력이 아니고서는 건널 수가 없다고 한다. 그 옛날 혜초 스님도 이 다리를 건넜을까? '왕오천축국전(往伍天竺國傳)'은 그렇게 해서 태어났을까? 그 여행객은 이렇게 자문하고 있었다.

이 다리를 이 지역 사람들은 '세상에서 가장 위험한 다리'라고 부른다.

50분 가까이 이어진 이 프로그램의 내용을 요약하면 대강 이렇게 될 것이었다. 꼼짝도 않고 숨죽이고 화면에 몰입해 있던 영숙 씨는 프로의 끝에 광고가 나오자 죽었다 깨어난 사람처럼 휴우 한숨을 쉬고는 나를 돌아다본다.

"이 후사이니 행잉 브리지와 함께, 선두 다툼을 벌였던 게 러시아의 크림대교였어요. 최근에 그 상판 일부가 폭파되면서 푸틴의 자존심에 상처가 났다고 하더군요. 우크라이나와 러시아의 전쟁이 더 격렬해지고 있고, 어쩌면 정신없는 사람이 손가락 한번 잘못 흔들면 핵전쟁이라는 인류의 참담한 결과를 불러올 수도 있으니까요. 그래도 나는 이 '후사이니 행잉 브리지'를 정답으로 선택했어요."

"놀랍군요. 그런데, 이처럼 허술한 다리야 곳곳에 있지 않겠어요?"

"그렇겠지요. 그런데 이건 그 지역에서의 고유명사가 '세상에서 가장 위험한 다리'가 되어있다는 거죠. 거기다가 하나 더 보탤 수 있는 게 어느 쪽이건 일방통행으로만 건널 수 있고, 양방향 통행이 안 된다는 거죠. 말하자면 상호 소통이나 협력, 혹은 공존이 아니란 말이죠. 이게 세상 모든 위험의 씨앗이라고 생각한 거죠."

"김 선생님 말씀 듣고 보니까 우리나라 요즘 정치판이 떠오르네요.

소상공인 지원금이라면서 정부에서 주는 돈을 나도 받기는 했지만, 왜 그런지 신뢰가 안 가고 불안하기만 해요. 정책의 차이가 있을 수 있다는 건 이해를 하는데, 요즘 보면 그런 수준을 넘어서고 있는 듯해요. 국태민안. 목표는 같을 텐데 어이 끝도 없이 진흙 구덩이에서 뭐 싸우듯 하는 건지?"

"그런 실망 한두 사람 한 게 아닐 테죠. 그래도 설마 하면서 기대를 저버리지 못하고 있는데, 끝이 없어요. 정치는 열등의식의 소산이란 말이 맞는 게 아닌가 싶은 생각도 들어요."

나는 정치에 대한 불신, 혹은 정치인들의 자격에 대한 회의가 생길 때마다 오쇼 라즈니쉬가 쓴 『삶의 길, 흰구름의 길』에서 읽었던 몇 구절이 생각난다. 이 구절은 오래전에 상수가 도의원 출마하는 이상식의 선거운동 본부장이 되겠다고 했을 때 내가 말리면서 했던 말이기도 하다.

현대 심리학도 열등감이 욕망을 만들어 낸다는 점에서 장자나 노자, 붓다에게 동의한다. 정치인은 인간성의 가장 나쁜 본성에서 생겨난다. 모든 정치인은 수드라, 곧 불가촉천민들이다. 그렇지 않을 수가 없다. 인간의 마음은 열등의식을 느낄 때마다 남보다 우월해지려고 하기 때문이다. 그 반대쪽이 태어나는 것이다. 추하다고 느끼는 순간, 그대는 아름다워지려고 노력한다. 아름답다면 굳이 아름다워지려고 노력할 필요가 없다. 추한 여자를 보면 정치인들의 본성을 이해할 수 있다.

열등하다고 느낄 때마다 인간은 자기가 열등하지 않다는 것을 증명하거나, 단순히 그것을 믿도록 자신에게 최면을 걸어야 한다. 그리고 이기주의자는 무슨 수를 써서라도 정치인이 될 것이다.

정치가는 항상 두려워한다. 모든 사람이 적이고, 친구까지도 적이다. 친구로부터도 자신을 보호해야 한다. 그들은 항상 서로를 끌어내리려고 하기 때문이다. 기억하라. 아무도 친구가 아니다. 정치에서는 모두가 적이다. 우정이란 다만 겉모습일 뿐이다.

세상은 이미 어둠으로 덮여있다. 여기 다리 카페만이 밝음의 섬으로 존재한다. 빈 소주병이 네 개로 늘어났을 때 나는 자리에서 일어섰다. 바래다주겠다면서 영숙 씨도 따라서 일어선다. 문밖으로 나오자 우리는 어둠 속에 묻혔다. 어둠이 반드시 불안을 가져다주는 건 아니다. 오히려 포근하게 우리를 감싸는 느낌을 받는다. 어둠은 만물을 포용한다. 그것은 우주의 자궁이다. 거기에서 생명은 잉태되고, 내일 아침 돋는 해와 함께 태어난다.

"김 선생님. 놀라셨죠? 저 술 너무 많이 마셔서. 이미 알코올 의존이 심해요. 커피 장사로 감추고 살았는데 오늘 들키고 말았네요. 삶의 고달픔을 어디 기댈 곳이 없었어요."

영숙 씨는 가만히 내 왼쪽 팔에다 팔짱을 낀다.

"……"

나는 침묵을 지킨다. 적절한 말을 찾을 수가 없다. 침묵. 그것은 '말줄임표'이자 '말없음표'다. 카페 다리의 이름 위에 찍혀 있는 여섯 개의 점이다. 그 안에는 한없이 많은 사연들을 집어넣을 수가 있다. 이 가냘픈 여인의 아픈 인생에 대한 연민과 위로와 격려 같은 것.

"하느님은 한쪽 문을 닫으면 다른 쪽 문을 열어주신다는 말을 나는 믿지 않았어요. 어느 말하기 좋아하는 사람이 만들어 낸 허사라고

만 생각했어요. 나 같은 인생을 살아온 사람이라면 누구나 그랬을 겁니다. 그런데 김 선생님. 오늘 저녁에 나는 그 말이 단순한 허사만은 아닐지도 모른다는 생각이 들었어요. 새로운 다리를 놓는다는 생각. 그러면서도 또 어쩌면 그 다리가 '세상에서 가장 위험한 다리'가 될지도 모른다는 불안감과 함께."

어둠의 강 안심습지 저 너머 멀리에서 붉은 달이 돋고 있다. 조금만 방심해도 금방 어둠 속에 묻혀버릴 것만 같이 위태로운 달이.

산, 나무, 새

그림자 춤 · 10

나는 또 부엌에서 가루 커피를 더운물에다 타서 들고는 공부방 책상 앞에 앉는다. 컴퓨터에 전원을 넣고, 먼저 인터넷 신문을 펼친다. 코로나가 사람들을 집 안에다가 유폐시켰던 지난 3년간, 로봇처럼 반복되어 온 내 하루의 시작이다. 이런 것도 '관성'이란 이름으로 부를 수 있을까? 물리학의 용어인 이 단어가 지극히 정신적인 인간의 행위에도 적용될 수 있을까? 그런 생각을 여러 번 했었는데, 이제 실외뿐 아니라 실내에서까지 마스크 의무가 해제됐는데도 이렇게 반복되고 있다는 게 스스로 신기하다.

톱뉴스는 어제와 마찬가지로 튀르키예에서 일어난 진도 7.8의 강진 소식이다. 며칠 사이 사망자 수가 엄청나게 늘어나서 3만 명을 넘었고, 일부 언론에서는 5만 명에 이를 수도 있다고 엄포를 놓고 있다. 고층 건물이 모래성 무너지듯 스르르 주저앉는 모습을 동영상으로도 보여주고, 그 지옥 같은 상황에서 운 좋게 목숨을 건진 사람이 '세상의 종말이 온 줄 알았다'며 울부짖는 모습도 보여준다. 그 곁에서는 한국전쟁 때 우리를 도운 형제국의 재난을 그냥 보고 있을 수 없다면서 100명이 넘는 구조대가 가서 많은 성과를 올렸다는 기사도 보인다. 우크라이나와 러시아의 전쟁 얘기도 물론 빠지지 않는다. 이런 대형 기사들에 밀렸는지 야당이 대표 방탄용으로 벌였다던 장외집회 소식은 보이지 않는다.

정치란 게 참 묘하다 싶은 생각이 다시 고개를 든다. 재난이 정치의 권력을 이동시킨다는 생각. 세월호 수학여행단 참사 때, 방명록에다 '너희들 고맙다'고 썼던 사람은 그 뒤에 대통령이 됐고, 이태원 좁은 비탈길에서 서양 풍습 흉내 내기 놀이하던 젊은이들이 150명 넘게 죽으니, 이제 그 유족들이 모임을 결성하고 장관 탄핵을 외치고 있고, 야당에서는 온갖 자극적인 문구가 적힌 피켓을 들고 거리를 빼곡히 메우기도 했었지.

튀르키예에서도 사망자 유족회 결성해야 하는 것 아냐? 이런 어처구니없는 생각이 퍼뜩 떠오르자 피식 웃음이 나왔다. 내가 왜 이렇게 못된 사람이 됐지? 아무리 남의 죽음 내 고뿔만 못하다고는 하지만 이래서는 안 되지. 나는 얼른 그 생각을 지우개로 싹싹 문질러서 지운다.

인터넷 신문을 기사 제목만 대강 훑어보면서 관심이 가는 기사만 몇 개 열어보고는 다시 전자우편으로 이동하여 우편함을 뒤진다. 내 주소를 어떻게 알았는지 낯선 사람들에게서 온갖 편지가 다 와 있다. 광고성을 띤 것도 있고, 정치적인 것도 있고, 페이스북 기사도 와 있다.

그 가운데서 내 시선을 끄는 이름이 하나 있다. gyg. 박상수의 메일 아이디다. 상수는 전화를 주로 이용하고 이메일을 잘 쓰지 않는다. 그런데 두 달쯤 전에 낯선 아이디가 하나 있어서 열어보니 뜻밖에 박상수가 보낸 메일이었다. 가야농업마이스터고등학교 우리 동기회장을 상징한다면서 '가야고'를 영문자로 바꾸어서 한 자씩만 적었다는 얘기였다. 그 첫 메일 이후 뜸했었는데, 오늘 오랜만에 다시 메일을 보내온 것이다. 제목이 '외로운 신선'이다. 이건 또 무슨 꿍꿍이속인가?

천하 명산 가야산 기슭에서 나물 먹고 약초 술 마시면서 살다 보니 수염도 한 자나 자라서 이제 신선 다됐는데, 술잔 나눌 친구가 없어서 외로워서 승천도 못 한다고 놀러 한번 오라는 사연이었다. 이 친구가 마음이 변했나? 다시 안 볼 것처럼 펄펄 뛰더니 외롭다고 나를 불러?

선달 중순쯤이었던가? 내가 상수를 찾아가는 건 대개 상수 쪽에서 만나자는 연락이 먼저 오는 경우가 많은데, 그날은 내가 스스로 찾아 나섰다. 코로나 확진 판정을 받고 한 주일간의 자가 격리를 끝냈으나 세 번째 백신 맞은 지 한 주일 만에 걸린 코로나가 억울하기만 했다. 이럴 걸 백신은 왜 맞으라고 하는 건지. 답답한 마음을 풀 겸 바람 한번 쐬자며 차를 몰고 집을 나선 것이다. 미리 행선지가 정해지지 않은 탓에 머뭇거리다가 코로나 오기 전에 먼저 죽은 경석이한테나 가서 죽어보니 어떻더냐고 물어나 보자면서 성주로 향했는데, 상수도 만나면 일석이조.

전화를 걸었더니 집에 있다는 대답을 들었고, 곧장 가야산 기슭의 상수 농막으로 찾아갔다. 상수의 가야산 농막은 전에 내가 와서 봤던 모양과는 많이 달라졌다. 환골탈태라고나 할까? 바깥도 물론 말끔히 단장이 되어있지만, 방 안에 들어가니 옷장과 식탁, 책상까지 갖추어져 있어서 농사일로 잠깐 들렀다 가는 곳이라고 하기엔 뭔가 어울리지 않는 모습이다.

"농막이란 집이 신혼 살림집 같네?"

"신혼은 아니지만 새 살림집은 맞네."

내가 상수 손을 잡은 채 인사를 던졌더니, 상수의 대답이 이렇다. 아직 겨울 한복판이라 농막에 와서 살림할 때는 아니지 않으냐고 하니까 상수는 씨익 어색하게 웃으면서 하는 말이 졸혼을 했단다.

"졸혼이 뭐야? 혼인 졸업했다는 건가?"

텔레비전에서 들은 기억이 나서 내가 이렇게 반문하니, 그렇다는 대답이다. 이혼도 아니면서 이혼처럼 서로 간섭 없이 자유롭게 사는 것이라는데, 일본의 어느 작가가 쓴 말을 우리도 따라서 쓰고 있단다. 이혼도 아니면서 이혼 같은 것. 참 희한한 세상이다. 별거라는 말을 써 왔는데, 이것도 진화를 하는가? 혼인 졸업하면 사별이어야지 웬 귀신 씻나락 까먹는 소릴?

"아니, 입때껏 모범적인 부부로 잘 살아온 박 사장 아닌가? 희수가 낼 모랜데 이 무슨 해괴한 소리야?"

"밖에서 보기엔 그랬는지 모르지만 속으론 골병든 세월이었지. 그 지긋지긋한 잔소리에 인내심의 한계를 넘어서고 만 거지."

"다른 사람들은 다 어떻게 살아? 세상 여자 다 요조숙녀고 박 사장 마누라만 크산티페인가? 소크라테스는 마누라 덕분에 철학자가 됐다고들 하는데?"

"소크라테스는 철학자라도 됐으니 살았지, 난 뭐 철학자도 못 되니 견딜 재주가 없는 것이지."

"내가 뭐 남의 마누라 잘 안다고는 할 수는 없지만, 박 사장 안사람만 한 여자도 드물어. 왜 평화롭던 가정에 갑자기 풍파가 몰아쳐?"

"폭풍전야라는 말 들어봤지? 그렇게 보는 게 타당할 거야. 긴 세월 압축되어 온 가스통이 폭발했다고나 할까?"

"그래도 그렇지. 하루 이틀 살아온 사이도 아닌데 어떻게 갑자기 이런 일이 있을 수 있어? 혹시 그 졸혼이라는 게 박 사장 자네한테 원인이 있는 건 아닌가? 배추, 고구마 가마니 싣고 다리 카페 박영숙이한테 몇 번 왔다더니, 그게 사단이 된 건 아닌가? 여자들은 감각이 남자보다 예민하지. 무슨 낌새를 느꼈을지도 모르지."

얘기가 여기까지 진행이 됐을 때, 상수의 얼굴빛이 험악해지며 언성이 높아졌다.

"소설 쓰고 자빠졌네."

그건 적어도 내가 가진 상식으로서는 이해가 안 되는 반응이었다. 박상수는 그런 사람이 아니었다.

이 의외의 반응에 어쩌면 정답이 있을 수도 있지 않을까? 생각해 보면 나와 상수 사이의 박영숙은 서로가 감출 이야기를 숨기고 있을 사람은 아니었다. 그런데 박영숙이 이야기가 나오자 왜 이리 발끈하는 것일까?

'소설 쓰시네.'

이 이야기는 잊혀져 가던 기억 하나를 불러온다. 장관이었던 사람이 국회에서 자기 아들 군대 외출 미귀 사건을 묻는 의원 질문에 발끈하면서 했던 말이다. 그 뒤로 '소설 쓴다'는 말은 '거짓말 한다'는 의미로 자주 회자되었고, 소설가들의 항의를 받기도 했던 말이다. 소설도 이렇게 진화를 하는가? 점잖은 박 사장 입에서까지 튀어나오다니.

"어이, 박 사장. 결혼식 때, 약속한 거 잊었어? 검은 머리 파뿌리 되도록 동고동락하겠다고 서약했었지?"

"내 머리 파 뿌리 된 지 벌써 오래됐어. 지금 졸혼해도 약속 위반은 아닐 거야."

"교양과 상식을 갖춘 박 사장이 어쩌다가 요설의 달인이 됐나? 정치인들 입놀림을 너무 많이 본 것 같군. 높은 자리 있는 사람들이 국민의 대표라는 허울을 쓰고는 세비 받으면서 말놀음이나 하고 있는데, 저잣거리의 필부가 별수 있겠나? 무책임하기는 그 사람들이나 박 사장이나 똑같군. 어찌 그리 배울 게 없어서 그런 걸 다 배우나?"

"죄 없는 사람들 엮어 넣지 마. 나 혼자서도 충분히 괴로우니까."

"하하, 졸혼한 박 사장이 그런 체면은 있었어? 빨리 원상회복 시켜. 사람이 도리라는 게 있는데."

"그런 얘기 하려면 여기 오지 마. 나도 괴롭다니까."

"조강지처 졸혼해 놓고선 뭐 괴롭다고? 벼룩도 낯짝이 있다더니. 그래, 갈게. 잘 있어. 생각 좀 해 봐. 어느 것이 옳은 길인지를 판단하는 건 그리 어려운 문제는 아냐."

그렇게 해서 경석이 무덤에는 가 보지도 못하고 만귀정과 성밖숲만 얼른 들렀다가 돌아왔고, 그 뒤로 서로 소식도 없이 지냈다. 그런데 상수한테서 먼저 연락이 온 것이다. 전자우편의 메시지를 보면 쓸쓸한 분위기가 느껴진다. 반성을 한 것인가? 어쩌면 졸혼 취소하고 다시 집으로 들어간 것인지도?

친구는 옛 친구, 맥주는 뭐? 내가 늘 농담 반, 진담 반으로 하는 얘기 아닌가? 나하고 박상수가 평생을 친구로 살아왔는데, 사소한 문제로 등 돌릴 순 없는 일. 외롭다는데 가봐야지. 전날 쑥스러웠던 일도 기억에서 씻어내고.

내가 가야산 기슭의 상수 농막에, 아니 졸혼 새 살림집에 도착했을 때는 초봄의 햇살이 따스한 가운데 가야산 골바람도 쌀쌀함을 잃어 가는 한낮이었다. 읍내에서 점심을 먹고 갈까 싶은 생각도 있었지만 산나물밥이라도 함께 먹는 게 옳다는 판단으로 그냥 온 것이다.

라면 냄비를 앞에 두고 식탁에 마주 앉았을 때, 상수에게서 전날 언성을 높였던 흔적은 전혀 감지되지 않았다. 그렇지 뭐. 부부 싸움만 칼로 물 베기랴. 우리는 한평생을 교유해 온 죽마고우 아닌가?

"박 사장, 수염이 한 자나 자랐다더니, 무슨 자로 재었나? 내 보기에는 한 치도 안 되겠구먼."

"허허, 그게 김 선생이 나한테 가르쳐 준 과장법 아닌가? 과장은 거짓말 아니라면서?"

"그렇지. 거짓말이라는 건 뭘 감추고 왜곡시킬 의도가 있으니까 하는 거지. 무슨 이익을 챙길 의도가 있거나."

"그러니까 국회에서 정치인들 싸우는 건 모두가 거짓말이겠구먼."

"모두라고 하는 것, 그것도 과장이구먼. 참말, 거짓말 섞여 있겠지만 암까마귀 수까마귀 분별이 안 되어서 그렇지."

라면 냄비를 치우고, 우리는 햇살 따스한 마당가 간이 탁자로 나가 앉았다. 상수는 차 두 잔을 달여 왔다. 작년 가을에 캐서 말려 두었던 더덕이란다. 이것 열 잔만 마시면 회춘한다고 너스레를 떨기도 하면서. 좌우로 가야산 줄기가 엄마 품처럼 포근히 감싸고 있고, 저 멀리로는 다른 산줄기가 병풍처럼 펼쳐져 있는 경치가 예사롭지 않다. 여기가 명당이군. 좌청룡 우백호에다 전주작 후현무까지.

"어이, 박 사장. 여기서 살다가 죽어 여기 묻히면 저절로 신선 되겠다. 신선 되어 승천하고 싶다며?"

"아닌 게 아니라 내 눈에도 명당이다 싶어. 풍수 풍자도 모르는 내 눈에도 그리 보이니 예사로운 게 아니지?"

이렇게 노닥거리고 있는데 찻잔 곁에 누워있는 상수의 전화기가 맑은 노래 한 가락으로 전화 왔음을 알린다.

"뭔 전화가 그리 길어? 박영숙이한테서 왔나? 다리 카페 놀러 오라고?"

전화기를 채 내려놓기도 전에 내가 다그쳤다.

"이 친구가 또 소설 쓰시네. 지난번에 소설 쓰다가 나한테서 욕먹은 것 다 잊었나? 이상식이 전환데, 내일 오전에 농민회관에서 국회의원 귀향보고회가 있다고 꼭 참석하라는구면."

"상식이 그 친구, 지난번 도의원 선거에서 꼴찌하고서도 아직 정치 꿈 못 버리고 있는 모양이군."

"그런가 봐. 읍내에 있는 이관식 의원 사무소 소장을 맡았다고 하데. 그리고 왜 그 소설가 있지? 전에 『빈 배』라는 소설 쓴 우리 농고 후배. 이름이 김장환이던가? 김 선생 자네가 칭찬하지 않았나? 좋은 소설가라고. 그 친구가 이 의원 보좌관 됐대. 전에 상식이 도의원 출마했을 때 연설문 써 준 인연으로 죽이 잘 맞는다는 소문이던데?"

"이관식 의원이 상식이 먼 촌 형이라고 했지? 전에 딱 한 번 본 적이 있는데, 좋은 사람으로 알려져 있더구면. 상식이 이 친구가 옷자락 잡을 욕심 낼 만하겠네."

상수 얘기에 의하면 이상식은 운영하던 '부강 레스토랑'을 그 지배인이라고 소개하던 여자한테 물려주고 대신 읍내에 규모가 큰 카페를 열었단다. 그러나 실제로는 그 여자와 양쪽 가게를 모두 공동 운영하는 상황이란다. 그러면서 가야농업마이스터고등학교 총동창회장이란 직함을 활용해서 차기 도의원 꿈을 버리지 않고 있단다. 지난번 도의원 선거 때, 이 의원의 지지를 못 받았지만, 대기는 만성이라고 하면서 이관식 국회의원 지방 사무실까지 맡아서 이 지역에서 그 세력을 따를 자가 없단다. 지지 세력 얘기만이 아니라 사람도 훤칠한 키에 걸맞게 환골탈태했다고들 한다.

"전화하면서 김 선생도 마침 여기 와 있다고 했더니 함께 오라고 신신당부하던데, 김 선생 오늘 여기서 하룻밤 자고 가게. 일부러 오기라도 할 건데 잘 됐지 뭐. 국회의원 만나는 것도 좋고, 또 소설가 김장환은 자네가 좋아하는 사람 아닌가? 상식이도 미운 정 고운 정 어쩌고 해도 우리 모교 총동창회장이고, 우리와는 동기동창 친구 아닌가?"

"그럴까? 여기서 하룻밤 자고 나도 진짜 도사 될라. 졸혼한 영감하고 동성애 한다고 소문날지도 모르고."

"하하. 김 선생. 그날 그 일로 아이들처럼 싸우던 생각이 새삼스럽네. 마누라하고 작은 일로 한바탕 싸우고 그렇게 일을 벌였지만, 다시 원상복구 했네. 늙어가면서 이게 무슨 추태인가 싶기도 하고, 자네가 깨우쳐 준 그 책임감 생각도 했고. 아직 이 산속에서 자는 날이 많긴 하지만."

"아아, 그래? 역시 박 사장이야. 잘했네. 마땅히 그래야지. 사람살이란 게 얼마나 복잡한가? 솟는 감정 말 다 못 듣는다. 내 체면에 얽매이지 않고 먼저 화해의 손 내미는 게 진짜 사나이 용기야."

"성질이 다르긴 하지만, 마치 진흙탕에서 뭐 싸우듯 끝도 없이 싸워대는 국회의원들 욕하다가 깨우쳤지. 나는 부부 두 사람 화해도 못

하면서 그 사람들 욕할 자격 있나 스스로 물어보고 결론을 내렸어.”

“잘했어. 그게 용기이고 교양이야. 그러고 대구 집에 자주 가고, 거기에 오래 머물고 그래. 늙은 부부라도 함께 지내는 시간이 중요해. 나 오늘 밤 여기서 자고 간다. 술 있지? 늙은 부부 재결합한 것, 이건 뭐 금혼식쯤 되나? 축배 들어야지. 약초 담근 술 있다고 했잖아? 내일 국회의원 귀향보고회라는 것도 보고 싶고. 그러고 자주 오는 것도 아닌데, 경서이 무덤에도 다녀가야지. 고등학교 3년간 콧구멍만 한 방에서 자취하며 고락을 같이한 친군데, 죽었다고 모른 척해서야 되나.”

“그러지. 우리 경석이 문병 갔을 때, 푸르죽죽한 환자복 입고 세상은 다 그림자 춤이라고 홀쩍거리던 모습은 요즘도 가끔 꿈에 보여.”

이렇게 노닥거리고 있는데, 잔디를 심은 좁은 마당 중간쯤에 이상한 모양의 새 두 마리가 부리로 땅을 쪼고 있다. 내 시선이 그리고 향하고 낯설어하는 눈치를 보이자 상수가 화제를 돌린다.

“저 새 좀 봐. 본 적 있어? 흔하지 않은 샌데, 여기 가끔 나타나. 한 마리만 올 때도 있고, 때로는 두 마리가 저렇게 함께 올 때도 있어. 부부인지.”

“박 사장 가르침 주려고 일부러 함께 오는 모양인데? 공자님은 삼인행(三人行)이면 필유아사(必有我師)라고 하셨지만 그걸 확대하면 세상 만물이 다 나의 스승이다, 그런 뜻 아니겠어? 보라고. 미물도 저렇게 부부가 함께 사는데 멀쩡한 사람이 졸혼이 다 뭐야? 저 새 이름이 뭐지? 박 사장한테 깨우침 준 스승 새.”

“이름이 후투티라고 하네. 몇 번 보고 신기해서 알아봤지. 생긴 게 멋있지? 저 봐. 흰색과 황갈색이 섞인 몸 색깔도 곱지만, 머리 위의 깃이 얼마나 멋져? 때로는 저걸 접었다 폈다 하기도 해. 자료에는 철새라고 되어 있는데, 지난겨울 내내 여기서 살아. 철새가 텃새로 바뀌고 있다는 얘기도 있던데?"

"나도 그런 얘기 들은 기억이 있는데. 청둥오리도 가을에 왔다가 봄 되면 돌아가야 하는데 안 가고 눌러사는 놈들이 있다는구먼. 대구 신천에서 동해 갈매기가 발견됐다는 소문도 있고."

"자연 질서가 깨어지고 있다는 얘기일까? 하긴 세상만사가 다 변하니까."

"표현의 차이겠지만 깨어지고 있다기보다는 변하고 있다, 혹은 적응해 가고 있다고 하는 게 옳을지도 모르지. 인간 세상도 다 그렇지 뭐. 가시나가 배꼽까지 내놓고서는 지하철 타고 다니는 것도 청둥오리가 제 고향 안 가고 눌러사는 변화와 근본은 같은 것 아닐까?"

"하하하, 이 친구 가야산 입산하고 한나절도 되기 전에 도통했네. 더덕차 덕분인가? 이제 더덕술 내어올 텐데, 그러면 승천해 버릴지도 모르겠군. 내일 이상식이가 실망하겠는데?"

더덕 차에, 더덕 술에 취해가고 있는데, 어느새 가야산 그리메가 두 사람 앉은 자리까지 덮는다. 멀리 보이는 산골 풍경과 산줄기의 빛깔은 더욱 곱다. 절경은 석양에 더욱 아름답다는 말이 있었지.

우리가 이관식 의원 귀향보고회 장소인 농민회관에 도착했을 때는 벌써 주차장엔 차가 그득하고, 안으로 입장하는 사람들로 입구가 비좁다.

"이번에 여당 대표 당선자가 이 의원과는 호흡이 잘 맞는다는 소문이 있어. 이 의원의 위상이 그만치 높아질 거라는 얘기지."

"학벌이나 경력이나 그만한 사람 드물다고들 하데. 어쩌면 차기 대선후보가 될 수도 있다는 얘기까지. 정치판의 그런 얘기들은 믿을 게 못 되지만."

"그래. 오죽하면 거짓말하는 건 소설이 아니라 정치라는 말도 있어. '거짓말하네' 할 걸 요즘은 '소설 쓰시네' 하지 않고, '정치하시네' 한다는 것 아냐."

"부끄러운 이야기지. 자업자득이고. 오죽하면 '정치 쓰레기'라고 할까? 국회의원들 말야. 물론 이 의원같이 좋은 평을 듣는 인물도 있지만."

"이 의원 보좌관 한다는 그 소설가, 김장환이 말야. 신문에 그런 얘기 쓴 칼럼을 하나 봤어. 소설은 허구적인 얘기지만 거짓말은 아니다. 비록 소설 속 사건은 만들어 낸 것일지라도 거기 담긴 정신은 진실이다. 오히려 '소설 쓰고 있네' 하는 정치인이 거짓말을 한다. 이제는 거짓말하는 사람보고 소설 쓴다고 할 게 아니라 '정치하고 있네' 해야 한다는 얘기야."

"응, 나도 그 칼럼 읽어봤어. 지난번 야당 대표 체포동의안 때문에 시끄러울 때지 싶어. 웃어야 할지 울어야 할지, 나 원 참."

입구로 들어가니까 종이를 한 장씩 나누어 준다. 받아 들고 얼핏 보니 제목이 '국민 여러분께 드리는 말씀'이다.

자리는 반 넘어 차고 있었다. 우리는 오른쪽 중간쯤에 자리를 잡고 앉았다. 아직 시작 시간까지는 10여 분 남았고, 전면의 대형 스크린에는 '국회의원 이관식 귀향보고회'란 글자가 대문짝만하게 떠 있고, 그 위에는 '오직 국가와 국민을 위하여'란 구호가 이름보다 조금 작은 글씨로 쓰여있다.

"전에 정걸이 출정식 한다고 여기 왔던 때 생각나? 출판기념회 겸해서 폼나게 출발했던 정걸인 결국 그렇게 가고 말았지."

"이 의원 잘하지 싶어. 저기 봐. 구호가 '오직 국가와 국민을 위하여' 아닌가?"

"제발 그래야지. 정걸이도 구호는 폼났었는데."

나는 상수 얘기를 귀로 들으면서 눈으로는 들어올 때 받은 쪽지를 읽기 시작했다. '국민 여러분께 드리는 말씀'. 제목이 이렇다. '군민'이 아니고 '국민'인 것은 이 글을 다른 데서도 사용할 요량일 거라고 짐작하면서.

존경하는 국민 여러분. 안녕하십니까? 요즘 정치계가 너무 시끄럽고 어지러워 한 사람의 정치인으로서, 여러분이 뽑아주신 국회의원으로서 부끄럽고 참담하기 그지없습니다. 위로와 해명을 겸하여 저의 생각과 의지를 조금이라도 말씀드리려고 합니다.

생각 있는 국민들은 지난 정권의 실패는 대통령과 정부의 이중성에서 비롯되었다고 봅니다. 모든 선진 국가에서는 냉전 시대의 좌우가 진보와 보수로 변질되면서 공존하는 상황으로 발전했습니다. 그런데 불행하게도 국내의 진보는 개방적이지 못했고 버림받은 공산주의 초창기 이념을 추종했습니다. 그리고 보수는 미래 지향성을 갖추지 못하고 폐쇄성 안에 안주했습니다. 냉전 시대의 낙후 상태를 그대로 이어가고 있는 것입니다. 그 두 세력을 안고 출발한 것이 전 정권이었습니다.

취임식의 약속은 국민통합이었습니다. 그러나 내부로는 적폐 청산을 밀어붙이면서 전례 없는 국민 분열을 자초했습니다. 남북 관계를 정상화하고 평화통일의 꿈을 탐색하겠다는 목적이 잘못은 아닙니다. 그러나 통일의 목표와 방법은 북한 동포를 위하기보다 북한 정권과 협력하는 자세와 방향을 택했습니다. 대한민국의 정통성을 약화시켰고 유엔과 자유 세계가 공유하는 가치와 기대를 외면했습니다. 서해 공무원 피살사건과 두 귀순 어부를 법적 절차도 없이 북송하는 과오를 감행했습니다.

뿐만 아니라 경제정책의 자기모순은 극에 달했습니다. 세계 모든 나라가 국제무대에서 선의의 경쟁을 통해 성장하고, 그 결과가 국민소득의 유일한 길이라고 인정합니다. 그러나 우리는 산업혁명 초창기의 공산 정책을 시도했습니다. 재벌을 적대시하고 노조를 승자로 만들려는 노력에 집착했습니다. 반(反)민주정치보다도 더 심각한 폐쇄적 후진 정책을 지속했던 것입니다.

법치국가의 정신적 시금석인 '정의란 무엇인가?'라는 물음에 권력으로 국민 생활의 평등을 보장하기 위한 수단이란 결과를 남겼습니다. 그러다가 정의는 '국민의 인간다운 삶과 행복을 위한 의무'라는 자유민주의 이념과는 위배되는 이념정치로 전락하고 만 것입니다.

그런 정치적 유산과 결과는 어떻게 되었고, 무엇을 남겨주었습니까? '나라다운 나라'인 법치국가를 다시 권력국가로 후퇴시키는 위험성까지 안겨주었습니다. 그런 정책은 국민 생활의 최고 가치인 진실과 정직, 정의 관념을 오도하고 배제하는 결과를 초래했습니다. 진실이 사라지고 신뢰가 없어지면 사회 질서와 공동체의 생명력도 사라지게 됩니다. 뿐만 아니라 사회적 규범인 옳고 그름의 지표가 되는 정의가 소멸되었습니다. 코미디 같은 '내로남불'의 개념이 모든 생활 질서를 뒤흔들어 놓고, 미국 유수한 시사 잡지의 표제로까지 등장했습니다.

이 같은 과제를 물려받은 새 정부와 국민이 이 막중한 난제를 어떻게 극복, 재건할 수 있는가 하는 것이 이제 문제가 됐습니다. 이전 정부보다 더 높은 정치이념을 갖고 있는가? 그 방법은 무엇인가? 우리가 원하는 것은 적폐 청산 같은 배타 정치가 아니라 좌우를 가리지 않고 모두가 공존, 번영하는 방법을 찾는 것입니다.

그 방향과 방법은 생각보다는 오히려 간단합니다. 우리에게 주어지는 어떤 과제에 임하든지, 사실에서 진실을 찾고, 그 진실에 입각한 가치판 단을 내리면 됩니다. 국가와 국민을 위한 선과 악을 선별하는 것은 정부 의 책임입니다. 거짓은 악이고 진실은 선의 원천입니다. 진실을 은폐하거 나 허위로 조작하는 행위는 법적으로나 사회적으로 범죄행위입니다. 그 가치판단의 방법과 과정은 무엇인가. 선결과제는 더 좋은 사회를 위한 개선의 길입니다. 그것이 불가능할 정도로 잘못되었을 때는 '개혁'이 뒤 따르게 됩니다. 민주국가에서는 혁명의 필요성은 사라져야 합니다. 지혜 로운 의사는 약으로 치료하고, 그것이 안 될 때 주사를 놓습니다. 수술 은 최후의 수단인 것과 같습니다.

그 과정을 위해서는 '대화'가 최선의 방법입니다. 그것이 민주사회의 정도입니다. 대화가 어렵거나 불가능할 때는 '토론'의 과정을 거쳐 결과 의 타당성을 찾으면 됩니다. 그러나 폭력은 어떤 경우에도 용납될 수 없 습니다. 그런데 공산국가를 포함한 후진 권력국가에서는 거짓과 허위, 정권을 위한 투쟁, 수단 방법을 가리지 않는 폭력을 앞세웁니다. 과거의 독재와 군사정권이 그런 과정을 밟았고, 우리는 그 폐습을 극복하지 못 했습니다. 새 정부와 양식을 갖춘 국민이 가야 할 열린사회와 다원 가치 의 구현은 자연스러우면서도 무거운 의무가 아닐 수 없습니다.[2]

친애하는 국민 여러분. 저와 우리 정부는 여러분의 여망을 잘 알고, 그 성취를 위해서 최선을 다하겠습니다. 자유 대한민국의 번영을 위해서 어 떤 희생도 마다하지 않겠습니다. 이 겨레를 살리고, 이 나라를 세우기 위

---

2 김형석, 동아일보, 부분 인용 및 변형

해 목숨 바치신 선조들 앞에 결코 부끄러운 후손이 되지 않겠습니다.

감사합니다.

– 국회의원 이관식 아룀

마지막 문장을 읽고 나자 코끝이 시큰해지며 눈물이 핑 돌았다. 이게, 이 글의 내용이 국회의원 이관식의 진심이라면, 국민들 눈속임을 위해 지어낸 미사여구가 아니라면, 그리고 정말로 이런 걸 지키고 배려와 화해와 협력을 통해서 올바른 민주국가 실현을 위해서 노력할 결심이 서 있다면, 이런 사람에겐 세비를 주는 게 아깝지 않다. 김장환이 같은 뛰어난 소설가를 보좌관으로 둘 자격이 있다. 야당에 대한 비판이 있긴 하지만 합리성을 바탕으로 하고 있고, 날 선 독설이나 억지는 아니다. '대화'를 최선의 길이라고 하지 않는가? 조용하고 차분한 문장에서 지성과 교양의 내음이 풍긴다.

"이것도 뭐 정치하고 있는 거겠지? 소설가 김장환이가 대필한 소설인가?"

내가 눈물이 그렁그렁해 말을 잃고 있는데, 상수가 먼저 말을 건다.

"이것 다 읽어봤어?"

"읽으나 마나지 뭐. 정치인들의 요설이 어디 간들 별수 있나? 죄 없는 국민들 귀만 속여두자는 생각이지."

"박 사장. 너무 속단하는군. 예전엔 안 그랬는데, 요즘 와서 왜 이렇게 됐지? 졸혼 후유증인가? 한번 읽어봐. 진정성이 느껴지는데? 거짓으로는 아무리 미사여구를 동원해도 감동이 없는 법인데, 이 글에는 감동이 있어."

나와 상수가 이렇게 속살거리고 있는데, 확성기 소리가 강당을 울린다.

'이 의원님 도착하셨습니다. 뜨거운 박수로 환영해 주십시오.'

입구 쪽을 돌아보니 몇 사람이 들어오고 있다. 가만히 식별해 보니 맨 앞에 선 것은 이상식이다. 전에 정걸이를 안내해 올 때처럼, 마치 호위무사인 양 그 훤칠한 허우대가 돋보인다. 그 뒤가 이 의원이고, 그 뒤에 따르는 사람이 보좌관인 소설가 김장환이다. 박수 소리가 소나기 쏟아지듯 와르르 쏟아졌고, 몇몇 사람은 일어서서 손을 흔들기도 한다.

이 의원이 단상에 올라서 절을 하고 손을 흔들자 박수 소리는 더 요란해졌고, 곱게 한복을 차려입은 여성이 꽃다발을 안고 나와서 전한다. 진행자는 흥분된 목소리로 뭐라고 했으나 왕왕거리는 기계소음과 사람들의 환호성에 묻혀서 잘 알아들을 수가 없다.

이 의원의 강연은 약 한 시간 정도 걸렸다. 미리 나누어 준 메시지가 주류를 이루었으나 그대로는 아니고 정치판의 에피소드나 자기의 활약상 같은 걸 살짝 묻혀서 흥미를 자극하면서 홍보의 효과도 노린다. 뿐만 아니라 여야가 서로 자세를 낮추어 이해하고 배려하고 협력하는 정치를 해야 한다는 걸 여러 번 강조했다. 상수는 또 '정치하시네', 혹은 '소설 쓰시네' 할지 모르지만, 나는 그것조차도 미덥게 보였다. 자기 자랑만 한없이 늘어놓는 정치인들과는 품격이 다르다는 게 내 판단이었다.

마른 잔디 속에 누워있는 베개만 한 오석 한 덩이. 우리 농고 동기 친구 경석이의 무덤이다. 나와 상수는 엉덩이를 땅에다 대고 무릎을 세우고 경석이 양쪽으로 갈라 앉았다. 고향에 오면 그 길목에서 멀지 않은 곳에 있어서 자주 찾는 편이다. 그러나 생각해 보면 꼭 지리적인 이유만은 아니다. 고등학교 3년 동안 둘이서 다리 뻗고 눕기도 어려운 골방에서 자취를 하면서 고락을 함께했던 친구 아닌가? 사업에 실패하고 병만 얻어, 푸르죽죽한 환자복 입고 세상만사 다 그림자 춤이라며 울먹이던 모습은 아직도 뇌리에 선명하다. 장례날, 여기에다 유골을 묻고 돌아가는 길에 비 오는 낙동강 강가 식당에서 술안주로 먹었던 메기매운탕의 맛은 지금도 추억으로 남아있다.

농민회관에서 국회의원 귀향보고회가 끝나고 우리는 출구의 복잡함을 피해서 늦게 나왔는데, 이상식이가 그때까지 우리를 기다리고 있었다. 지역 유지들과 오찬을 겸한 간담회가 있다고 우리더러도 참석하란다. 귀한 자리에 우리가 어찌 가겠느냐고, 뜻은 고마우나 사양하겠다고, 소설가 보좌관한테 인사나 전해달라고 하곤 승용차에 올랐다. 그런데 오늘 만난 이상식이는 도의원 출마할 무렵, 여자 문제로 레스토랑 넘겨준다 어쩐다 하면서 싸워대던 그 이상식이가 아니다. 희한한 일이다. 말 한마디 표정 하나에도 진정성이 배어있다. 상식이는 새로 개업한 카페가 이 지역의 명소가 되고 있다면서 손바닥만 한 명함을 건넨다. 오늘이 어려우면 다음 기회에라도 꼭 한번 방문해 달라는 부탁을 잊지 않는다. '카페토피아〈산과 나무와 새〉'. 그 아래로 주소와 전화번호, 이상식이 이름까지 적혀 있다. '카페토피아'는 '카페'와 '유토피아'의 합성어일 거라고 짐작한다. 그런데 카페 이름인 〈산과 나무와 새〉는 무슨 의미인가? 상당한 차원의 상징성을 가진 것으로 이해되었다.

"어이, 박 사장. 오늘 상식이 그 친구 많이 변한 것 같지 않아? 난 그렇게 느꼈는데?"

"글쎄. 상식이가 국회의원 지역 사무실을 맡으면서 사람이 많이 변했다는 얘기들을 하더라만, 제 버릇 개 줄까?"

"사람이 늦게 변하는 수도 많지. 김장환이 하고 어울리면서 그 영향을 많이 받았을 수도 있어. 그 소설가 심산 선생 집안이라며? 선생의 애국 애족 정신이 김장환이한테도 이어지고 있지 싶어. 소설 『빈 배』 읽어봤잖아. 왜 근래 문예지에 발표한 『금수회의록』도 내 보기엔 명작이더라고. 무엇보다 난 그 카페 이름이 깊은 상징성을 갖고 있다고 생각해. 산에는 나무가 있고, 나무가 있어야 산이 존속하지. 그리고 거기엔 짐승도 살고 새도 깃들이고."

"꿈보다 해몽이 좋다더니, 김 선생 지금 소설 쓰고 있는 거야? 그건 그냥 손님들 눈길 끌기 위한 수사 아닐까? 김 선생 말처럼 그렇게 변했다면 더할 나위 없이 좋은 일이지만."

"졸혼했던 박 사장 내외가 다시 결합하는 것도 가능했잖아? 경석이 얘기만 하면 떠오르는 '그림자 춤'도 어딘가 실체가 있으니 그림자가 있는 것 아냐? 성급한 생각인지 몰라도, 난 오늘 어떤 가능성 같은 걸 느꼈어. 변증법처럼 정, 반, 합으로 공존과 상생을 찾아가면 변할 수도, 바뀔 수도 있다는 가능성. 그래서 산이 나무를 품듯, 국가는 국민을 품고, 그 속에서 사람들은 산새처럼 자유로운 삶을 살고."

"나도 그렇게 믿고 싶지만 쉽게 믿어지지가 않아. 입에 담기도 민망스럽게 저질로 싸워대는 정치판 꼴들 좀 봐. 그러면서 한다는 소리가 국회의원 수를 50명이나 늘리겠다고 하니, 어디 국민들 마음속에 신뢰의 싹이나 돋겠어?"

"온갖 수난을 참고 견디며 지켜온 이 나라 아닌가? 희망을 가지고 찾으면 해결의 싹은 있을 거야. 틀림없이."

우리가 이렇게 노닥거리고 있는데, 우리 얘기를 알아듣기라도 한 듯이 우리 곁의 수풀 속에서 산새 한 마리가 포르르 공중으로 날아오른다. 우리의 시선이 그 새를 향한다. 그 위로 펼쳐진 하늘이 파랗다.

창과 방패

그림자 춤 · 11

초나라 사람 중에 방패와 창을 파는 자가 있었다. 방패를 칭찬하며 말하였다. "내 방패는 견고해서 그 어떤 물건으로도 뚫을 수 없다." 그리고 서는 창을 칭찬하며 말하였다. "내 창은 날카로워서 그 어떤 물건도 뚫을 수 있다." 누군가가 말하였다. "그럼 당신의 창으로 당신의 방패를 찌르면 어떻게 되는가?" 그 사람은 대답할 수 없었다. 무릇 뚫을 수 없는 방패와 뚫지 못하는 물건이 없는 창은 같은 세상에 양립할 수 없는 것이다. -한비자

카페 '다리'의 창 너머로 보이는 안심습지에는 물이 그득하게 차서 조용히 흐르고 있다. 경산지역에는 사흘이나 비가 왔다고는 하지만 40mm에도 채 못 미치는 강수량이었다. 그래도 북부지방에 많이 내린 덕분에 금호강물이 저리 그득하게 흐를 수 있는가 싶다. 영덕에 사는 친구는 전화에서 60mm 넘게 와서 가뭄이 다 해소됐다고 하는 걸 보면.

나는 오늘처럼 이렇게 여기 카페의 창가에 앉았을 때나, 혹은 버스를 타고 안심교를 건널 때마다 이 안심습지를 바라보면서 얼마나 다행스럽고 감사한지 모르겠다고 뇌이곤 한다.

　"뭘 그렇게 열심히 보고 계셔요?"

　박 마담이, 아니 영숙 씨가 커피잔을 접시에 받쳐 들고 와서 옆자리에 앉는다. 내가 청해둔 커피 코리아노(나와 카페 주인 영숙 씨 사이에는 아메리카노가 코리아노로 통한다)를 가지고 온 것이다.

　"저기 좀 봐요. 영숙 씨 카페 참 명당이야. 저 보배로운 안심습지 위로 추억의 안심교가 걸려 있지."

　"저는 여기서 태어나서 자랐지만 습지에 대해서 별로 관심이 없었어요. 전번에 김 선생님 말씀해 주신 것 듣고서야 저걸 습지라고 하는구나 하고 알았으니까요."

　한 달이나 됐나? 그때도 이렇게 창밖을 내다보고 앉았는데, 영숙 씨가 그랬었다. 날이 너무 가물어서 강이 저렇게 말라가고 있다고, 농사에는 타격이 클 것 같다고. 그날 내가 영숙 씨한테 습지에 대해서 간단한 설명을 해 주었었다.

　습지는 하천이나 늪, 연못으로 둘러싸인 습기가 많은 축축한 땅이다. 늪과 갯벌도 습지의 한 형태인데, 바닷가의 갯벌과 같은 해안습지와 내륙습지가 있다. 하구습지, 하천습지, 산지습지 등은 내륙습지의 일종이다. 그러니까 이 안심습지는 내륙습지 중에서 하천습지에 해당한다. 여러 가지 생물의 서식지이며 오염원을 정화해 주는 기능이 있고, 또 비가 많이 오면 저수지 역할을 하여 홍수와 가뭄을 조절하는 중요한 역할도 한다. 습지에는 다양한 생물이 더불어 살아갈 수 있는 환경을 가지고 있어서 생태계와 자연의 보고이다. 그래서 람사르 협

약으로 이런 습지의 보존을 위해 노력하고 있다.

대강 이렇게.

"이 안심습지는 강의 배후습지라고 하지만 사실은 강의 한 부분이죠. 뭐랄까? 강바닥이 그냥 습지가 된 거죠. 습지의 가치를 이해하지 못한 행정기관에서 저 습지의 나무와 풀들을 제거하려고 했다가 언론의 뭇매를 맞은 적이 있어요."

"왜 조용히 잘 있는 나무들을 베어내려고 했을까요? 행정기관에서?"

"큰물 질 때, 물흐름을 방해한다는 이유였다니, 월급 받고 할 일 참 없었던가 봐요."

"그렇게 생각할 수도 있겠는데요? 나도 그럴 것 같은데?"

"무식한 자가 용감하다고 하잖아요. 어이없는 일이죠."

"김 선생님은 늘 이렇게 비판적이랄까? 부정적으로 보시는 것 같아요."

"이걸 뭐 부정적이라고 할 것도 없죠. 그냥 단순한 의견이죠."

"말씀하실 때 들어보면 부정적이거나 비판적인 경우가 좀 많은 듯해서."

"비판이 꼭 나쁜 건 아니죠. 건전하고 정당한 비판이라면. 사실은 비판하는 사람보다는 비판받을 짓을 한 사람이 문제죠."

"그런데 비판이 건전하고 정당한 경우보다는 비난이거나 모함인 경우가 더 많은 것 아니겠어요? 요즘 뉴스 보면 그런 생각 떨칠 수가 없어요."

"그렇죠? 한참 텔레비전을 뜨겁게 했던 것 몇 개만 봐도 너무나 악의적이고 저질스럽단 생각을 떨치지 못하게 해요. 어느 단체에서 그 대표적인 것이라면서 몇 가지 발표한 것이 있더라고요. "

"저도 그 기사 티브이에서 본 기억 있어요. 대통령이 회식한 식당 이름이 지명에서 온 것인데도 친일 행위라던 얘기 같은 거죠?"

"맞아요. 그중에서 백미는 대통령과 법무부장관이 청담동 술집에서 심야에 법무법인 변호사 백여 명을 데리고 술을 마셨다는 것이죠. 법무부장관은 술도 안 마시는 사람이고, 거기에서 노래를 불렀다는 여자가 거짓말이었다고 실토를 했는데도 그 국회의원은 계속 떠들어대서 이 양반이 국회의원 소양이 있는가 의심스럽더라니까요. 어디 이것뿐이겠어요?"

이렇게 노닥거리고 있는데, 출입문이 열리고 젊은 여자 두 사람이 들어온다. 영숙 씨는 손님 맞으러 가고, 나는 벽시계를 쳐다본다. 상수와 여기서 만나자고 약속을 한 것이 오후 3시인데 벌써 4시가 다되어가고 있다. 무슨 일이 있는가? 그렇다면 전화라도 할 것인데. 그러면서 다시 시선을 습지로 돌리는데, 상수가 카페 안으로 들어선다. 창가의 나를 발견하고는 손을 번쩍 들면서 씨익 웃는다. 늦어서 미안하다는 인사다.

"거인 손바닥만 한 밭뙈기도 농사라고 가물다가 비가 오니 손 봐야 할 데가 한두 군데가 아니야. 이것 치우면 저기 손 봐야 하고, 거기 손보고 나면 또 그 옆에 할 일이 있고, 그러다 보니 서둘러 온다고 온 것이 이리 늦었네."

"농사일하다가 온 사람을 빈둥거리고 있은 내가 나무랄 수는 없는 일이지. 더구나 성주 가야산에서 여기까지는 거리가 얼마야?"

"못 온다고 전화하고 다음에 올까 싶은 생각도 있었으나 바쁜 사람 한 번 만나기도 어려운데 약속까지 어겨서야 되겠나 싶었어."

"아이구, 고마워서 눈물이 다 나네. 혹시 박 사장 자네가 술 생각난 것 아닌가? 박 마담 영숙 씨 얼굴도 보고 싶었을 거고?"

"허허허. 김 선생 독심술은 속일 수가 없어. 가야산 산삼주만 먹다 보니 세속의 막걸리가 그리워서. 여기 다리 카페에서도 술 파나? 그래 야 박 마담하고 셋이서 환담도 할 건데."

"꿈도 야무지네. 카페에서 술판 벌이면 경찰이 영숙 씨 잡아갈걸? 가까운 곳에 실내포장 있어. 거기 가서 한잔하고 나중에 여기 와서 영숙 씨하고 코리아노 한 잔 더 하면서 얘기도 나누고 그러지 뭐."

실내포장 어부의 오두막. 그 초라한 술집의 이름은 이렇게도 낭만 적이었다. 경산에서 안심으로 가다가 안심교 못 미쳐서 왼쪽 작은 길 로 접어들면 고산서원 앞을 막 지나서 거기 길가에 있었다. 문 앞엔 서툰 글씨의 작은 간판이 붙어있고, 출입문 양쪽으로 엉성하게 벽돌 을 쌓아서 집 모양을 대충 갖추고 있지만, 문을 열고 안으로 들어서 면 뒤쪽이 터져있어서 강의 풍경이 그대로 다 보였다. 깔끔하지 못하 다는 느낌이 들긴 하지만 그래도 강의 풍경을 안고 술을 마신다는 기 분이 있어서, 언젠가 '위험한 다리' 얘기를 하던 날 저녁에 영숙 씨와 함께 처음 와 본 후 벌써 여러 번 다녀갔다. 나보다는 나이가 조금 더 많지 싶은 할머니와 할아버지가 번갈아 가며, 때로는 함께 일을 하는 데, 오늘은 할아버지가 당번인 모양이다. 술은 막걸리로 선택을 하고 안주를 고르고 있는데, 할아버지가 동태탕을 권한다. 막걸리 안주로 는 역시 국물 있는 게 제격이라는 상수의 의견에 따라서 그걸로 주문 을 했다.

"상식인 잘 있나? 그 새로 지어서 문 열었다는 카페 한번 가 봤어? 이름이 산과 나무였던가?"

막걸릿잔을 부딪치며 내가 물었다.

"산과 나무와 새. 그렇지. 체면치레하느라고 한번 가 봤어. 생각했던 것보다 건물이 크고 모양도 직육면체 모양이어서 별나다 싶었는데, 안에 온갖 시설이 다 되어있어서, 이런 시골구석에는 개 발에 편자 아닌가 싶기도 하고, 짓는 데 돈도 많이 들었겠구나 싶더라고. 색깔까지도 완전히 검은색이야."

"새로운 감성의 표현이구먼. 그래. 내가 뭐랬어? 상식이한테서 변화가 감지된다고 하잖았어?"

"그랬으면 얼마나 좋겠어? 제 버릇 개 못 준다는 속담이 맞다니까."

"왜? 무슨 일 있어?"

"국회의원 이름 팔아서 여기저기서 돈 긁어모으고, 대출도 많이 받았다는데, 글쎄 그 건물 명의가 제 이름이 아니고, 왜 그 여자 있잖아? 전에 지배인이라고 소개하던 여자. 그 여자 명의로 되어있어서 돈 빌려준 사람들이 받을 길이 막막해졌다는 거야. 부강식당도 마찬가지고. 크게 사기를 한 건 친 거야. 그러면서 뭐라는지 알아? 검은색은 모든 색깔을 다 빨아들이는 색깔의 블랙홀이라나 뭐라나. 기가 막혀서. 그래서 내가 그랬지. 모든 빛의 총화는 검은색이 아니고 흰색이라고. 알아듣기나 했는지 몰라."

"그 친구가 또 한 번 사람 실망시키네. 희망적인 변화를 발견했다고 했던 내가 너무 순진했던 건가?"

"정치판 기웃거리는 사람치고 옳은 정신 가진 놈 없다니까. 도의원 한 번 나왔다가 낙선한 그것도 정치라고, 사기 치는 데는 앞장을 서니. 나 원 참."

"그나저나 박 사장은 돈 안 물렸어?"

"왜 안 물렸겠어. 큰돈은 아니지만. 내 농막 지을 때, 상식이가 군청에 편의 좀 봐줬다는 것 때문에 냉정하게 거절하지 못한 게 잘못이지. 이럴 줄 알았으면 그 돈으로 술 좋아하는 자네한테 술이나 한잔 멋지게 살걸. 하하하, 재수 없는 놈은 뒤로 넘어져도 코 깨진다더니."

이렇게 노닥거리고 있는데 안주 냄비가 나왔다. 전에도 먹어 봤는데 맛이 괜찮았다.

"난 동태탕이든 메기탕이든 탕 냄비만 보면 경석이 장례식 날 먹었던 낙동강식당 메기매운탕 생각난다니까."

"그날 배고프던 참에 얼마나 맛있게 먹었던지. 그나저나 경석이 무덤에 가본 지도 오래됐네. 저승에서도 세상만사 다 그림자 춤이라고 소리 지르고 있는지. 죽은 녀석 걱정할 만치 내가 여유가 있는 것도 아니지만."

"실체가 없는데, 그림자만 춤을 춘다는 건 논리적으로 모순이지. 그런데도 그게 공감을 불러일으키는 건 세상엔 모순된 것들도 공존하고 있다는 얘기 아닐까?"

"그런 생각도 가능하겠는데? 한비자가 저승에서 울고 있을라?"

"근데 이 명태만치 한 가지 어종이 여러 가지 이름을 가진 경우도 드물지 싶어. 명태, 동태, 북어, 황태, 새끼는 노가리."

"하나 더 있어. 낙태라고. 덕장에서 말리던 명태가 바닥에 떨어진 걸 그 사람들 은어로 낙태라고 한다네, 이름이 좀 우습지?"

"하하하, 그렇네. 근데 말야, 그림자 춤 이야기가 모순이라면, 하나의 사물에 두 가지 이상의 이름이 존재한다는 것도 모순 아닌가? 예를 들면 상식이를 보고 유능한 정치인이다 하는 것과 사기꾼이다 하는 것 같이?"

"글쎄 그걸 뭐 모순이라고까지 해야 하는지는 알 수 없지만, 앞뒤 안 맞는 일이 세상엔 많으니까."

상수가 텔레비전을 가리킨다. 거기에서는 가상화폐 문제로 논란을 빚은 야당 국회의원이 탈당을 했다는 소식으로 앵커가 열을 올리고 있다. 나는 가상화폐니, 코인이니 하는 것들이 어떻게 생겨 먹은 건지 짐작도 안 되면서도, 참 국회의원이 잘도 논다 싶다. 전 재산이 전세보증금 11억 원뿐인데, 그걸 몽땅 코인 사는데 넣었는데, 재산 11억 원은 그대로 있단다. 이거야말로 초나라 무기상의 창과 방패 같은 이야기다. 더 웃기는 건 가상화폐는 공직자 재산공개에 넣지 않아도 되고, 세금도 부과하지 않는다는 법안을 이 사람이 발의를 했단다. 그런데 이 희한한 이야기는 여기가 끝이 아니다. 국회 회의 중에도 코인 거래를 했고, 법무부장관 청문회 진행 중에도 했단다. 그러다 보니 자료를 검토해 볼 여가도 없어서 장관 후보자의 딸 논문 저자 얘기를 하면서 '이 모(李 某)' 교수를 '이모(姨母)'라고 해서 한바탕 폭소를 터뜨리게 했다.

"정치판 코미디가 점입가경이구먼. 국민대표 국회의원이, 세비는 저희 맘대로 올려 받으면서 회의 중에도 코인투자를 했다니, 제사보다는 젯밥에만 관심이 있었다는 얘기지."

"그리고 저 재산 숫자 얘기도 어떻게 저리 오차가 심할 수 있었을까? 초등학교 산수 수준인 셈법인데?"

"거짓말하다 보니 그렇게 됐겠지. 하나의 거짓말을 유지하기 위해선 새로운 열 개의 거짓말이 필요하다잖아. 감춘 것 없다면 금액이 저리 큰 차이가 날 수가 없지."

"텔레비전 보니까 코인 투자한 금액이 100억 정도 된다고 하던데? 더 웃기는 건 뭐겠어? 자기는 아이스크림 하나도 돈 없어 못 사 먹고, 라면으로 끼니 때우고, 운동화도 구멍 난 것 신고 다닌다는 거야. 지지자들한테 그렇게 얘기하면서 모금 계좌까지 방송에서 알려줘서 모금 일등 했대. 국회의원 중에서. 그런 걸 가난 코스프레라고 부르더군. 코스프레라는 말도 난 이번에 처음 알았어. 요즘은 하도 외국어를 남발하니까 영어 백 점 받았던 박 사장은 신날지 몰라도 평생 국어만 가르친 나는 무식쟁이 다됐다니까."

"그래도 공장뺑이 나보다야 교육자인 김 선생이 낫지."

"외래어도 그렇지만 우리말도 제대로 못 써. '저희 나라', '저희 국회'라고 하지를 않나, '보여진다', '생각되어진다' 이런 말은 너무 널리 쓰여서 이게 맞는 말인가 싶은 착각이 일어날 지경이라니까. '다르다'라고 해야 할 걸 '틀리다'고도 하고. '다른 것'과 '틀린 것'도 구분하지 못하니, '이 모' 교수와 '이모'도 구분 못 하지."

"왜 그렇게 됐겠어? 김 선생 같은 국어 선생이 교육을 잘 못 시킨 탓이지. 수원수구리오? 하하하."

이렇게 떠드는 사이에 동태탕은 아직 뜨거운데 막걸릿병은 벌써 비었다. 술맛이 난다는 건 두 사람의 기분이 좋다는 방증이다. 할아버지와 시선이 마주치자 내가 손가락 두 개를 펴 보인다. 아예 두 병을 가져오라는 신호다.

텔레비전 화면은 다시 우리 대통령과 일본 총리의 회담 얘기로 바뀌어 있다. 얼마 전에 일본을 방문한 우리 대통령과의 정상회담에 이어, 우리나라에 온 일본 총리와의 정상회담. 과거사에 발목 잡혀 미래를 향한 걸음을 떼지 못해서는 안 된다고, 과거사와 미래는 분리해서 생각해야 한다는 우리 대통령의 이야기에 일본 총리는 '강제 동원은 가슴 아픈 일'이라며 화답했다고 한다. 이걸 두고도 방송국 테이블에 둘러앉은 서너 사람의 패널들은 평가가 엇갈린다. 한 걸음 나아간 실리 외교라고 평가하는 사람도 있고, 자존심 버린 친일 외교라고 비판하는 사람도 있다. 패널에 대한 소개가 간단한 문자로 표시되는데, 가만히 보니 긍정 평가를 하는 사람은 여당 편이고, 부정적으로 이야기하는 사람은 야당 소속이다.

"한 가지 사실을 두고 저렇게 극명하게 대조적인 평가를 하는 것도 모순 아닌가?"

"한비자의 모순 이야기와는 다소 차이가 있지만 서로 어긋난다는 점에서는 닮은꼴이지."

"난 말야. 일본 총리가 우리나라에 와서 저런 말도 하고, 또 현충원 참배도 했고, G7 회의에 참석한 우리 대통령과 함께 히로시마 원폭 희생자 위령비 참배도 했다니, 한일관계의 진일보라고 평가하고 싶어."

"김 선생 일본 여행 자주 가더니 일본물 든 것 아냐?"

"물론 과거사만 보면 가슴 아프지만, 미워도 이웃 아닌가? 지정학적 형편을 무시하고 언제까지나 헐뜯고 싸우면서 살 수만은 없지 않겠어? 일본 여행 갔다가 나가이 타카시 기념관엘 가 보고, 또 엔도 슈사쿠 문학관을 둘러보면서 난 그런 생각을 했어. 일본과 영원한 원수로 살아서는 안 되겠다, 일본도 우리의 좋은 이웃이 될 수도 있겠다 싶은 생각. 전에도 내 일본 갔던 얘기 박 사장한테 여러 번 했었잖아? 나가사키 원폭 폭심지공원에서 촛불을 켜 들고, 우라카미 성당에서 미사를 드리는데, 눈물이 왈칵 쏟아지더라고."

나의 일본 여행의 기억 속에는 나가이 타카시(永井隆)와 엔도 슈사쿠(遠藤周作)가 자리하고 있다.

나가이 타카시(永井隆). 1952년, 나가사키 의대에서 43세의 아까운 나이로 선종할 때까지, 다다미 두 장의 좁은 여기당(如己堂)에 누워, 피폭으로 인한 암으로 죽음이 이미 한쪽 손을 잡고 있는 상황에서, 초인적인 능력으로 쓴 '나가사키의 종(鐘)'을 비롯한 수많은 저서들. '평화를'이란 글씨를 1천 장이나 써서 각계에 보내어 전쟁의 참상을 되새기게 하고 평화만이 최고의 가치임을 역설했다. 이 정신은 혼을 다해 쓴 그의 휘호 '如己愛人'으로 표현되고 있었다. 물론 그의 마지막 거처였던 '여기당(如己堂)'의 당호도 여기에서 나왔다. 내 몸과 같이 이웃을 사랑하라. 이건 성경 속에 들어있는 예수님의 가르침이었다. 도산 선생의 휘호로 남아있는 '愛己愛他'나, 일본 작가 나카라이도스이(半井桃水)의 문학관에 전시되어 있는 그의 글씨 '忘己利他'도 같은 의미이다. 성경 말씀을 한문으로 바꾸어서 붓글씨로 쓴 것.

가장 큰 계명(戒命)이 무엇이냐고 묻는 율법 교사에게 예수님은 이렇게 대답하셨다.

"네 마음을 다하고 네 목숨을 다하고 네 정신을 다하여 주 너의 하느님을 사랑해야 한다. 이것이 가장 크고 첫째가는 계명이다. 둘째도 이와 같다. '네 이웃을 너 자신처럼 사랑해야 한다'는 것이다. 온 율법과 예언서의 정신이 이 두 계명에 달려있다."(마태 22, 37-40)

엔도 슈사쿠(遠藤周作) 문학관 건너편 구로사키(黑崎) 성당에서 미사를 드리고, 자애로운 시선으로 바다를 내려다보고 계신 성모님 치맛

자락을 잡고 기념사진을 찍은 후 돌계단을 내려왔다. 만(灣)의 건너편 언덕 위로 엔도 슈사쿠 문학관의 모습이 멀리 보이는 바닷가에 '침묵(沈默)의 비(碑)'가 서 있다. 둥글넓적한 두 개의 돌덩이를 이웃하여 세운 이 비는, 한쪽에는 '침묵(沈默)의 비(碑)'라고 적혀 있고, 다른 한쪽에는 '인간이 이렇게 슬픈데, 주여, 바다가 너무나 푸릅니다.'라는 비문이 일본어로 쓰여 있다. 그의 소설『침묵』의 한 구절이다. 비문을 읽고 나서 다시 내려다보는 현해(玄海)의 물결은 참으로 가슴이 아리도록 짙푸르다.

소설『침묵』. 그 끝자락에서 절규하는 로돌리코 신부의 목소리는 아직도 내 가슴 깊은 곳에 살아서 메아리로 들려온다.

"페레이라를 보고, 그리고 바닷속에 세운 기둥에 묶여서 죽고, 죽임 당해서 가마니에 싸여 바다에 던져지는 신자들을 보면서 절망했던 로돌리코도 역시 후미에(踏繪)를 밟지 않으면 안 되는 상황이 되었다. 머뭇거리는 로돌리코의 발 아래서 그리스도는 이렇게 속삭였다. '밟아도 좋다. 네 발의 아픔은 바로 내가 가장 잘 알고 있다.'

로돌리코는 마음으로 울면서 부르짖었다. '주님. 당신이 언제나 침묵하고 계신 것을 원망하고 있었습니다.' 그러나 주님의 목소리는 온유했다. '아니다. 나는 침묵하고 있었던 게 아니다. 너희와 함께 괴로워하고 있었을 뿐.'"

"김 선생 그 얘기 여러 번 해서 나도 알고 있어. 그만치 감동적이었단 얘기겠지. 그래서 대구에 '한국여기회'가 생겼단 얘기도 했었지."

"그래, 맞아. 한국여기회는 대구에서 천주교 신자들이 중심이 되어 출발했지만, 일본 나가사키 교구와의 공감이 있었다고 할 수 있어. 그

곳에도 일본여기회라는 단체가 있어. 거기에서는 과거사 때문에 적대감 같은 걸 느끼고 하지는 않아. 그냥, 한 인간으로서, 하느님의 같은 자녀로서의 인정 같은 걸 느낄 뿐."

"난 김 선생 얘기 들으면서 다시 그 '모순' 이야기를 생각하고 있었어. 우리가 일본에 대해서 서로 상반된 두 가지 시각을 갖고 있다는 것도 모순이 아닐까 하는 생각. 만약에 말야, 초나라의 그 무기상이 자기 창으로 자기 방패를 찔렀으면 어떻게 됐을까?"

"거기에 대답이 있으면 모순이 아니겠지. 방패가 뚫리든지 안 뚫리든지 둘 중 하나겠지 뭐. 궤변이긴 하지만."

"난 언뜻 그런 생각이 들었어. 창과 방패가 서로 다른 사람 손에 들렸을 때는 모순이 되지만, 같은 사람의 양손에 들리면 천하제일의 무기가 되지 않을까 싶은 생각. 다른 사람 방패는 무엇이나 다 뚫을 수 있고, 내 방패는 그 어떤 창으로도 뚫리지 않는다면? 이것도 궤변이지 싶지만."

"하하하. 오늘 여기에 소피스트 두 사람 탄생하네. 그런데 말야. 세상에는 예상치 못한 일들이 더러 있지. 어쩌면 이 궤변 속에 답이 있을지도 몰라. 예를 들면 변증법(辨證法) 같이. 하나의 명제(命題)가 있다. 이걸 정(正)이라고 하지? 변증법에서. 그 대척점에 서 있는 다른 하나의 명제. 그게 반(反)인데 이 둘이 만나면 합(合)이라고 하는 하나의 새로운 명제가 탄생한단 말이지? 어때? 내 논리 기차지 않아? 의견의 차이, 평가의 차이 같은 걸 이렇게 변증법적으로 해결하면 큰 힘이 생겨나지 않을까? 우리나라 정치판의 여야 차이 같은 것도 해결 가능성이 있지 않을까 싶어."

"꿈은 좋다만 그건 좀 어려울걸? 정과 반이 갖고 있는 욕심과 편견이 합을 만들어 내는 걸 방해하고 있으니까. 창과 방패를 한 사람 손에 쥐어주려고 하겠어? 근래 꼬리에 꼬리를 물고 터지는 국회의원들의 어두운 얘기들을 봐. 야당 대표 이야기는 벌써 오래돼서 이제 귀에 충격도 안 와. 수사 기록만 20만 페이지라고 하잖아. 그 놀라운 숫자에도 전혀 놀라지 않는 국민들이 놀라운 거지. 역설적으로 말야. 그 뒤에 계속되는 것들만으로도 국민들은 놀라서 자빠질 상황 아냐? 전당대회에서 돈 봉투 뿌린 이야기는 일파만파로 커져가는데, 그 일로 탈당을 해서 무소속이 된 사람 얘기하는 것 한번 들어봐. 자기는 아무 죄가 없는데, 검찰이 기획 수사를 하고 있고, 야당 탄압을 위해 죄를 만들어서 뒤집어씌운다는 거야. 녹취파일이 있는데도 말야."

"도둑이 제 발 저려서 그렇겠지. 자기의 경험이 다른 사람을 평가하는 기준으로 작용할 가능성이 크거든."

"더 웃기는 건 수사선상에 오른 사람들이 하는 얘기야. 돈 봉투 3백만 원은 밥값이라는 거야. 밥을 3백만 원짜리를 먹는지. 구멍 난 운동화 신고, 라면만 먹는 국회의원이 같은 당이라는 게 신기하지 않아?"

"정치인 거짓말이야 어제오늘 이야기가 아니지만, 요즘 와서 더 심각하게 느껴지는 건 내 생각 탓이지 싶어. 정치인은 원래 거짓말 디엔에이를 타고나는 거야. 그렇게 생각해 버리면 편할 텐데, 그게 안 되니 나 스스로가 괴로운 거지."

"그 3백만 원 밥값 얘기 나왔을 때, 인터넷에 떠돌아다닌 우스개 얘기가 있어. 사실은 우스개가 아니고 심각한 얘기일 수도 있는데, '거지방'이란 얘기 들어 봤어? 카톡 대화방이야. 하도 재미있어서 혼자 보기 아깝더라고. 그래서 오늘 자네 만나면 보여주려고 한 장 인쇄해서 가져왔어. 원래는 긴데, 내가 좀 줄였어. 재미있어. 한번 읽어봐."

나는 점퍼 안주머니에 접어서 넣어둔 인쇄 종이를 꺼내어 술잔 옆에다 펴 놓았다.

　카카오톡 오픈채팅(익명의 사람들이 모여 대화를 나누는 채팅 서비스)에서 '거지방'을 검색하면 수백 개의 단체 채팅방이 뜬다. '돈을 버는데 돈이 없는 직장인 거지방', '한 달에 30만 원만 쓰는 거지방', '시험 기간에도 커피를 허용하지 않는 대학생 거지방' 등 다양한데, 모두 최근에 한꺼번에 생겨났다.

　'소비방' '절약방'으로도 불리는 거지방에서는 자신의 지출 내역을 공개하고 다른 이들의 평가와 조언을 받곤 한다. 거지방에서 나온 재미있는 대화는 밈(meme)이 돼 인터넷 커뮤니티, 소셜미디어 등으로 퍼지고 있다. 500원짜리 생수를 샀다고 하는 사람에게 "오후에 비 온다는데 좀 더 기다리시지 그러셨어요"라고 하거나, 버블티를 사 마셨다는 사람에게 "다음부터는 컵에다 버블 모양의 스티커를 붙여라"고 하는 식이다.

　대부분의 거지방은 유머러스하면서도 진지한 분위기다. 불필요한 지출을 고백하면 불호령이 떨어진다. "여자 친구와 마라탕 4만 원어치 시켰는데 다 못 먹었고 남긴 건 버렸다"고 하자, "둘이 2만 원어치 먹어도 남던데, 무슨 일이냐?", "남은 것 버리지 말고 다음 날 밥 말아 먹으면 된다.", "연애는 사치다. 헤어져라." 같은 반응이 쏟아졌다. 회사 스트레스로 단 게 당겨 3,900원짜리 과자를 샀다는 직장인에게는 "회사 탕비실을 털어야지 뭐 하는 짓이냐", "스트레스받을 땐 산책을 해라", "과자 말고 200원짜리 사탕을 사 먹어라" 등의 조언이 나왔다.

　가장 많은 비난은 프랜차이즈 카페 커피와 담배 소비, 택시비에 쏟아진다. 5,000원짜리 아이스 카페라테를 사 먹었다는 대학생은 "미쳤다", "물이나 마셔라", "카페라테는 생일에나 마시는 것" 같은 비난이 쏟아졌다. 담배를 사느라 4,500원을 쓴 직장인에게는 "돈 써서 왜 건강을 망치느냐", "흡연 부스에 가서 간접흡연을 하라" 등의 반응이 나왔다. 택시는 금기시돼 있다. 대중교통 혹은 도보로 이동해야 한다는 것이다. 맛있어 보이는 음식 사진을 올리거나 유료 이모티콘을 사용하는 것도 꾸지람을 듣기 일쑤다. 소비를 조장한다는 이유에서다.

사고 싶은 것을 올리고 허락을 구하기도 하는데, 대부분 반려된다. 무선 이어폰 한쪽을 잃어버려 한쪽을 당근마켓(중고거래 플랫폼)으로 사도 되냐는 질문엔 "이제부터 귀가 하나 없다고 생각하라" "남은 한쪽을 팔아라"라는 답이 대안으로 제시된다.

"어때? 재미있지? 이것도 3백만 원짜리 밥 얘기하고 모순이론으로 나란히 세울 수 있지 않겠어?"

"그러면 역시 정, 반, 합의 이론으로 해결을 해야 하는데, 잘 될지 모르겠네."

"모두 위트와 유머가 넘치는데, 그 뒤엔 씁쓸한 미소가 떠오르는 건 무슨 이유일까? 젊은이들의 저 씁쓸한 정서를 달래줄 정치는 언제쯤 가능할까? 적자생존, 싸워서 이기는 자만이 살아남는다는 생각에 젖어 있으면 이 모순의 세상을 해결할 방법은 영원히 없을지도 몰라. 용서와 이해와 배려, 그런 상생의 길을 찾아야 하는데."

이미 식어버린 동태탕 냄비는 검게 탄 바닥을 드러내고 있고, 막걸릿병도 모두 빈 플라스틱병으로 변신했다. 술값은 내가 카드로 결제

하려는데, 기계 고장이라서 카드는 안 된단다. 덕분에 현금 가진 상수가 술값 내고 나는 공술 호사를 했다.

카페 '다리'로 돌아가는 길은 아까 왔던 길을 버리고, 강변에 바짝 다가서 있는 좁은 길을 선택했다. 해는 벌써 서산을 넘고 있고, 옅은 산그리메가 서서히 세상을 덮어오고 있다.

"어이, 김 선생. 자네가 믿는 그 전지전능하신 창조주님께서 좀 수고해 주시면 안 될까? 전세 사기꾼이나 위선적인 정치인들 두들겨 패서 버릇 좀 고치고, 온 백성 격양가 부르면서 평화롭게 살 수 있는 세상 좀 만들어 주시면 금방 해결될 텐데?"

"그건 어불성설. 인간이 지은 죄를 하느님께 해결을 강요하는 모순이지. 어머니가 연필 사서 공부하라고 준 돈으로 아이스크림 사먹고 배탈이 나고서는 돈 준 어머니 탓으로 돌리는 것과 같은 이치 아닐까?"

"그럼 이 고통과 모순의 세상에서 슬픔만 씹고 살아야 한단 말야?"

"어렵지만 방법은 있을 거야. 하느님은 한쪽 문을 닫으면 다른 쪽 문을 열어주신다는 말이 있어. 내 아까 얘기하던 용서하고 이해하고 배려하는 상생의 길. 그게 답이지 싶어. 내 짧은 소견으로는. 가뭄에 바닥이 드러나던 강도 습지에서 생명을 품고 기다리니 저렇게 물이 그득하게 흐르지 않아? 불확실하더라도 희망을 버리지 않고, 손에 꺾어 쥔 한 송이 풀꽃처럼, 그렇게 소중하게 안고 사는 거지. 인생을 말야."

해가 넘어간 서산 위 하늘에는 붉은 노을이 곱다. 그 노을은 안심 습지 물 위에도 비쳐서 우리에게 희망을 버리지 말라는 메시지를 주는 것 같다. 눈앞의 매화 가지를 걷어치워야 노을 진 서녘하늘이 보인다더니, 세상사의 잡념을 술기운 빌려서 떨쳐내고 나니 저렇게 저녁노을 고운 하늘도, 노을이 내려와 잠긴 강물도 보이는구나.

저만치 영숙 씨의 카페 '다리'의 창문으로 불빛이 새어 나오고 있다. 따뜻한 커피잔을 들고, 좋은 사람들과 욕심이 씻겨나간 정담을 나눌 것을 생각하니 가슴이 따뜻해 온다. 희망은 포기하지 않는 사람의 것이고, 스스로 만들어 가는 사람의 것인지도 모른다.

착각과 망각 사이

그림자 춤 · 12

소나기가 한줄기 지나간 남천강변은 시원한 바람이 땀이 끈끈하게
밴 몸을 식혀 주고 있다. 찝찝한 기분을 씻기 위해 강변으로 나오기를
잘했다 싶다. 나는 접은 우산을 왼손에 들고, 오른손엔 묵주를 잡고
천천히 강변 산책로를 걸었다. 큰물 구경할까 싶은 기대와 홍수 나
면 어쩌나 하는 불안감을 동시에 갖고 나온 참이지만 걱정은 안 해도
되겠다. 물론 평소보다야 많은 물이지만 홍수 같은 걸 걱정할 상황
은 아니다. 어제쯤은 둔치까지 물이 넘쳤던 모양으로 곳곳에 물이 흩
어놓고 간 쓰레기 더미들이 풀숲과 잔디 사이에 걸려 있다. 물에 실려
온 듯한 자갈더미에 묻힌 곳도 있고, 물이 쓸고 간 자리의 풀들은 누
렇게 말라 있기도 하다. 물을 많이 먹으면 풀이 더 기세 좋게 싱싱하
지 싶은데 그게 그렇지가 않은 모양이다. 뭘 안다는 게 우습다. 상식
이란 가끔 이렇게 번지수를 잘못 찾기도 한다.

원래 철새였다는 사실도 잊어버리고 이제는 텃새가 되어버린 청둥
오리 여러 마리가 먹이를 건지느라고 흐린 물 속에 다이빙을 하면서

바쁜 모습이다. 백로 한 마리는 손가락만 한 물고기 한 마리를 입에 물고는 긴 목을 빼고 내 눈치를 살피고 있고.

운동을 나온 사람들은 씩씩한 걸음으로, 혹은 빠른 걸음으로 내 곁을 지나간다. 여기는 보행자 전용 산책로이므로 자전거 통행은 금한다는 안내판을 읽었는지 못 읽었는지 자전거를 탄 사람도 가끔 걷는 사람을 위협하면서 달려간다.

햇살의 뜨거움과 강바람의 시원함이 공존할 수도 있구나 하는 생각이 언뜻 머릿속을 스치고 지나간다. 신기한 일이다. 그런데 바람의 시원함은 햇살의 뜨거움 때문 아닐까? 빙탄불상용(氷炭不相容)이 아니라, 빙과 탄은 상호 보완, 혹은 균형을 위해 공존을 하는 것 아닐까? 국회의 정당 간 싸움도 이런 차원에서 해결책을 찾을 수는 없을까? 그렇게 하는 것이 마땅한 일 아닐까? 갑자기 여러 가지 생각들이 머리를 어지럽힌다.

'사랑이신 주님. 큰비로 인하여 죽은 이들의 영혼을 거두어 주시고, 피해를 입은 사람들은 위로하여 주시며, 구조와 복구를 위해 애쓰는 이들에게는 힘과 용기를 주소서.'

내가 이런 지향으로 시작한 묵주기도는 '환희의 신비', '빛의 신비'를 넘어서 '고통의 신비' 제3단 '예수님 가시관 쓰심'으로 들어가고 있다.

7월 17일 제헌절 아침. 지난밤 술기운으로 늦은 잠자리에 들었더니, 아침에 일어나는 시간도 늦었다. 마루로 나갔더니, 뜻밖에도 밝은 햇살이 가득히 쏟아져 들어오고 있다. 창틀에 물방울이 맺혀 있는 것으로 보아 밤에도 비가 온 모양이다. 오늘 제헌절. 국경일이라고 비도 그쳤군. 나는 서둘러서 국기함에서 국기와 깃봉을 꺼내어 왔다. 창틀

바깥에 달린 깃발 게양용 짧은 파이프에다 깃대를 꽂고 아파트 옆 동을 살펴보니 아무도 국기를 달지 않았다. 곧 달겠지. 나도 이제야 달고 있잖은가?

현관으로 나가서 아침 신문을 주워 왔다. 첫째 면 머리기사는 역시 예천 산사태 얘기다. 사라져 버린 마을 사진 위의 제목은 '장마로 인한 최악의 참사'. 대부분 엊저녁 텔레비전 뉴스에서 자세히 보고 들은 얘기지만 놀라움은 금할 수가 없다. 어디서는 지하차도에 물이 차서 차량이 열몇 대나 잠겨서 많은 사람이 죽었고, 어디서는 강물이 둑을 넘어서 마을 사람들이 몸만 빠져나와서 대피했고, 어디서는 부부가, 어디서는 아버지를 구하려던 아들이 아버지와 함께, 어디서는 신혼의 젊은이가 아깝게 생을 마감했다는 뉴스가 쏟아졌다. 그리고 외국에 가 있던 대통령은 화상으로 재난대책 회의를 주재했고, 귀국하자마자 수재 현장으로 달려왔다는 기사도 있다. 그 아래쪽 굵은 글씨의 기사 제목은 '망언 정치, 슬픔마저 정쟁화'이다.

"또 대통령 물러가라는 데모 하겠군요. 장마에 비가 너무 많이 오는 걸 못 막아서 재난을 당했다고."

곁에서 함께 신문을 들여다보고 있던 아내가 한마디 거든다.

신문 마지막 페이지를 덮고는 다시 아파트 옆 동의 창문 쪽을 살펴보았다. 그사이 시간이 꽤 됐는데 아직도 국기는 하나도 보이지 않는다. 다른 국경일에도 그리 많이는 아니더라도 몇몇 집은 달곤 했는데, 오늘은 한 집도 안 보인다. 웬일이지? 이런 날 관리사무소에서 국기 달라는 방송이라도 한번 해 준다면 이렇지는 않을 건데. 승강기 수리, 소독 같은 건 방송을 몇 번씩도 하더라마는.

나는 전화기를 열고는 관리사무소 번호를 찾았다.

"네. 관리사무솝니다."

여사 사무원의 목소리는 젊고 씩씩하다.

"오늘 제헌절인데 아파트에 국기를 아무도 안 달았군요."

내가 이렇게 운을 떼는데, 여사무원의 목소리가 고무공처럼 톡 튀어
오른다.

"제헌절요? 제헌절에도 국기 달아요? 제헌절은 빨간 날 아니잖
아요?"

제헌절은 국가기념일이 아니라서 빨간 날은 아니지만, 국경일이므
로 국기는 달아야 한다고, 주민들한테 국기 달라는 방송 한 번만 해
주면 좋겠다고 한참을 설명했다. 그런데 이 아가씨인지 아줌마인지
의 대답은 너무나 간단했다. 방송하라는 사무소장의 지시가 없었다
는 것이다. 숨 쉬는 것도 소장 지시가 있어야 하나? 이 사람과는 얘기
가 안 되겠다 싶어서 소장을 좀 바꾸라고 했더니 아직 출근을 안 했
단다. 출근 시간이 몇 시냐고 물어보려다가 그만두고 전화를 끊었다.

전화를 끊고 다시 옆 동의 벽면을 살펴보았다. 어? 그런데 아까는
안 보이던 국기 하나가 눈에 들어왔다. 그래도 제정신 가진 사람이
하나는 있었군. 그런데 자세히 보니 국기가 좀 이상하다. 기폭이 깃봉
아래로 깃대의 중간쯤까지 내려와 있다. 묶은 끈이 미끄러진 걸까? 설
마 국경일에 조기(弔旗)를 달 까닭은 없고.

남이 봐도 그렇지. 국경일에 조기를 달다니. 우리 아파트 주민들을
뭘로 보겠어? 나는 눈대중으로 그 집이 몇 층 몇 호인지를 가늠해 보
았다. 맨 왼쪽 줄 아래에서 몇 번째인지를 헤아려서 호수를 짐작하
고선 벽면에 붙어있는 월패드 전화를 이용해서 전화를 걸었다. 그런
데 통화가 안 된다. 세대 간 통화가 가능하다는 얘긴 들은 적이 있는

데 한 번도 해본 적은 없었다. 다시 관리사무소에다 전화를 해서 몇 호 전화번호 좀 알려달라고 하니, 그건 개인정보 보호 차원에서 알려줄 수 없단다. 무슨 비밀이 그렇게도 많은지. 하기야 국가유공자 명단도, 공적 사항도, 보상 내용도 모두 비밀인 나라 아닌가? 포기할까 하다가 이미 빼어 든 칼 허공이라도 한 번 자르고 칼집에 넣어야지. 1층 공동현관의 월패드를 찾아가서 그 집을 호출했다.

"누구요?"

전화를 받는 남자의 목소리는 투박했다.

"이웃 주민인데요, 오늘 국기 달았죠?"

"그런데요? 달면 안 되나요?"

"그게 아니라, 국기가 조기가 되어있어서요. 실수인지, 매듭이 미끄러졌는지?"

"남이야 조기를 달든 명태를 달든 당신이 웬 참견이오? 내가 조기도 모르는 무식쟁인 줄 알았소?"

"그런 건 아니고요. 제헌절에 조기를 다는 건 잘못이다 싶어서요."

"잘못이라고요? 헌법 살아 있어요? 헌법 정신 사망한 지 오랜데 조기를 다는 게 뭐가 이상해요?"

그러고서는 남자는 일방적으로 전화를 툭 끊었다. 아니 그럼 의도적으로 조기를 달았단 말인가? 나는 한참 동안 정신이 멍했다. 세상에 이런 황당한 일이? 오늘이 혹시 제헌절이 아닌 것인가? 그게 아니면 제헌절엔 국기 게양을 안 하는 것이 맞는가? 무엇에 홀린다더니 이런 경우를 두고 하는 말인가? 온갖 생각이 다 들었다.

검은 구름 떼가 몰려오더니 밝은 햇살을 금방 삼켜버린다. 그러고서는 또 비를 뿌리기 시작한다. 나는 이 싱숭생숭한 마음을 적셔서 식히기라도 할 요량으로 우산을 찾아들고서는 현관을 나섰다.

강변 산책로 통행이 어제까지 통제되었던 모양으로 곳곳에 붉은 글씨가 쓰인 비닐 테이프가 쳐져 있다. 그리고 둑 밑에 붙여서 지은 작은 공연장에서는 남녀 서너 사람이 색소폰을 불고 있다. 구경꾼은 몇 명 되지 않아도 그들은 열심히, 신나게 연주를 한다. 참 좋은 세상이고 참 팔자도 좋은 사람들이다. 온 나라가 물난리를 겪고 있는데 저리 한가로운 연주회라니. 그런 생각을 하다가 나도 저들과 별로 다르지 않다는 생각에 미친다. 물 구경 산책이나 색소폰 연주나 도긴개긴 아닌가?

기도가 '고통의 신비'가 끝나고 '영광의 신비' 제1단 '예수님 부활'로 들어가려는데 문득 카페 '다리'의 박영숙이 생각이 났다. 금호강은 어떤가? 아직 범람 소식은 없지만 영천댐이 방류를 시작했다고 하던데? 만약 금호강이 범람하면 영숙의 카페도 안전하지 못할 것이다. 그리고는 이어서 박상수가 떠올랐다. 두 사람 생각이 이어서 난 것은 상수가 오랜 친구이기도 하지만, 지난번 영숙 씨의 카페에서 밤늦도록 술판을 벌였던 기억 때문이지 싶다. 그날 나와 상수는 '어부의 마을'이라는 실내포장 술집에서 막걸리를 제법 많이 마셨는데, 저녁나절에 영숙의 '다리' 카페에 와서 문 앞에다 'closed'란 팻말을 걸어두고 다시 술을 마셨다. 이건 카페에서 술장사를 하는 게 아니고 손님이 사 가지고 온 술을 가정집에서 마신 거니까 위법은 아니라고 변명을 하면서.

상수한테 전화를 걸었다. 다리 카페에 가서 영숙 씨와 함께 제헌절 기념식 하자고 했더니 며칠 만에 날이 들었는데, 가야산 농막엘 가봐야겠단다. 내일은 다시 많은 비가 온다고 하니까 밭일은 할 수 없을 거고, 제헌절 기념식은 하루 늦춰서 하자고 한다.

다음 날은 비가 많이 내렸다. 새벽부터 내리기 시작한 비는 쏟아지다 약해지다를 반복하면서 종일을 내렸다. 뉴스에서는 몇십 년 만의 많은 비이고, 한 해 내릴 비의 반 정도가 요 며칠 사이에 내렸다고 하면서, 몇 사람이 죽고 실종되고 다치고, 농경지 침수는 얼마고, 가축 피해도 십만 마리가 넘는다고 피해상황을 반복해서 내보내고 있었다. 어느 죽음이 안타깝지 않으랴만 실종자 수색에 투입된 군인이 실종됐단 소식은 더욱 마음이 아프다.

그날 오후 느지막한 시간에 나는 카페 '다리'의 창가에서 불어난 금호강물을 내다보면서 코리아노(아메리카노) 잔을 잡은 채 상수를 기다리고 있었다. 영숙 씨가 요즈음은 장마 탓인지 손님이 거의 없다고 하던 말이 실감 나게, 카페 안에는 나 혼자였다. 한쪽 구석에서 노트북을 붙잡고 있던 아가씨가 나간 것이 한참 됐는데, 그 뒤로는 아직 아무도 카페 문을 여는 사람이 없다.

강물은 강둑을 위협할 정도는 아니었으나, 둔치를 집어삼켜서 강변의 산책로는 수장되고 없다. 안심습지 안의 나무들도 다 물에 잠기고 키가 큰 것들만 물 위로 고개를 빠끔히 내밀고 있다. 영숙 씨는 강물이 둑을 넘길까 걱정하는 빛은 없는데, 오히려 내가 은근히 걱정을 하고 있다. 봄에 날이 많이 가물었을 때, 이 지역에는 나쁜 인간들이 많이 살고 있어서 하느님이 비를 안 주시는 거라고 농담을 했던 일이 슬그머니 미안해진다.

상수가 카페의 문을 밀고 들어온 것은 오후 다섯 시가 다 된 시간이었다. 우산을 들었으나 바짓가랑이는 흠씬 다 젖었다. 그는 문에 들어서자 우산도 접기 전에 왼손에 들었던 비닐봉지를 영숙 씨에게 내밀었다. 그의 밭에서 가져온, 손수 가꾼 고추와 오이와 상추라고, 영숙이 이게 다 뭐냐면서 묻는 인삿말에 답했다.

"가야산 밭에 다녀온 거야? 비 피해는 없고?"

내가 상수의 손을 끌어내 앞자리에 앉히면서 물었다.

"응. 뭐 피해랄 것도 없지만 고추밭 한쪽 모퉁이가 무너져 내리고, 농막 뒤쪽에 토사가 좀 내려왔어. 오늘은 김 선생 만날 약속도 있고, 비도 오기도 해서, 내일 비 그치면 다시 올라가서 치울 생각이야."

"불행 중 다행이란 묘한 말이 있지만, 그만해도 다행이야. 가끔 텔레비전에서 보도를 하는 기자들이 어디서는 소 몇 마리가 토사에 휩쓸려 내려가고 집이 무너졌다 하면서도 인명 피해가 없어서 다행이라고 하는 말을 들으면 좀 이상한 생각이 들어."

"글쎄. 사람만 안 죽으면 어떤 재난도 다 다행이란 말인데, 그 말 맞다 싶어. 최악의 참사만 안 당해도 다행으로 생각하는 건 자기위안이 겠지. 희망의 끈을 놓지 않겠다는 의지이고. 슬픔과 고통으로 울부짖는 것보다야 슬기로운 선택이지."

"박 사장 가야산 생활 몇 년 하더니 도사 다 됐네. 달성공원 앞에 돗자리 하나 깔아도 되겠어. 하하."

우리가 이렇게 노닥거리고 있는데 영숙 씨가 커피를 가지고 와서 상수 앞에다 놓는다. 내 것은 시커먼 코리아노인데 이건 하얀 거품 위에 옅은 갈색 하트가 그려져 있다.

"이건 뭐라고 하는 거요? 더 좋아 보이네요? 사람 차별하는 거야? 나도 이것 줘요."

내가 짐짓 투정하는 투로 얘기를 했더니 영숙 씨 대답이 귀한 선물에 대한 답례로 정성을 한 스푼 더 넣어서 만든 특제 카페라떼라고 한다. 보통은 손님이 직접 가지고 오는데, 영숙 씨가 우리한테는 테이블에까지 가져다주는 데는 특별 손님의 의미도 있지만 또 다른 에피소드가 있다.

좀 오래전의 얘기다. 나와 상수가 문예회관 무슨 행사에서 만났다. 아직 대낮이라 술을 마시러 가기도 그렇고, 여기 문예회관 안에는 술집도 없을뿐더러 점심 식사도 다 한 터라 커피나 한잔하자면서 카페로 들어갔다. 상수가 '오늘은 내가 쏠게' 하면서 나를 자리에 앉혀두고는 데스크로 갔다. 잠시 후에 자리로 돌아온 상수 손에 이상한 물건이 하나 들려 있었다. 까맣고 동글납작하게 생긴 물건인데, 모양이 예쁘고 표면이 매끈한데 전등 불빛에 반짝 빛을 반사하고 있다.

"야, 고것 참 예쁘게 생겼다. 이게 뭐야?"

내가 받아 쥐면서 물었다. 그런데 상수의 대답.

"모르겠어. 처음 보는 물건인데 커피 주문하고 나니 주던데?"

그 뒤에 이어진 나의 응답.

"아아. 이 집 개업 기념품인가 봐. 근래 개업했다더니. 사람은 둘인데 하나만 주면 어떻게 해. 나중에 하나 더 달래야지."

둘이서 이렇게 노닥거리고 있는데, 이 물건이 갑자기 불이 번쩍이면서 부르르 몸을 떨었다.

"이게 미쳤나? 갑자기 왜 이러지? 가서 물어보자."

상수가 그 물건을 가지고 가더니 그것 대신에 커피 두 잔을 가져왔다. 그 물건이 부르르 떨면 커피 가져가란 신호라고, 상수는 커피와 함께 새로운 지식을 가지고 왔다. 그뿐 아니라 코리아노라는 이름의 커피는 없어서 아메리카노를 가져왔다고 했다. 그 사건 이후로 우리 사이에선 아메리카노를 코리아노로 부르고, 영숙 씨 카페에서는 영숙 씨가 직접 우리 자리까지 커피를 가져다주는 신풍속도가 생긴 것이다.

"제헌절 기념식 하자더니, 뭐 별 스케줄 있는 거야?"

상수가 커피 거품을 입술에 묻힌 채로 나를 건너다본다.

"국경일 기념식인데 애국가는 불러야 하지만, 생략하지. 그런데 말야. 어제 제헌절 아침에 기막힌 일이 있었어. 텔레비전 '세상에 이런 일이'에 한 장면 나와도 충분할 기상천외의 사건."

나는 어제 아침에 있었던 국기 난리 이야기를 들려주었다. 관리사무소 직원이 제헌절에 국기를 다는지 안 다는지도 모르더라는 얘기, 우리 옆 동에선 단 한 집만 달았는데 그게 조기였다는 것도. 물론 그 집 남자가 헌법 정신 죽고 없으니 조기가 맞다고 하더란 얘기도 빼놓지 않았다.

"그 남자 용기 있구먼. 재치도 있고. 우리 동네에 그런 사람 있다면 술이라도 한잔 사고 싶어."

상수의 반응은 내 예상과는 방향이 사뭇 달랐다.

"허허, 이거 제헌절 기념식이 시작부터 이상해지네. 애국가를 안 불러서 그런가 봐."

"도대체 헌법 정신이 뭐야? 불체포 특권? 국회의원은 죄지어도 안 잡아간다? 그게 헌법 정신이야? 불체포특권 내려놓으란 압박이 심해지니까 하는 소리들 좀 봐. 헌법에 정해져 있어서 내려놓을 수 없다는 사람도 있고, 정당한 체포안에만 내려놓을 것이고, 정당한지의 여부는 여론으로 판단하겠다네. 결국 안 하겠다는 얘기를 요사스런 혀끝으로 장난하고 있는 거지. 신문에 보니까 특권이 한두 가지가 아니더구만. 기차표 예매도 여러 장 해 놨다가 편한 것 하나만 쓰고 나머진 포기. 그런데 다른 사람 탈 기회도 빼앗아 놓고선 그 과태료도 공금으로 해결한다면서?"

열기가 후끈하다. 늘 부드럽고 배려 가득한 박상수 아니던가.

"하긴 나도 국회의원 특권이란 게 그리 많은 줄은 몰랐어. 이번에 돈 봉투 사건 이후 보도되는 것들 보고 알았지."

"전에 김 선생이 덴마크 국회의원 얘기했잖아. 국회의원 두 사람당 보좌관 한 사람이라고. 그래서 온갖 자료 본인 스스로 챙겨야 하고, 그러다 보니 과로로 사표 내는 국회의원도 있다고. 우린 보좌관 몇 명이야? 그러니까 보좌관이 만들어 주는 자료 건성으로 읽고는 회의 시간에는 증권거래나 하고 그러지. 그러다가 '이(李) 모(某)'를 '이모(姨母)'라고 해서 웃음거리가 되기도 하지."

덴마크 국회의원 얘기는 내가 상수한테 했었다. 몇 년 전 덴마크 코펜하겐에 갔을 때 국회의사당을 찾아간 일이 있었다. 국회의원 두 사람당 보좌관 한 사람. 주차장엔 승용차 단 한 대. 나머진 모두 자전거. 물론 그 나라의 자전거 문화는 우리하고는 많이 다르다. 그래도 우리 일행이 받았던 충격은 컸다. 유럽 여행에서 돌아와 상수와 만났을 때 그런 얘기를 했었다. 그때 상수는 내 얘기에 덧붙여서 국회의원 수도 1백 명 정도로 줄이고, 스스로 입법권을 남용하지 못하도록 국회와 관련되는 모든 사항은 국회가 아닌 다른 기관에서 정하도록 해야 한다고 열을 올렸다. 그때 내가 그랬다. 그래도 소용없다고. 그 기관과 국회가 입맞춤해 버리면 오히려 모든 것에 면죄부만 주게 될 거라고. 그리고 또 이런 얘기도 있었다. 국회의원 중에 진실로 국가와 국민을 위해 봉사하겠다는 알짜배기 의원이 5% 정도 있다고 가정하면, 1백 명이면 5명밖에 안 되지만 3백 명이면 15명, 5백 명으로 늘린다면 25명으로 늘어나는 것 아니냐고 했더니, 이 희대의 소피스트를 국회로 보내자면서 상수가 웃음보를 터뜨리기도 했었다.

"그나저나 수해가 이만저만이 아니야. 사람도 많이 죽었고, 농경지 침수, 제방 유실, 가축 폐사, 끔찍한 수준이야. 이걸 어째? 특별재난지역으로 선포한다고 해결이 되나? 문제가 복잡해지지 싶어. 시민단체가 도지사를 고발했다고 하던데?"

"고발당해야 싸지. 대처 과정을 거짓으로 보고했다고도 하잖아. 공무원들도 군기 싹 빠졌어. 혼이 좀 나 봐야 정신 차리지."

상수의 말에는 아직도 격함이 사라지지 않았다. 가야산 농막 피해 입은 것에 화도 나고, 그것에 대한 보복 내지 보상 심리의 표현일 수도 있겠다 싶은 생각이 문득 스쳐 지나간다.

"고발할 수도 있겠지만, 온 나라가 정신없는 판에 꼭 지금 그래야 하는가? 좀 더 있다가 급한 불이나 좀 끄고 나서 하면 안 되나?"

"김 선생은 강 건너 불이다 이거지? 당한 사람들 심정을 헤아려 봐. 안 되겠어. 제헌절 기념식 커피 한 잔으론 안 되겠다고. 어디 가서 소주를 한잔해야 기분이 좀 풀리려나? 전에 갔던 그 집 가지. '어부의 오두막'."

상수는 빈 커피잔을 탁 소리가 나도록 내려놓고선 금방 일어설 자세다.

"왜 죄 없는 커피잔에다 분풀이를 해? 그러지. 나도 술 생각나네."

우리가 빗물이 뚝뚝 듣는 우산을 접으면서 실내포장 '어부의 오두막' 문을 열고 들어섰을 때, 날씨 탓인지 더욱 초라해 보이는 할아버지는 별로 반갑다는 기색도 없이 눈인사로 맞이한다. 비 오는 날씨만치나 을씨년스러운 가게 안에 손님은 하나도 없다.

"오늘도 할아버지가 당번인가 봐요?"

우리는 이 집에 처음 오는 것이 아니란 걸 과시하면서 전에 앉았던 그 자리에 가서 앉았다.

"어이, 박 사장. 이렇게 빈자리가 많은데 왜 꼭 전에 앉았던 이 자리를 찾아서 앉는 거야?"

"전에 만났던 '다리' 카페에서, 전에 만났던 박영숙이 만나고, 또 전에 왔던 그 술집에, 전에 왔던 그 친구와 함께 왔으니까 자리도 그때 그 자리 앉는 것이 옳지 싶어. 뭐라고 할까? 사람은 살던 자리 못 벗어난다, 뭐 그런 의미일지."

"하하, 역시 가야산 도사는 다르네? 그런 의미까지도 눈에 훤하다니. 이런 걸 좀 유식한 말로는 '귀소본능(歸巢本能)'이라 하더라고. 전에 박 사장한테 이 얘기 한번 한 적도 있어. 경석이 무덤에 갔을 때. 사람은 죽어서도 고향 못 잊어서 유골단지도 고향 뒷산에 묻혔다면서, 이것이 귀소본능의 완결판이라고 했던 일."

"그나저나 경석이 그 녀석 생각하면 맘이 짠해. 푸르죽죽한 환자복 입고, 세상은 실체는 없고 그림자만 흐느적거리는 그림자 춤이라고 하던 얼굴이 아직도 눈에 선해. 이런 재난 상황에서도 싸움 그치지 않는 정치판 보면, 이것도 그림자 춤인가 싶은 생각이 든다니까."

주인 할아버지가 주문을 받으러 왔다. 안주는 동태탕으로 하자는 데 의견이 일치했는데, 술은 그렇지를 못했다. 상수는 이렇게 축축한 날에는 독한 소주를 마셔야 한다고 했고, 나는 동태탕 안주에는 막걸리가 어울린다는 의견이었다. 이런 것 하나도 이렇게 의견이 엇갈리는데, 정치판은 의견 맞추기가 쉽지 않겠구나 싶은 생각이 언뜻 스쳐갔다. 그래서 내가 얼른 의견을 바꾸어서 소주로 하자는데 동의했다. 그들의 싸움이 우리 술타령에 비할까? 그러니까 기를 쓰고 거짓말도 하고 모함도 하고, 추측이라는 단서를 붙여서는 할 말, 못할 말, 있는 일, 없는 일 만들어 내기도 하는 거겠지. 가능하면 상대가 치명상을 입기를 기대하면서.

"민주정치를 중우정치라고 한 말 일리가 있다 싶어. 박사도 무식쟁이도 똑같이 한 표이니 어리석은 사람 많이 속여먹는 자가 당선 가능성이 높은 거지. 거기다가 남은 수명에 비례해서 투표권을 줘야한다는 주장도 있더라고? 투표일엔 노인들 여행 보내는 게 효도라는 말도 있고. 모두 머리 하나는 좋아. 그 좋은 머리가 향하는 방향이 문제이지."

"정치인들은 국민을 '가붕개'라고 한다면서? 가재, 붕어, 개구리 같은 하찮은 동물로 본다는 거지. 남의 얼굴에 재 묻은 건 알고, 제 얼굴에 똥 묻은 건 모르는 사람들이 그 사람들이야."

"옛날에 그리스 사람 누군가가, 아리스토텔레스는 아니고, 아리스토파네스라던가 하는 사람인데, 정치는 정상보다 조금 모자라는 사람들이 하는 거라고 했다더군. 그 사람 뭘 좀 볼 줄 아는 사람이야."

아직도 설설 끓는 동태탕 냄비에 이어서 소주 두 병과 술잔이 왔다. 우리는 제헌절 기념식인데, 애국가는 생략하더라도 건배사 한 마디는 있어야 되지 않겠느냐면서 '헌법 정신의 소생을 위하여'라고 소리를 지르면서 쨍 소리가 나도록 술잔을 부딪쳤다.

그 시간. 벽에 걸린 텔레비전에서는 서울 초등학교 여교사 자살 사건이 보도되고 있다. 자살이란 말이 어감이 좀 안 좋은지 '극단 선택'이라는 용어를 쓰면서. 교사라고 자살이 없겠냐만 학생과 학부모의 등쌀에 못 이겨서, 더구나 학교 안에서 이렇게 되는 경우는 드문 일이다. 애도하는 화환이 자그마치 1천5백 개가 몰려왔고, 애도와 탄식의 메시지가 벽면에 가득히 나붙었다. 드디어 교사들도 검은 옷을 입고는 '교사의 생존권을 지켜 달라'면서 길거리로 나섰다. 교사노조라고 하는 걸 봐서 전교조와는 다른 노조인 모양이다. 그렇다면 교육계에도 복수 노조가 있다는 말인가? 이어서 또 어디 초등학교 여교사는 학생에게 폭행을 당했다면서 팔에 붕대를 감은 모습이 비친다. 그리고 이어서 패널이라고 불리는 사람 몇이 의견들을 내놓았는데, 학생의 인권과 학습권이 과도하게 강조되다 보니 교사의 교육권이 상대적으로 약해졌다고 한다. 그러자 다른 패널은 학생인권조례를 개정해야 한다고 목소리를 높인다.

"학생인권조례라는 게 뭐야?"

상수가 소주 한 잔을 비우고 숟가락을 동태탕 냄비로 가지고 가면서 나를 건너다본다.

"글자 그대로 학생의 권리를 존중하자는 조례이지 뭐. 시도 교육청에 따라서 있는 곳도 있고, 없는 곳도 있는데, 좀 지나치다는 얘기는 전부터 있었어."

"다다익선(多多益善). 학생의 인권은 강조될수록 좋은 것 아닌가?"

"다다익선만 있는 게 아니라 과유불급(過猶不及)도 있잖아? 이게 교육청 중심으로 되다 보니 조금씩 차이는 있을 거야. 초, 중, 고 학생을 대상으로 하는데, 이런 것도 있다는군. 학생은 임신과 출산으로 불리한 대우를 받지 않고, 학교의 승낙 없이도 단체를 조직할 수도 있고 행동할 수도 있다. 이쯤 되면 조례를 만든 의도를 의심할 수밖에 없지 않겠어?"

"허허 참. 세상에 희한한 조례도 다 있네."

"체벌도 금지, 차별도 금지. 학생이 말을 안 들어도 교사는 속수무책. 무슨 문제가 생기면 교사만 조져놓지. 학교도 그렇고 교육청도 마찬가지. 그게 말썽을 극소화할 수 있는 해결 방법이니까."

"실제로 학교에서 문제가 되는 경우가 많이 있는가? 김 선생은 교사 생활 오래 했으니 잘 알지 싶은데?"

"하하, 두말하면 주둥이만 따갑지. 한시 한 구절 썼더니 '한문은 수능 안 나오는데요' 하면서 대드는 놈이 없나, 수업 시간에 학원 숙제하는 놈이 없나. 왜 학교 수업 시간에 학원 숙제를 하느냐면 숙제 안 해가면 학원 선생님한테 혼난단다. 기가 막혀서. 주객이 뒤집힌 상황인데 아무도 말을 안 해. 말을 하면 당신이 잘못 가르치니 그런 소리가 나온다면서 교사를 면박하니, 모두가 알아도 모르는 체 입 다무는 거지. 나는 이런 경우도 있었어. 명퇴 후에 어느 공립학교에서 여선생님이 출산 휴가를 가고 자리가 비었다고 한 해 정도만 좀 수업을 맡아 달라고 해서 갔거든."

그해 2월 말. 나는 별로 명예롭지도 못한 명예 퇴임을 하고는 역사가 깊은 공립학교에 기간제 교사로 나갔다. 그 학교 교장 선생님이 내가 아는 분이었는데, 출산 휴직한 여선생님 자리가 비어 있는데, 수업을 좀 맡아달라는 연락이 왔다. 나는 나이 헛먹었다는 소린 안 들어야지 싶고, 또 불러주신 교장 선생님 체면도 있다 싶어서 내 딴엔 열심히 했다. 어느 시간에 중간쯤에 앉은 두 녀석이 뭘 희희덕거리며 웃고 떠들고 있었다. 다가가 보니, 공책 한 페이지에 가득히 여학생 이름들을 적어놓고선, 옆의 놈에게 그 여학생들 얘기를 그렇게 신나게 하고 있는 참이었다. 얘기 내용은 안 들었으니 정확히 알 수는 없어도 내가 평생 교사 노릇으로 살았고, 근정훈장까지 받은 사람 아닌가? 척하면 삼척이고, 툭 하면 담 너머 호박 떨어지는 소리지. 공책을 빼앗아 들었다. 그런데 이 녀석이 정색을 하고선 빠안히 쳐다보면서 하는 소리. '선생님. 이건 명백한 사생활 침해입니다.' 이럴 때 화가 안 난다면 그건 교사가 아니다. 내가 소리쳤다. '그래? 너 사생활 좋아하는구나. 그럼 너희 집구석에 처박혀 있지 학교엔 왜 왔어? 학교는 사생활 공간이 아니고 공생활 하는 곳이야. 너 아주 똑똑한데 한 가지를 몰랐구나. 모든 교사가 다 교장 겁나고 교육감 겁나서 아이들 손 못 대는 줄 알지? 그런데 교장도 교육감도 겁 안 나는 교사가 있다는 사실은 몰랐지? 그게 바로 나야. 퇴직한 기간제 교사.'

"하하하. 김 선생 재치와 능력이 폭발하는 순간이군. 그래서? 그래서 어떻게 됐어?"

"다른 아이들한테 경고가 되게 그 자리에서 혼내려다가, 또 학습권 침해 어쩌구 할까 봐서 수업 시간 끝나고 교무실로 오라고 했지. 그런데 안 와. 오후까지 기다려도 깜깜무소식. 담임한테 얘기했더니, 뭐라는지 알아? 걔는 감당 못 하는 놈이니 무슨 짓을 해도 내버려 두란다. 기가 막혀서. 여기가 그 역사 깊은 명문 고등학교가 맞나 싶은 생각이 다 들더라니까."

"교사들 고생이 많구먼. 그 새내기 여교사가 오죽했으면 학교 안에서 그런 선택을 했을까? 그 자체가 세상에 대한 절규 아니겠는가? 그나저나 나라가 어쩌다가 이 꼬라지가 됐어?

어지럽기 그지없는 정치판은 말할 것도 없고, 재난은 왜 이리도 극심한가? 제 자식을 죽이는 부모가 없나, 아무 이유도 없이 길 가는 사람을 흉기로 찔러 죽이지를 않나. 보험금 욕심나서 마누라 죽인 놈도 있대. 전세 사기라는 것 좀 봐. 죄 없는 사람들을 궁지로 몰아넣는 인간들이 그리도 많다면서?"

"진실이 운동화 끈을 다 매기도 전에 거짓은 지구를 한 바퀴 돈다는 말이 있더라고. 거짓말 만들어서 남 궁지로 몰아넣고, 사기 쳐서 제 배 불리고, 죄 없는 사람을 자살로 내몰고, 옳은 말 하는 사람은 어리석은 사람 취급하니 나라가 어떻게 잘 되겠어? 생각해 봐. 해방 후에 바로 이은 6·25 전쟁. 피난민 몰려 내려왔는데 농사는 해마다 흉년, 굶기를 먹듯 하던 그 시절에도 도덕도 윤리도 있고, 원칙도 있었는데. 적어도 이렇게 개판은 아니었어. 내가 알기로는."

"경제적으로 부유해지면 낙원 동산이 될 줄 알았는데, 돈이 주인이 되고 정의가 되다 보니 더 개판 됐어. 지난날 고생하면서 나라 지키고 가꾸어 왔던 시절 잊으면 안 되는데 말야. 대제국 로마가 왜 망했어? 황금이 신이 되고, 안으로부터 분열하고 부패했지. 국가나 개인이나 지나온 세월이 스승 아냐. 역사가 곧 교훈이다 이거지."

"어느 교수는 '대한민국은 목하 자살 중'이라고 신문 칼럼에 썼더군. 그러나 어쩌겠어? 하느님은 한쪽 문을 닫으면 다른 쪽 문을 열어 주신다니까 마음 좀 편하게 가지고 기다려 봐야지, 별수 있겠어? 좀 초라하고 을씨년스런 기대이긴 하지만,"

"제헌절 기념식이 좀 초라하지? 내년엔 말야. 집집마다 태극기 휘날리는 마을에서 기념식 하자고. 애국가도 4절까지 부르고."

소주병 두 개가 빈 유리병이 되고, 동태탕 냄비 그을린 바닥이 드러날 즈음에 상수의 혀는 조금씩 꼬부라지고 있었다.

우리는 '어부의 오두막' 찌그러진 문을 밀고 밖으로 나왔다. 세상은 어둠의 보자기에 덮여있는데, 비는 바람의 위세를 타고 계속 내리고 있다. 어둠과 빗줄기 속으로 저만치 불빛이 몇 개 빠안하다. 저 가운데 하나는 영숙의 카페 '다리'의 불빛이지 싶다. 다리는 차안(此岸)에서 피안(彼岸)으로의 탈출을 가능하게 하는 길이다. 거기에 가면 영숙의 밝은 미소가 세상 걱정에 찌들고 밤비에 젖은 이 초라한 사나이들을 위로하고, 희망의 건너편 언덕으로 안내할 수 있을까?

비바람이 다시 거세게 우산을 흔든다.

해설

/

영혼(靈魂)의 치유를 위해 환생한
우리 시대 구보의 세태 담론

윤정헌(문학평론가 · 경일대 교수)

　윤중리의 연작소설 『그림자 춤』은 위장된 풍요 속에 정신은 빈곤해
져 가는 우리 시대 소시민의 일상에 대한 진지한 탐구며, 인간다운 삶
에 대한 치열한 성찰인 동시에 상처받은 그네들의 영혼을 위무하는
인생처방전이다. 모름지기 연작소설이란 일군의 작품들이 일정한 내
적 연관을 지닌 채 연쇄적으로 묶인 소설 형식을 일컫는다. 매회 독립
된 에피소드를 가진 일일 연속극, 즉 시츄에이션 드라마처럼 개개의
단편소설들이 뭉쳐 하나의 구조적 연합을 이루는 장편소설과도 같다
고 볼 수 있다. 단칼에 수박을 양분하듯 쾌도난마(快刀亂麻)식의 구성
을 보여주는 단편소설의 압축미와 인생의 디테일을 부연하는 장편소
설의 총체성이 습합된 기묘한 동거 방식인 까닭에 연작소설은 일찍이
민생의 저류를 관통하는 시대의 분위기에 개인의 독립적 일상을 포개
놓는 신변적 세태소설의 도구로 애용되어 왔다.

박태원에서 잉태되어 최인훈에 의해 숙성되고 주인석에 이르러 만개한 『소설가 구보씨의 일일(하루)』 연작은 1930년대 지식인 작가의 망국적 상실감과 고독(박태원)에서 출발해 70년대 실향민 작가의 분단인식과 극복의지(최인훈)를 거쳐 90년대 문민 시대 절정에 달한 세태 풍자의 미학(주인석)을 보여준다. 박태원의 구보(仇甫)가 일제하 지식인의 자학적 자의식을 통해 식민지 시민의 좌절을 표출하고 있다면 최인훈의 구보(丘甫)는 분단 시대 지식인의 관찰자적 사색을 통해 자유민주주의의 도래를 기원하고 있고, 주인석의 구보는 문민 시대 작가의 자유로운 필봉을 통해 소시민의 일상을 극도로 골계화 하여 21세기를 준비한다.

이처럼 저마다의 시대 인식을 담보로 탄생했던 구보들의 뒤를 이어 『그림자 춤』에도 우리 시대의 또 다른 구보가 '김영근'이란 애펄레이션(appellation: 命名)으로 등장해 독자를 맞는다. 당대의 시대적 분위기를 소시민의 희로애락에 담아 촌철살인(寸鐵殺人)의 아포리즘(aphorism)으로 재단하는 시대의 음유시인이요 철학적 산책자(散策者)로서 이 시대의 구보를 자임한 1인칭 화자 영근은 2개의 키워드(key word)를 우리 시대의 화두로 제시한다, 소설의 표제이기도 한 '그림자 춤'과 '종이비행기'가 그것이다.

연작 『그림자 춤』은 1화 「그림자 춤」에서 12화 「착각과 망각 사이」에 이르기까지 모두 12편의 단편소설로 이뤄져 있는데 영근과 그의 단짝 박상수와의 대담과 행장(行狀)을 통해 전편의 플롯이 펼쳐진다. 70대의 퇴직 교사 영근과 사업가 상수는 고향 농고의 동창으로 한음(漢陰)과 오성(鰲城)을 연상시키는 죽마고우 절친이다. 그들은 간암으로 투병 중인 또 다른 동창, 이경석을 문병하는데 이 자리에서 경석은 다음과 같이 읊조린다.

"피 같은 돈 30억 날리고, 피눈물 머금고 자진 철수했지. 자진 철수는 지금 대상이 아니라면서 보험금도 한 푼도 안 주데. 부어놓은 보험료조차 날아갔지. 이러고서도 병 안 난다면 그게 오히려 이상하지.

내가 생각해 보니까 이 모두가 그림자 춤 같애. 실체는 따로 있는데 부피도 빛깔도 없이 흐느적거리는 그림자 춤. 자기 자신의 의지에 따른 춤사위는 하나도 없고 오직 실체의 움직임에 따라서 뛰고 흔들고 구르고 하는 그림자." – 1화 「그림자 춤」

개성공단 내 섬유 사업에 참여했다가 도산하고 종내 시한부 인생의 말로를 겪게 된 경석은 정작 자국민의 민생은 외면한 채 생색내기 식 대북 지원에 몰두하는 당국을 성토한다. 그러면서 개성공단의 희생자가 된 자신의 처지를 '그림자 춤(影舞)'을 추는 꼭두각시에 비유한다. 영근은 이 시대의 병리적 단편(斷片)을 요연히 적시한 경석의 호소에 공감하며 영혼(靈魂) 없는 영혼(零魂)의 허수아비 인생을 살아가는 소시민들의 삶을 오롯이 반추한다. 그리하여 그의 눈에 비친 세속의 현상은 경석의 지적처럼 실체는 없고 환상만이 존재하는 허상의 빈 껍데기뿐임을 실감한다. 보이지 않는 손의 중력에 끌려 무기력하게 자신의 의지를 저당 잡힌 채 커다란 퍼즐 속의 조각으로 살아가는 이 땅의 숱한 군상들이 안광(眼光)에 들어찬다. 우리 사회에 만연한 그림자 춤의 현상적 실태를 구석구석 짚어나가는 영근의 눈매에 분노와 연민의 양가적 파토스(pathos)가 교차한다. '그림자 춤'으로 알레고리(allegory: 寓意化) 된 우리 시대 서민 군상의 힘겨운 실루엣은 '종이비행기'라는 더 명료한 형상으로 구체화되는데 이 역시 죽음을 앞둔 경석의 이승에서의 마지막 토로로 부연 된다.

> "우리 어릴 땐 비행기는 아무나 타는 게 아니었어. 특별한 사람들, 부자나 지위가 높은 사람이 타는 거였어. (……) 초등학교 다닐 때 종이비행기 만들어서 창밖으로 날리다가 자주 선생님한테서 꾸지람을 듣곤 했는데 그게 다 그런 의미가 있었던가 봐. 지금 생각해 보니까 내가 개성공단에 들어간 것도 그 비행기 꿈을 위한 거였어. (……) 그런데, 내 비행기는 저녁놀 속으로 날아간 종이비행기였어. (……) 그러나 해가 서산을 넘어가자 그 황홀한 저녁놀은 스러지고 어둠만 천지를 덮었지. 요즘 내가 병상에 누워서 반성하고 상상하고 정리하고 한 생각을 한마디로 요약하면 바로 이거야. 저녁놀 속으로 날아간 종이비행기. 애초에 탈 수도 없는 걸 탈 수 있다고 착각한 데서부터 각도가 빗나간 거지."−2화 「저녁노을 속으로 날아간 종이비행기」

눈부시게 화려한 빛깔로 유혹하던 저녁노을의 환상에 이끌려 종이비행기를 띄워 날렸던 이 시대 이 땅의 숱한 호객(豪客)들이 좌절할 수밖에 없는 현실, 종이비행기의 꿈을 실제 탑승의 개가로 이어갈 수 없는 원천적 장벽의 그늘에 주목하다 보면 팬데믹(pandemic) 일상의 공허함에 짓눌린 소시민 대중의 통렬한 상처가 흐물거리며 드러난다. 그리고 이는 우리 시대의 구보, 영근의 심연을 기묘하게 자극한다.

종이비행기의 허상을 좇아 그림자 춤을 추던 경석은 두말할 필요도 없이 표리부동한 정치 술수의 희생양이다. 그런데 영혼(靈魂)을 저당 잡히고 텅 빈 영혼(零魂)의 그림자 춤을 추는 이는 비단 경석뿐만

이 아니다. 이들의 동창 조정걸은 잘 나가는 정권의 실세로 한때 장관 물망에 올랐던 유력 정치인이다. 경석은 정걸에게 빌려준 자신의 돈이 자신도 모르는 새 정치후원금으로 둔갑한 사실에 아연한다. 그러나 국회의원 당선이 유력하던 정걸은 낙선 후 뇌물 스캔들에 연루돼 자살하고 만다. 정걸의 아들은 자신의 아버지가 정치적 모략의 희생양이라고 강변한다. 고향에서 요식업을 하는 이상식은 정걸의 정치적 배경을 활용해 도의원 당선을 꿈꾸며 놓고 총동창회장에 취임한다. 하지만 정걸의 좌절에 이어 자신도 도의원 선거에서 하위 낙선한 뒤 현역 국회의원 이관식의 참모로 변신해 재기를 노리지만 종내 사기꾼으로 몰락한다.

그런가 하면 영근의 절친으로 정도만을 걷던 상수마저 정치협잡꾼 상식의 선거캠프에 참여하고(비록 나중에 상식이 제공한 사업상의 편의에 대한 보답임이 밝혀지지만), 안국선의 신소설을 패러디(parody: 풍자적 모방)한 정치풍자소설『금수회의록(禽獸會議錄)』을 발표할 만큼 시니컬한 현실 인식을 탑재한 신예 소설가이며 영근의 고교 후배이기도 한 김장환이 조정걸, 이상식, 이관식의 캠프를 두루 주유하는 정치판 현실은 이 시대의 사색적 관찰자 구보를 자처한 영근을 못내 당혹스럽게 한다. 더욱이 동향의 독립운동가이자 대유학자, 심산 김창숙의 전기소설『빈배』로 향리의 문학상을 거머쥔 장환의 수상 배경엔 도의원 당선을 갈망하는 상식의 정치적 계산이 깔려있어 실소를 금할 수 없다.

그런데 굴종의 대북정책 탓에 비극의 주인공이 된 경석마저도 고교 시절의 자취 동기 영근에게 사업자금의 보증을 서게 해 영근의 집을 날리게 했다는 사실은 충격이 아닐 수 없다. 결국 소설에 등장하는 이경석, 조정걸, 이상식, 김장환, 박상수 이들 모두는 황혼 속 종이비행기의 화려한 날갯짓에 젖어 그 이면의 실체를 자각하지 못하고 영혼(零魂)의 그림자 춤을 추다 침몰하고 마는 우리 시대 소시민의 서글픈 초상에 다름 아니다. 평생을 지켜온 교육자적 양심으로 그림자 춤 너머의 실체적 진실을 조바심 속에 영접하려는 소설의 화자 영근도 예외일 수 없다.

한국의 커피숍을 평정한 '아메리카노'의 위세에 주눅 들지 않으려 홀로 '코리아노'를 외치는 그의 앙증맞은 반항은 아내의 잔소리에 순종해 앉아서 소변을 보는 화장실 처세에서 드러나듯 지극히 소박하고 온유하다. 항상 실체적 진실을 지향하나 주변 무리의 그림자 춤에 묻어갈 수밖에 없는 생활인으로서의 한계는 그를 초조하게 한다. 교권 추락의 현실을 마주할 수 없어 용연히 명예퇴직을 하고 기간제 교사로 근무하면서도 후배 교사들이 포기한 학생 훈육엔 최선을 다하며 조용히 그림자 춤의 춤사위를 주시한다. 근자에 우리 사회에서 포착된 갖가지 그림자 춤의 허무한 잔해-이태원 참사, 북한의 미사일 발사, 여야의 국회 격돌, 여교사 자살, 예천 산사태와 해병의 죽음, 국회의원의 코인 투자와 탈당, 야당 전당대회의 돈 봉투 살포, 카톡 대화방 '거지방'에 넘치는 현실풍자 등-는 제헌절에 조기를 게양할 정도의 헌법 경멸과 정치 혐오를 불러일으킨다. 국민에 팽배한 정치 불신, 정치 실종의 좌절감은 거짓과 술수의 관용구 "소설 쓰시네"를 "정치하시네"로 대체할 지경에 이르렀다.

그럼에도 불구하고 영근은 금호강과 남천이 만나는 소통의 공간, 안심습지에 자리한 박영숙의 카페 〈다리〉에서 커피를 마시며 그림자 춤의 틈새를 비집고 나오는 희망의 끈을 놓지 않는다. 박영숙은 이혼의 아픔을 극복하고 그림자 춤의 망령에서 벗어난 구원의 여인상이

다. 영근은 그의 베아뜨리체 영숙이 베푼 사색의 공간에서 "용서와 이해와 배려"란 이름의 프로토콜(protocol)을 되뇐다. 그것은 한 마디로 '사랑'이라 불리는 인간사 필생의 상생 해법으로 인류와 정치가 실종된 황금만능의 현세에서 우리가 기댈 마지막 보루이다. 그리고 또한 이것은 실체와 그림자 사이의 간극을 메우며 극단의 인간을 소통시키는 유일한 '다리'이기에 우리 시대의 구보, 영근은 조용한 설렘 속에 기다려 마지않는다.

"저만치 영숙 씨의 카페 '다리'의 창문으로 불빛이 새어 나오고 있다. 따뜻한 커피잔을 들고, 좋은 사람들과 욕심이 씻겨나간 정담을 나눌 것을 생각하니 가슴이 따뜻해 온다. 희망은 포기하지 않는 사람의 것이고, 스스로 만들어 가는 사람의 것인지도 모른다." – 11화「창과 방패」

그림자 춤

윤중리 지음

발행처　　도서출판 **청어**
발행인　　이영철
영업　　　이동호
홍보　　　천성래
기획　　　남기환
편집　　　이설빈
디자인　　이수빈 | 김영은
제작이사　공병한
인쇄　　　두리터

등록　　　1999년 5월 3일
　　　　　(제321-3210000251001999000063호)

1판 1쇄 발행　2024년 3월 30일

주소　　　서울특별시 서초구 남부순환로 364길 8-15 동일빌딩 2층
대표전화　02-586-0477
팩시밀리　0303-0942-0478
홈페이지　www.chungeobook.com
E-mail　　ppi20@hanmail.net

ISBN　　　979-11-6855-234-0(03810)